Supernatural e a Filosofia

Metafísica e Monstros... para *Idjits*

Coordenação: William Irwin
Coletânea: Galen A. Foresman

Supernatural
e a Filosofia
Metafísica e Monstros... para *Idjits*

Tradução:
Jefferson Rosado

MADRAS®

Publicado originalmente em inglês sob o título *Supernatural and Philosophy*, por Blackwell.
© 2013, John Wiley & Sons, Ind.
Direitos de edição e tradução para o Brasil.
Tradução autorizada do inglês.
© 2014, Madras Editora Ltda.

Editor:
Wagner Veneziani Costa

Produção e Capa:
Equipe Técnica Madras

Tradução:
Jefferson Rosado

Revisão da Tradução:
Selma Borghese Muro

Revisão:
Silvia Massimini Felix
Neuza Rosa
Jerônimo Feitosa

Dados Internacionais de Catalogação na Publicação (CIP)
(Câmara Brasileira do Livro, SP, Brasil)

Supernatural e a filosofia: metafísica e
monstros -- para idjits/coordenação William
Irwin; coletânea Galen A. Foresman; tradução
Título original: Supernatural and philosophy:
metaphysics and monsters -- for idjits.

ISBN 978-85-370-0902-4

1. Supernatural (Programa de televisão) I. Irwin, William. II. Foresman, Galen A..

14-01936   CDD-791.4572

Índices para catálogo sistemático:
1. Supernatural: Programa de televisão:
   Aspectos filosóficos 791.4572

É proibida a reprodução total ou parcial desta obra, de qualquer forma ou por qualquer meio eletrônico, mecânico, inclusive por meio de processos xerográficos, incluindo ainda o uso da internet, sem a permissão expressa da Madras Editora, na pessoa de seu editor (Lei nº 9.610, de 19.2.98).

Todos os direitos desta edição, em língua portuguesa, reservados pela

MADRAS EDITORA LTDA.
Rua Paulo Gonçalves, 88 – Santana
CEP: 02403-020 – São Paulo/SP
Caixa Postal: 12183 – CEP: 02013-970
Tel.: (11) 2281-5555 – Fax: (11) 2959-3090
www.madras.com.br

Agradecimentos

Eu seria descuidado se não iniciasse os agradecimentos por creditar um reconhecimento aos dedicados fãs da série, muitos dos quais iniciaram sua comunidade de fãs resolutos há muito tempo, quando as pessoas assistiam à série em televisores grandes e quadradões em horários fixos durante a semana, em detrimento de outra programação. Esses fãs fizeram verdadeiros sacrifícios de seu tempo e sua atenção, e ajudaram a fazer de *Supernatural** o sucesso que é hoje. Sou muito grato a todos esses fãs e também aos que se juntaram a eles ao longo do caminho.

Devo muitos agradecimentos a Jeff Dean, por ajudar este livro a decolar e pela constante supervisão para mantê-lo onde está. Por outro lado, muitos agradecimentos pela orientação e pelo cronograma pertencem a Bill Irwin, cujas correspondências curtas e notáveis sempre me deram diversas horas de material para pensar, nada diferente do grande e recentemente falecido Bobby Singer. Acresça-se a isso que Robert Arp foi um instrumento para unir as partes deste livro, proporcionando, como Castiel, a orientação e o apoio moral, sempre que foram pedidos. Agradeço a Lindsay Bourgeois por responder de bom grado às minhas questões e solicitações fúteis, como também a Jennifer Bray, por sua ajuda, vasculhando regras misteriosas dos antigos túmulos dos Estados Unidos e outras

---

*N.T.: A série é conhecida no Brasil, na televisão fechada, como *Supernatural*, embora na rede aberta tenhamos o título *Sobrenatural*. Mantivemos o nome original em inglês porque a maioria dos fãs a conhece assim.

pesquisas relacionadas a rituais místicos. Agradeço também a Louise Spenceley pelo rápido serviço de copidesque e por ter acabado com meus espaços duplos.

Minha querida amiga e colega, Karen Hornsby, foi enormemente útil em manter o trabalho extra longe de meu prato de comida durante grande parte da edição deste livro. Ela é o incansável Dean Winchester.

O mais importante de tudo é que nada do trabalho que coloquei neste livro teria sido remotamente possível sem a paciência amorosa e o encorajamento de minha esposa, Amy. Eu seria só outro John Winchester sem ela, e agradeço a Amy especialmente por trabalhar incansavelmente para cuidar de nossos filhos; com isso pude ficar ligado em minha série favorita por horas e horas a fio.

Índice

Introdução – Codinome: GhostPhacers 9

Parte Um – Sobre Monstros e Moral 13

1. Os Monstros São Membros da Comunidade Moral? 15
   Nathan Stout
2. A Metafísica de Aristóteles sobre Monstros e
   Por Que Amamos *Supernatural* 25
   Galen A. Foresman e *Francis Tobienne Jr.*
3. Caçadores, Guerreiros, Monstros....................................37
   Shannon B. Ford.
4. *Team Free Will* – Algo Por Que Vale a Pena Lutar............49
   Devon Fitzgerald Ralston e *Carey F. Applegate*

Parte Dois – Vida, Liberdade e o Apocalipse.......................61

5. Que Diabos Está Acontecendo? 63
   Galen A. Foresman
6. Experimente o Inferno, é uma Democracia
   e o Clima é Quente..77
   Dena Hurst

7. Perseguindo o Sonho Americano – Por Que Marx Pensaria que Esta é uma Vida Terrível?. 89
Julian L. Canode

8. Mães, Amantes e Outros Monstros –
As Mulheres de *Supernatural* 99
Patricia Brace

9. A Noite dos Demônios ~~Mortos~~-Vivos e uma Vida Que Vale a Pena Ser Vivida. 111
John Edgard Browning

Parte Três – O Mal pelo Desígnio 125

10. Dean Winchester e o *Sobrenatural* – Problema do Mal. 127
Daniel Haas

11. Anjos e Ateus. 143
Fredrick Curry

12. Oh, Deus, Que Diabo. 157
Danilo Chaib

Parte Quatro – É Sobrenatural 169

13. Naturalmente Sobrenatural. 171
James Blackmon com *Galen A. Foresman*

14. Masculinidade e Amor Sobrenatural. 187
Stacey Goguen

15. Naturalizando *Supernatural*. 199
Joseph L. Graves Jr.

Colaboradores: *Bona Fide, Card Carrying, Wisdom Lovers* e *GhostPhacers*. 211

Índice Remissivo 217

Introdução
Codinome: GhostPhacers

[De um *drive* adjacente da miríade de *drives* externos de Ed Zeddmore e Harry Spengler...]

Quando Alan J. Corbett morreu corajosamente em busca da verdade, soubemos que nossa busca estava apenas começando. Estimulados pela perda de nosso bravo estagiário e cozinheiro, nós, *GhostFacers*, temos rededicado nossas vidas para cumprir a missão que Corbett estava admiravelmente perseguindo quando foi morto, abrindo "os olhos das pessoas para a verdade: que, de fato, fantasmas realmente existem", tanto quanto muitas outras coisas que também existem, de fato, juntamente com os fantasmas.

Agora certamente você está se perguntando por que os *GhostFacers* estão trabalhando sob os auspícios de *Supernatural e a Filosofia*, e sem dúvida você está, com toda razão, preocupado com o grau de sofismas idiotas que nos forçaram a adotar um título desses para nossa manifestação da verdade, bem oposto ao tão incisivo *Manifesto GhostFacer*. Como dissemos secretamente em nosso *website*:

> Os *GhostFacers* estão certos de terem tido sucesso em invadir diferentes indústrias. Essas indústrias incluem: ciência, matemática, filosofia, religião, agricultura, governo e entretenimento, com potencial de afetar alguns projetos públicos maiores, também. De fato, é seguro dizer que não há aspecto da civilização humana que não será impactado em algum grau pelos *GhostFacers*.

Então, não tema por estarmos dando simplesmente os primeiros passos do plano maior de subverter essas muito diversas indústrias. Tudo isso requer trabalhar escondido e duplamente para trazer a você o que os dois criminosos procurados – os *Wine-chesters* – não trarão: o conhecimento de um dos maiores mistérios ocultos que o gênero humano já conheceu. Para esse fim, começamos aqui por subverter as fundações de todas as indústrias mencionadas e de algumas que não foram citadas. Fazemos isso por meio do mistério que é a filosofia.

Uma pesquisa extensiva recente usando o poder das *interwebs*, por intermédio da "Busca da *Web*", ferramenta de busca de base da *web*, revela que os primeiros dez resultados da palavra "filosofia" são todos *websites*. A partir disso, descobrimos que a filosofia é mais popular do que inicialmente esperávamos, e infiltrar-se nesse terreno não será a moleza que originalmente acreditávamos que seria. Depois de consultar uma pesquisa bibliotecária da seção especial de referência de uma faculdade em Wilkes-Barre, Pensilvânia, confirmamos que a palavra "filosofia" tem raízes antigas na palavra grega *philosophia* (φιλοσοφία), que significa algo como "amor à sabedoria" ou "amor ao conhecimento". Independentemente da significação exata, estamos confiantes de que isso foi um segredo importante e poderoso, embora permaneça inexplicado por que os dez *websites* que olhamos não tinham nada a ver com amar alguma coisa, mesmo quando desabilitamos o filtro *safe-search*.

Agora, armados com conhecimento, usamos contatos secretos para recrutar especialistas nessa indústria da filosofia, todos *bona fide* (inquestionáveis), amantes de carteirinha da sabedoria. E, só para ser claro, eu deveria dizer que por "nós" até agora eu tenha querido dizer "eu", sozinho, como um lobo sem matilha que está tentando organizar uma matilha de lobos unidos via *e-mail* e outros meios. Eu era um lobo vociferante em busca de outros lobos, e depois que o uivo de meu chamado saiu, havia um coro de vociferantes respostas. No meio daquele coro de berros, filósofos do mundo inteiro me ensinaram muitos segredos sobre o que realmente sabemos e não sabemos. Filósofos que prontamente admitiram que não sabem nada, mas que não obstante amam e perseguem essa coisa ficcional que reclamam não conhecer. Quando inquiri se o conhecimento era um tipo de *tulpa*, fui repreendido por falar uma blasfêmia.

Depois de transcrever, meticulosamente, esses diálogos em rolos de papiro antigos, fiz um sanduíche e um círculo de sal. Colocando os rolos com cuidado em uma mochila, entrei ali com segurança no círculo de sal, não na mochila. Equipado agora com tempo, provisões, e uma segurança que somente um círculo de sal e uma mochila podem providenciar, comecei a ler. E, quanto mais eu lia, mais meus olhos se abriam para um mundo que eu não entendia totalmente. De meu chamado original aos filósofos, meus aprendizes eram uma legião, mas somente os mais fortes e os melhores puderam permanecer nessa elite da matilha de lobos *ghost-facing* de amantes da sabedoria, e então uma multidão de rolos foram jogados nas chamas.

Finalmente, eu deveria assinalar que, apesar de não ser um membro original dos *GhostFacers*, suponho que você poderia tecnicamente me considerar como um cofundador honorário que não é ainda, oficialmente, reconhecido como tendo um papel de fundador ou de liderança, ou qualquer outro, na equipe principal. Mas minhas contribuições recentes para a Missão são, sem dúvida, algo notável, e daí meu forte palpite de que uma filiação ao time virá em breve. Tendo dito isso, posso confirmar a você, caro leitor, que ouvi de uma boa fonte que meu resumo deve ser recebido pelo próprio visionário líder Ed Zeddmore e/ou pelo cofundador e especialista tático Harry Spangler. Em ambos os casos, é certo que isso provavelmente significa que meu não oficial e não reconhecido *status* de cofundador seja brevemente convertido para no mínimo "oficialmente não reconhecido" ou "não oficialmente reconhecido". Portanto, falo com alguma autoridade quando digo que esta coleção de ensaios é composta das mais fora de série, espantosas e bombásticas revelações – ou melhor, revoluções! – para os que amam a verdade e a sabedoria.

Então aperte o cinto, coloque seus óculos de proteção e prepare-se para a iminente detonação de sua alma, porque, ao ler estas pápinas, você aderiu ao ainda-não-reconhecido movimento na filosofia de *ghost-facing*, doravante rebatizado de *"GhostPhacing"*. (O "ph" é de *Philosophy* – Filosofia!)

Parte Um
Sobre Monstros e Moral

Capítulo 1

Os Monstros São Membros da Comunidade Moral?

Nathan Stout

SAM: Como você faz isso? Como o papai faz?
DEAN: Bem, primeiramente, eles [os monstros]. Descobri que nossa família está tão atrelada com o Inferno, que talvez nós possamos ajudar os outros. Isso faz das coisas algo um pouco mais suportável. Eu vou dizer o que mais ajuda. *Matar tantos filhos da mãe malignos quanto eu puder.*

Nessa conversa entre Sam e Dean, da Primeira Temporada, episódio "Wendigo", Dean estabelece a atitude que os irmãos tomarão em relação às coisas que eles caçam. Monstros são malignos e nocivos para os outros seres, então os irmãos se sentem completamente justificados por eliminar as várias criaturas que encontram. O espectador acaba por se ver torcendo para o sucesso de Sam e Dean, para evitar o Apocalipse de modo seguro, para pôr o espírito vingativo no descanso eterno, para exorcizar o demônio, e, em muitos casos, para matar o monstro, mas os monstros frequentemente apresentam um formidável desafio para nossa visão do caráter moral dos dois irmãos. Nós não somente nos preocupamos com a segurança e o bem-estar dos protagonistas, mas também com a moralidade de suas ações. Nós queremos que os rapazes do bem ganhem, mas também que eles sejam *bons* rapazes.

Nesse sentido, *Supernatural* nos apresenta um quebra-cabeça difícil. Nós nos vemos no meio de situações de atitudes contraditórias de Sam e Dean. Queremos que eles salvem os que estão em perigo, mas temos dificuldades em cruzar nosso desejo com nossa preocupação de que eles ajam moralmente. O que acontece se aquele monstro não merecer ser morto? E se o monstro não for responsável por suas ações? E se as ações do monstro forem justificadas, ou, ao menos, desculpáveis? Resumindo: e se o monstro for realmente muito parecido comigo ou com você, um membro genuíno da comunidade moral?

Comunidade moral? Isso é como uma irmandade?

A filosofia moral preocupa-se com o problema do certo e do errado, e com a resposta às questões sobre como devemos viver. A filosofia moral tem como objetivo nos dizer como pensar a respeito de dilemas morais particulares; objetiva nos dar princípios para que tomemos decisões morais; e tem como meta nos dar uma ideia de como esses princípios são fundamentados. Com isso, a filosofia moral também nos ajuda a determinar precisamente quem, ou o que, nós devemos considerar quando tomamos decisões morais. Em outras palavras, a filosofia moral deveria ser capaz de nos dizer quais criaturas merecem consideração moral, quais seres devemos levar em conta quando decidimos quais ações são corretas e quais são erradas.

Ao nos dizer essas coisas, a filosofia moral estabelece limites para aquilo a que os filósofos se referem como "comunidade moral". Na essência, ser um membro da comunidade moral é ser o tipo de ser que merece consideração moral de outros seres. Por exemplo, a maioria das pessoas acredita que é errado matar outro ser humano só por diversão. A razão por sentirmos a coisa dessa maneira é porque os humanos são membros da comunidade moral. O fato de você ser da comunidade moral indica que você não pode ser morto por diversão. Em qualquer decisão moral que tomamos, devemos levar em conta os efeitos que ela pode ter para os membros da comunidade moral.

Então, como sabemos quem ou o que pertence à comunidade moral? Um meio que os filósofos usaram para definir os limites da comunidade moral foi prestar a atenção especial à noção de responsabilidade moral. Em outras palavras, eles tentaram definir a comunidade moral como um grupo de indivíduos capazes de manter a responsabilidade em suas ações.

Em seu ensaio "Freedom and Resentment", P. F. Strawson argumenta que devemos entender a responsabilidade moral como sendo atrelada às "atitudes reativas".[1] Atitudes reativas são emoções que experienciamos em resposta a outras ações em nossa direção; algumas dessas emoções – como o ressentimento e a indignação – são notoriamente de natureza moral. Então, é melhor entender a responsabilidade moral aplicando-a somente àqueles seres que são o alvo *apropriado* dessas emoções morais. Por exemplo, quando uma criança pequena usa uma parede da sala de estar como tela para pintura a dedo de sua obra-prima, pode ser *apropriado* ficar chateado com ela, mas, certamente, *não seria apropriado* ficar ressentido com ela por suas ações. Diríamos que a pessoa que está moralmente indignada com o comportamento da criança está agindo de maneira exagerada. Crianças são diferentes dos adultos totalmente desenvolvidos, que devem ter um conhecimento maior. Portanto, o fato de uma atitude moral ser apropriada ou não deve nos dar uma ideia do *status* moral da criatura da qual consideramos a atitude.

Para Strawson, existem dois fatores que podem tornar uma emoção inapropriada: quanto controle você tem de suas ações e o tipo de coisa que você é. Por exemplo, em "Asylum", Sam atira no peito de Dean com uma arma carregada de pedras de sal, enquanto ele estava sob o jugo do espírito do dr. Ellicott. Já que as ações de Sam estavam sob o controle do espírito, Dean não deveria ficar *bravo* com ele. Afinal, não era realmente culpa de Sam. No entanto, algumas vezes, a criatura pode estar perfeitamente no controle de suas ações e ainda, por causa do tipo de coisa que ela é, não podemos apropriadamente ter sentimentos morais em relação a ela. Consideremos a característica de Sam levando a vida sem o benefício de ter uma

---

1. STRAWSON, P. F. "Freedom and Resentment", *in* WATSON, Gary. *Free Will*, 2. ed., New York: Oxford University Press, 2003, p. 72-93.

alma durante a maioria da Sexta Temporada. Quando assumimos o entendimento popular de alma, que diz que ela é necessária para o ato moral, devemos considerar Sam sob uma luz diferente quanto à preocupação com a responsabilidade moral. Na Sexta Temporada, Sam simplesmente não é o tipo de criatura para a qual é apropriado considerar atitudes morais. Ficar bravo com Sam nessas situações é como ficar bravo com um robô. Devemos considerá-lo sob aquilo que Strawson chamou de "objetividade da atitude". Ele é um ser que devemos conduzir ou controlar; esses tipos de seres são incapazes de entrar em relações em que as emoções morais têm lugar. Como resultado, devemos tratá-los objetivamente, como se eles fossem um "objeto da política social".

Como podemos dizer que uma criatura é do tipo alvo para emoções morais apropriadas? Uma abordagem promissora faz de um indivíduo um alvo de emoções morais somente se o ser tiver a habilidade de entender e ser motivado por razões morais. Em outras palavras, o ser deve ser capaz de entender quando uma situação se apresenta para ele como um dever para agir de determinada maneira, e o reconhecimento desse fato deve motivá-lo a cumprir esse dever.

Monstros e a comunidade moral:
Grupo 1 – Monstros com capacidade reduzida

Sam e Dean têm uma verdadeira estante de troféus de caçadas a monstros. Eles os matam de todo o tipo, dos ordinários lobisomens, vampiros e metamorfos às mais exóticas criaturas, como *shtrigas* (bruxas vampiras), *wraiths* (fantasmas) e gênios. Desse modo, seria útil começar a colocar essas criaturas em diferentes categorias, baseando-se em nossas intuições sobre o *status* delas como membros da comunidade moral. Fazer isso nos permite distinguir aqueles monstros que estão absolutamente fora dos limites da comunidade moral, e desse modo destacando os casos complicados, nos quais o *status* moral é mais difícil de ser determinado.

Em "Heart", Dean resume nosso primeiro grupo, os monstros com capacidade reduzida, dizendo: "Que tal um humano por dia, sua aberração, animal, máquina de matar à luz da lua, você não entende?". Esses monstros obviamente estão fora da comunidade moral. Eles matam humanos por um instinto básico. Suas habilidades mentais não são mais avançadas que as de um animal selvagem, e, por isso, eles não mostram habilidade para entender ou ser motivados por razões morais. Por esse motivo, seria absurdo criticá-los por atos de imoralidade. Por exemplo, se meu cachorro remexe o lixo à noite, fazendo a maior bagunça na casa, faria sentido para mim ficar bravo e dizer: "Cachorro malvado!". Entretanto, não faria sentido eu me sentir ofendido e dizer: "Como você se atreve a tratar minha casa com esse desrespeito?".

Um exemplo excelente de monstro com capacidade reduzida aparece para nós no segundo episódio da Primeira Temporada, "Wendigo". Um *wendigo* é uma criatura que caça humanos para se alimentar. Na verdade, eles começaram a vida sendo humanos e se tornaram monstros quando cometeram canibalismo para sobreviver, após estarem longo tempo sem recursos em um local ermo. Se a carne humana é consumida exclusivamente, "por anos, [o canibal] torna-se uma coisa que é menos que humana, sempre faminta".... O *wendigo*, então, é um exemplo de monstro que é como um animal. Ele é um caçador habilidoso, mas essa habilidade é um produto de seus instintos. Ele não tem as capacidades emocionais humanas normais. Em vez disso, é guiado pela autopreservação e sua necessidade de alimentar-se.

Outro exemplo esclarecedor de um monstro com capacidade reduzida é o lobisomem. No episódio "Heart", Sam e Dean encontram uma mulher chamada Madison, que se transforma em lobisomem. Como citado antes, Dean os descreve como "aberração, animal, máquina de matar". Quando estão no estado de lobisomens, esses monstros são guiados pelos instintos animais de base. Mais tarde, no mesmo episódio, Sam aconselha Dean a evitar matar Madison, dizendo: "Talvez ela nem mesmo saiba que está mudando, você entende? Talvez, quando a criatura toma o controle, ela não tenha consciência... E se alguma parte animal de seu cérebro visse aqueles rapazes [as vítimas dos assassinatos] como ameaças?". Sam está assinalando que o caso dos lobisomens propõe uma interessante questão moral para nós, à qual retornaremos. Para o momento, parece claro que, enquanto estão no estado de lobo, essas criaturas não são membros da comunidade moral.

Grupo 2 – Monstros antissociais

Além do Grupo 1 de monstros, há outro grupo de criaturas que claramente fica fora dos limites da comunidade moral. Elas são os "monstros antissociais". Essas criaturas compartilham similaridades distintas com indivíduos que são diagnosticados com várias formas de distúrbios de personalidade antissocial, que é caracterizada tipicamente por uma inabilidade de sentir empatia e olhar para os direitos dos outros, e que parecem ser manipuladores e sem consciência. Monstros dessa categoria também ficam fora da comunidade moral, embora de modo bem diferente.

Demônios dão uma boa imagem de monstros antissociais. Ao longo da série, demônios são pintados como o mal puro, que querem matar os seres humanos e colocá-los em tortura por diversão. Diferentemente do Grupo 1 de monstros, entretanto, eles têm habilidades mentais altamente desenvolvidas. Eles contam com a razão para planejar e atingir seus objetivos e, pelos cálculos, parecem ser iguais aos humanos em termos de coragem.

Similarmente, leviatãs são o protótipo dos monstros antissociais. Eles têm uma falta completa do olhar para a raça humana e implementam um plano para nos transformar em um tipo de fazenda e fábrica de suprimentos de alimentos. Leviatãs mostram alto grau de inteligência, e são claramente capazes de conceber e executar planos elaborados com o objetivo de atingir uma meta racional, o que no fim das contas os impede de ser classificados no meio do Grupo 1 de monstros.

Por que não deveríamos considerar o Grupo 2 de monstros como membros da comunidade moral, e simplesmente deixá-los responsáveis moralmente por seus atos? Penso que a resposta repousa em sua incapacidade de reconhecer razões morais. Demônios, por exemplo, são o mal *puro* e simplesmente não podem entender uma exigência moral feita por um humano. Vamos supor que, em vez de fazer planos para matar Lilith a fim de impedir o Apocalipse, Sam e Dean lhe explicassem que ela tinha uma obrigação moral de evitar a destruição da humanidade. Obviamente, poderíamos esperar de Lilith um acordo com os irmãos, mas ela continuaria em sua intenção de destruir a humanidade. Mas por que isso é tão óbvio?

O motivo parece ser que ela é incapaz de compreender a razão moral do respeito aos humanos. Lilith pode estar bem ciente de que os seres humanos vivem de acordo com um código moral, mas certamente não liga a mínima para isso. Isso simplesmente não a motivaria, e esse componente motivacional é parte daquilo que significa ser parte da comunidade moral. A mesma explanação poderia ser dada com respeito aos leviatãs. Eles simplesmente não são movidos por razões morais, então os impedimos de ser membros da comunidade moral e assim os excluímos como alvos apropriados de emoções morais.

Grupo 3 – Monstros morais

Para qualquer criatura ser membro da comunidade moral é necessário que ela se preocupe e seja motivada por razões morais. Razões morais não se inscrevem nos fatores de tomada decisão para ambos os Grupos 1 e 2 de monstros. Mas existem alguns monstros que parecem sim levar as razões morais em consideração quando tomam decisões e, por causa disso, nós devemos incluí-los na comunidade moral. Estes são o Grupo 3 de monstros, e eles propõem particularmente um desafio interessante para o caráter moral de Sam e Dean.

Em "Bloodlust", Sam e Dean estão caçando vampiros em Montana. Diferentemente de outros vampiros encontrados por Sam e Dean, eles não se alimentam de sangue humano. Em vez disso, aprenderam a sobreviver consumindo sangue de vacas. Suas razões para não matar humanos são poupá-los do sofrimento e ajudar sua espécie de vampiros a sobreviver sem ser descoberta.

Esses vampiros nos dão razão para acreditar que eles são, de fato, membros da comunidade moral. O fato de esses vampiros evitarem matar humanos significa que eles são motivados por razões morais. Por esse motivo, seria inteiramente apropriado para os irmãos considerar as várias atitudes reativas contra eles. Esse é um tema recorrente nos episódios baseados em vampiros de *Supernatural*. Em "Dead Man's Blood", o vampiro Luther argumenta com John Winchester: "Por que você não pode nos deixar em paz? Nós temos tanto *direito* de viver quanto vocês". Novamente, em "Fresh Blood", encontramos um vampiro que reclama que "caçadores chacinaram meu ninho inteiro como se estivessem em uma festa, *assassinaram minha filha*". A noção de ter direito à vida e o conceito de assassinato (definido como matar de modo *injustificável*), ambos têm elementos morais, e o fato de esses monstros entenderem isso sugere uma sensibilidade para o raciocínio moral.

Essa percepção é muito importante para estabelecer como vemos Sam e Dean. Quando Sam diz a Dean que vampiros não são assassinos, Dean responde dizendo: "Qual parte de 'vampiros' você não entende, Sam? Se é algo sobrenatural, nós matamos, fim da história. Esse é o nosso trabalho... Eles são todos iguais, Sam. Eles não são humanos, ok? Temos de exterminar até o último deles". Aqui, Dean parece extraordinariamente fanático e de mente estreita. Mas, no final do episódio, a atitude de Dean mudou. Ele diz para Sam: "Eu desejaria nunca ter pego esse trabalho. E paguei caro por isso... E se matamos coisas que não merecem ser mortas?". Dean parece estar chegando à conclusão de que monstros não são categoricamente malignos, que alguns realmente merecem consideração moral. Essa percepção por parte de Dean – para o bem ou para o mal – faz uma diferença enorme para nossa opinião sobre seu caráter. Afinal, é difícil torcer para um fanático imbecil.

Infelizmente, em "The Girl Next Door", somos apresentados a outro Grupo 3 de monstros que Dean trata diferentemente. Sam começa investigando uma sequência de assassinatos envolvendo indivíduos nojentos. O caso é semelhante a outro que eles vivenciaram, quando Sam era criança, em que ele sem saber se torna amigo de uma *kitsune* chamada Amy. *Kitsune* são criaturas que precisam da glândula pituitária dos humanos para sobreviver. Amy e seu filho têm sobrevivido das glândulas de pessoas mortas que ela tem conseguido por meio de seu trabalho como agente funerária. É certo que isso é brutal, mas não é como matar alguém. Somente recentemente ela começou a matar algumas pessoas não lá muito boas para salvar seu filho, que está doente. Novamente, Sam pede a Dean para poupar a vida desse monstro. E, apesar de no começo escutar seu irmão, ele mais tarde mata Amy assim mesmo, sem Sam saber.

Amy, a *kitsune*, é claramente membro da comunidade moral, e é por essa razão especial que nós nos sentimos com raiva e ofendidos com Dean por tê-la matado. Ele retornou para sua compreensão antiga do que é ser um monstro. Ele diz a Amy, antes de matá-la: "[Pessoas] são o que são. Não importa o quanto você tente, você é quem você é. Você vai matar novamente". No lugar de usar a lição aprendida de Lenore e de outros vampiros, Dean mais uma vez assume a atitude *se-for-sobrenatural-mate*, e o espectador acha isso censurável, precisamente porque Amy é um exemplo de monstro moral, um membro de carteirinha da comunidade moral.

Mocinhos?

Ser um membro da comunidade moral significa ser capaz de compreender e preocupar-se com obrigações morais, mas existe o outro lado da moeda. Também significa que todos os membros da comunidade moral têm obrigações morais uns para com os outros. Isso não significa dizer que os membros da comunidade moral *nunca* devem ser mortos. A defesa própria, por exemplo, pode ser uma razão justificável para matar outro membro da comunidade moral. Sam e Dean agem moralmente quando matam monstros morais em defesa própria ou para proteger a vida de terceiros.

Sam e Dean são admiráveis por sua dedicação consistente para salvar vidas de outras pessoas, mas parece que são inconsistentes com sua aparente negligência para com as vidas dos monstros morais que eles caçam, o que nos deixa na posição de questionar se Sam e Dean são ou não bons.

Suponhamos que eu tenha de matar alguém para salvar sua vida, porque ele está ameaçando matar você. Se, depois de tirar a vida da pessoa, eu abro meu *cooler*, encosto em meu Chevy ano 1967 e tomo um grande gole de cerveja no pôr do sol, então você pode pensar que eu sou frio e insensível. No fim das contas, eu só matei outro membro da comunidade moral como se fosse um trabalho como outro qualquer. Suponho que faria sentido se eu fosse um executor, mas seria um sociopata em pensar que eu era somente um caçador, fazendo aquilo que faço. No fim do dia, matar um membro da comunidade moral deve pesar muito em nossa consciência, e devemos esperar que os irmãos sintam a gravidade disso depois que eles matam um monstro. E acreditar nisso não é algum tipo de simpatia inocente pelo Demônio. Quando Sam e Dean matam sem remorso, nossos mocinhos não são na verdade bons como pensamos.

Capítulo 2

A Metafísica de Aristóteles sobre Monstros e Por Que Amamos *Supernatural*

Galen A. Foresman e Francis Tobienne Jr.

Sam e Dean caçam monstros, e monstros são bastante malucos. Sem dúvida, algumas pessoas são bem malucas, também, mas monstros são únicos nesse quesito; eles possuem um elemento de surpresa e mistério que as pessoas não têm. Se Sam e Dean fossem vigilantes caçando bandidos comuns, você se preocuparia em assistir a série? Estou propenso a apostar que existe algo na maneira como os monstros deixam você louco que faz com que você veja Sam e Dean caçá-los.

Quando as crianças usam a palavra "monstro", elas fazem isso no sentido normal do dicionário, referindo-se a criaturas enormes, feias e assustadoras. Falar de um "monstro fofinho", um "monstro que deixa você à vontade" ou mesmo um "monstrinho" é paradoxal, como "camarão *jumbo*". Hoje em dia, as crianças sabem disso, e é por isso que elas não acreditam se você tentar explicar que o monstro no armário delas é realmente de bom coração e adorável. Na verdade, não estamos usando a palavra "monstro" no sentido normal quando falamos deles. Em vez disso, estamos tentando mudar o significado da palavra para referir-nos mais geralmente às criaturas que não fazem parte de nosso mundo normal e natural. Ser um monstro implica ser algo desagradável, repulsivo e muito assustador, o que significa literalmente que você não pode gostar dele. Se você gostar, então ele não é realmente um monstro para você.

Indo para trás para poder ir para a frente

Se nossa concepção corrente de monstro está fora de sintonia, entender de onde a palavra vem vai ajudar. Antes de as pessoas que falam inglês adotarem a palavra do francês *monstre* e *mostre,* a palavra "monstro" começou sua vida como qualquer outra palavra das línguas românicas (ou romances), como a palavra latina *monstrum,* que se traduz como um sinal ou presságio de um mal não natural. A raiz latina de *monstrum* é algo controverso, mas essencialmente a palavra deriva tanto de *monstro* como de *moneo.* A forma significa simplesmente se mostrar, o mesmo que na palavra "demonstrar". Esta última significa advertir ou aconselhar, o mesmo que no latim *monere* e mais tarde na palavra inglesa "monitor". Então, basicamente, descobrimos que de um simples e modesto parentesco, embora controverso, nós eventualmente conseguimos saber a abominação que é a palavra "monstro". Então, talvez "monstro" seja somente um mal-entendido, e deveríamos pensar nele como significando algo que está à mostra, com a esperança de que se aprenda com ele.

Embora tudo isso ajude, monstros não são artefatos de museu. Sabemos que eles não são tão sem graça assim, então devem ser alguma coisa a mais. E para entender o que mais podem ser, a metafísica de Aristóteles (384-322 a.C.) pode ajudar. A metafísica é uma parte da filosofia que estuda a natureza da realidade. Aqui, vamos focar quatro áreas que Aristóteles considerava quando determinava o que algo realmente era, a saber, essência, qualidades, julgamento e potenciais. Ao compreender e aplicar esses conceitos em nosso próprio conceito de monstro, isso nos ajudará a evitar nosso amor atualmente contaminado de *Supernatural.*

Sam, eu sou

Antes de entrar em nossa própria explicação desenvolvida de monstro, vamos aplicar os conceitos de Aristóteles para os monstros de *Supernatural*. Depois de tudo, seja qual for nosso conceito de monstro, ele tem de se ajustar ao cânone de nossa série favorita.

De acordo com Aristóteles, existem aspectos essenciais e acidentais do ser. Em termos mais simples, os aspectos essenciais são as coisas que não poderiam mudar em relação a algo, enquanto os aspectos acidentais são coisas que podem mudar. Na primeira temporada, Sam experienciou um sofrimento significativo e a morte pelas mãos do demônio de olhos amarelos, Azazel. Depois de matar sua mãe, Mary, Azazel matou a namorada de Sam, Jessica. Embora ambos os eventos tenham tido papel importante em fazer de Sam o caçador que ele é hoje em dia, a distinção de Aristóteles deve nos levar a perguntar se o fato de Sam ser um caçador é essencial em quem ele é, ou acidental. Caçar é uma parte imutável do ser que é Sam? Sam ainda seria Sam se ele nunca fosse um caçador? Essas são questões a respeito da essência de Sam. Se fosse possível que Sam vivesse uma vida doméstica e muito diferente, então caçar seria um aspecto acidental de Sam como ser. Curiosamente, Azazel revela para Dean que isso tudo começou quando a mãe deles *acidentalmente* atravessou o caminho dele, o que parece implicar que a vida de Sam poderia ter sido muito diferente. E, de novo, Azazel é um demônio, então ele é naturalmente mentiroso, o que torna difícil saber a verdade com certeza.

Aristóteles acreditava que ser alguma coisa pode ser descrito em termos de dez categorias, que incluem substância, quantidade, qualidade, e mais sete. Essas categorias são todas as coisas que podem ser qualificadas ou ditas do ser em questão. Quando notamos que Sam é caçador, estamos *categorizando* a substância de seu ser. Similarmente, quando dizemos que "Sam mede 1,85 metro", estamos categorizando sua altura de acordo com a quantidade. Como fizemos com seu *status* de caçador, devemos perguntar se sua altura é essencial ou acidental para o ser que Sam é. Provavelmente a resposta é não. Sam poderia ser um pouco mais baixo ou mais alto e ainda assim seria Sam.

Em "Dead Man's Blood", John Winchester oferece sua perícia aristotélica para explicar alguns fundamentos de como é um vampiro:

> A maioria do conhecimento sobre os vampiros é lixo. Uma cruz não os repele. A luz do sol não os mata, nem mesmo uma estaca no coração. Mas a sede por sangue... essa parte é verdadeira. Eles precisam de sangue humano fresco para sobreviver. Eles já foram pessoas, então você não saberá que é um vampiro até que seja tarde demais. (Primeira Temporada, episódio 20).

Aqui, John está descrevendo a substância de ser um vampiro. É uma parte essencial da substância de ser um vampiro que eles pareçam com os humanos, tenham olhos como os humanos, caminhem e falem como os humanos. Por outro lado, sua essência é drasticamente diferente da dos humanos. O mais notável é que eles são eternos e sobrevivem com o sangue.

Suponhamos que apontássemos para o Vampiro-Alfa e perguntássemos: "O que é essa coisa, esse ser?", e nos seria dito: "São treze". Seria uma resposta muito estranha, porque a pergunta falava sobre a *substância* do Vampiro-Alfa, mas a resposta "treze" é uma *quantidade*. Em outras palavras, frequentemente fazemos perguntas dos seres com categorias específicas em mente e, como o exemplo ilustra, esperamos respostas que combinem com as categorias sobre as quais perguntamos. Em nosso caso aqui, fizemos uma pergunta sobre substância, não quantidade, então esperamos uma resposta na categoria de substância. Como discutiremos mais tarde, esse reconhecimento pavimenta o caminho para entender a essência dos demônios e anjos, particularmente quando eles possuem forma de carne e osso. Além disso, também nos servirá bem quando fizermos perguntas sobre o que é ser um monstro.

A terceira taxonomia de Aristóteles sobre o ser é fundada em julgamentos de verdadeiro e falso sobre as coisas. Esses julgamentos podem ser aplicados em questões de essência, acidente ou qualquer uma das categorias. Eles podem ser aplicados, como veremos, em julgamentos de poder. Em seu primeiro encontro, Dean e Castiel resolvem o problema do que é o ser por julgamentos, então Dean pode entender o que Castiel é. No começo, Dean pergunta: "Quem é você?", e Castiel responde: "Castiel". Mas essa resposta não bate com a categoria que Dean tinha em mente para perguntar, então Dean se corrige: "Sim, eu percebi isso... O que você é?". Castiel responde: "Um anjo do Senhor".

Nesse pedacinho do diálogo, a verdade e a falsidade têm um papel central. Assim que a incongruência de categoria é esclarecida, Dean quer saber a verdade a respeito da substância de Castiel. Castiel alega ser um anjo, mas se parece com um humano. Na verdade, ele atualmente possui forma humana, então é razoável que Dean sinta que não está tendo acesso a toda a verdade relativa à substância de Castiel. Posteriormente ficamos sabendo que a verdadeira forma de Castiel é mais alta que o edifício Chrysler. Então, a substância de um ser pode mudar? Isso nos leva à mais importante distinção de Aristóteles, entre o real e o potencial.

De acordo com Aristóteles, um ser pode ser real ou potencial. Por exemplo, um pássaro pode ser um pássaro real ou um pássaro potencial. Um pássaro real é um animal com asas e penas, ao passo que um pássaro potencial é um ovo fertilizado, que ainda precisa eclodir. Além disso, o ovo só é pássaro no sentido em que ele é um pássaro potencial. Na verdade, o ovo é só um ovo. Para Aristóteles, o real vem antes do potencial, porque deve haver alguma substância real que tem potencial para alguma outra realidade específica. Ao olharmos Sam e Dean, poderíamos dizer que eles são armas potenciais demoníacas e angelicais durante a Quinta Temporada, respectivamente, mas sua realidade como ser durante esse tempo é humana. Similarmente, a realidade de Castiel é ser anjo, mas ficamos sabendo na Sexta Temporada que ele tem potencial de ser muito mais, talvez mesmo Deus.

Um monstro por outra denominação

Tendo agora nos armado com a terminologia e as distinções de Aristóteles, é hora de retornar à nossa questão original. Podemos amar os monstros? Se houver um monstro no armário de nosso filhinho, ele pode ser fofinho e legal? E, em última análise, a mais importante de todas as questões: será que podemos amar *Supernatural* porque amamos os monstros?

Conforme aprendemos com nosso breve estudo de latim no começo deste capítulo, a palavra "monstro" vem de uma linhagem relativamente inofensiva. Na verdade, advertências e presságios não são exatamente coisas que nos deixam ansiosos, mas o que nos preocupa é aquilo que se segue a esses sinais, não os sinais propriamente. Usando nossa taxonomia de Aristóteles, podemos dizer que advertências, presságios e sinais não são essencialmente maus. Na verdade, muitos de nós apreciamos receber uma advertência, pois isso pode evitar as coisas ruins que podem acontecer em nosso caminho. Mas pode-se dizer o mesmo dos monstros? Ou realmente é essencial para monstros que eles sejam repulsivos e sempre evitados?

Qualquer questão sobre a natureza essencial dos monstros requer uma resposta que se aplique a todos os monstros. Há, naturalmente, uma enorme quantidade de monstros, mas a partir do momento em que não nos preocupamos realmente com qualquer outra coisa que não seja nossa habilidade livre de amar os monstros de *Supernatural,* podemos excluir outras variáveis de nossa discussão. Então, a questão inicial para respondermos é como vampiros, demônios, *wendigos*, lobisomens e uma variedade de outros monstros de *Supernatural* são todos semelhantes em sua monstruosidade?

Como se vê, Aristóteles tem uma taxonomia muito robustamente concebida da substância que pegamos emprestada inicialmente, mas no longo caminho ela falha ao dizer para nós tudo o que queremos saber, já que um monstro inclui várias categorias de gêneros/espécies. Em outras palavras, ser um monstro seria uma categoria muito geral, como a categoria de coisas que se movem. De fato – porque alguns monstros são aquilo que Aristóteles chama de "Substâncias Móveis Destrutíveis com Alma", que é a categoria que inclui todos os seres vivos, enquanto outros monstros são claramente "Substâncias Móveis Destrutíveis sem Alma", que incluem fogo, terra, vento, água e presumivelmente robôs, *golems,* Sam sem sua alma, e ainda alguns demônios que venderam suas almas –, o mais básico que pudemos realmente encontrar na taxonomia de substâncias de Aristóteles são as "Substâncias Móveis Destrutíveis". Essa é uma categoria tão ampla que inclui qualquer coisa que pode ser destruída e que também pode mover-se. Então, realmente, a taxonomia de substâncias de Aristóteles em categorias não é tão útil aqui.

Entretanto, há uma luz no fim do túnel. Podemos dizer agora que não é a substância que faz de algo um monstro. Mas, na verdade, podemos nos livrar do esforço de trabalhar em cima das dez categorias dos seres de Aristóteles, se pudermos determinar o que os monstros têm em comum que também não está presente em não monstros. Como exemplo, podemos sugerir que uma óbvia associação é que monstros são os seres que Sam e Dean caçam. Mas, infelizmente, essa associação não pode nos levar muito longe, já que não é uma associação essencial. Se fosse essencial em ser um monstro que Sam e Dean os caçassem, então não haveria monstros antes de Sam e Dean serem caçadores. Obviamente, uma sugestão melhor seria que monstros são todas as coisas que caçadores caçam, mas isso nos levaria a um problema similar, já que sabemos que monstros, como aqueles do purgatório, têm estado por aí muito antes dos caçadores.

Que tal a sugestão de que todos os monstros são grotescos e repulsivos? Serão ambos essenciais para ser um monstro? Não, ser atraente não exclui automaticamente algo da categoria de monstro. Exemplos óbvios disso estão em todos os monstros que usam a atração física para atrair vítimas insuspeitas para a morte. Vampiros são famosos por isso, assim como aracnes, sereias, súcubos, íncubos e amazonas. Curiosamente, a mesma realidade não é verdade para demônios. Somos constantemente lembrados da hedionda forma verdadeira dos demônios em *Supernatural*, o que provavelmente ainda assombra Sam depois de sua relação com o demônio Ruby.

Em vez de começarmos com as associações entre todos os tipos de monstros, podemos tentar olhar para as diferenças entre um humano e um monstro. Mais especificamente, para aqueles monstros que foram originalmente humanos, poderíamos encontrar o aspecto importante que caracteriza um monstro, surgindo gradual ou abruptamente através dessa metamorfose. Por exemplo, alguns humanos tornam-se lobisomens, e concordamos que lobisomens são monstros. Portanto, nos termos de Aristóteles, isso significa que, apesar de a realidade daqueles humanos ser humana, eles também são potencialmente lobisomens. Nessas pessoas, somos capazes de observar a monstruosidade aparecendo. Admitido isso, ser um monstro seria apenas uma das mudanças, mas isso seria somente o começo. Vamos focar no lobisomem por enquanto, mas outros exemplos possíveis dessa transição ocorrem com o *wendigo*, Doc Benton e com o *rugaru*.

No episódio "Heart", Sam e Dean conhecem Madison, uma garota que não sabe que é lobisomem. Nos termos de Aristóteles, Madison passa a maior parte de seu tempo como um ser humano e como monstro em potencial. Como lobisomem, ela é na realidade um monstro e potencialmente humana. Uma das mudanças mais importantes que ocorre durante essa metamorfose é que a pessoa que conhecíamos como "Madison" parece desaparecer. Seu corpo físico muda dramaticamente, tanto como sua personalidade e caráter. Quando o lobisomem está presente, Madison desaparece. Se imaginássemos essa transformação sem mudanças físicas, teríamos o corpo de Madison com a mente de lobisomem. Isso seria um monstro?

Se essa questão parece difícil, simplesmente pergunte a si mesmo: "Tendo em conta que esse corpo é de Madison, mas está sendo controlado por um lobisomem, eu o trataria como Madison ou como o lobisomem?". Isso mostra que ser um monstro tem mais a ver com pensamentos e ações do que com aparência. Portanto, a essência de ser um monstro não está em sua aparência. Outras provas para essa declaração vêm a partir da família Bender, no episódio chamado propriamente de "The Benders". Essa família sequestra pessoas para caçá-las por esporte. Certamente que os pensamentos e ações dessas pessoas não são nada diferentes que os dos monstros. Eles podem ser humanos biologicamente, mas são definitivamente monstros de alguma outra maneira realmente essencial. Isso significa que os exemplos de Madison e da família Bender estreitam nossa busca sobre o que significa ser um monstro, já que podemos agora estar certos de que a aparência física não representa um papel essencial no conceito.

Fora com o velho

É claro que, tendo acabado de concluir o insignificante, se não inexistente, papel que a aparência tem em ser um monstro, ainda podemos perguntar: por que tantos monstros são grotescos? Isso é só uma coincidência, ou existe algum outro fator que não estamos considerando? Sobre esse ponto, vale a pena notar que esse julgamento é *sempre* dado por um humano. Julgar a aparência de um monstro é um comportamento humano, e esses julgamentos dizem mais a nosso respeito do que a respeito dos monstros que se pretende descrever. Na verdade, é somente em raras ocasiões que os monstros julgam a aparência ou o comportamento de outros monstros, e eles quase nunca se referem uns aos outros como "monstros". Então por que nós fazemos isso?

A resposta curta é que a maioria de nós é especista, ou seja, discrimina de forma arbitrária os que não pertencem à mesma espécie. Somos preconceituosos em elevar a espécie humana acima de outras espécies em termos de direitos e valores. Mantemos bichos como animais de estimação, e muitos de nós literalmente comem, vestem-se e usam no próprio corpo partes das outras espécies. Em muitos casos, monstros tratam humanos da mesma maneira que nós tratamos outros animais. No entanto, temos dificuldade em ver essa simetria, já que nos colocamos acima de outras espécies. Obviamente, monstros não são uma espécie de seres, mas somos preconceituosos e temos orgulho de ser "especistas" ao colocar a humanidade acima dos animais e dos monstros. O episódio ironicamente intitulado "Jump the Shark" tem alguns diálogos contundentes e mordazes que falam dessa relação fanática entre humanos e monstros:

Sam:	Prata. Não me admira nenhum dos testes ter dado certo. Vocês não são metamorfos. Vocês são carniçais.
Carniçal Kate:	Sabe, acho esse termo racista...
Sam:	Você deveria saber. Foram os assassinatos recentes que me confundiram. Carniçais normalmente não vão atrás dos vivos. Quer saber, vocês são somente carniceiros imundos, que se alimentam dos mortos – tomando a forma do último cadáver que vocês engoliram...
Carniçal Kate:	Bem, nós somos o que comemos.
Sam:	Vocês são monstros.
Carniçal Kate:	Sabe, você usa demais essa palavra, Sam... Mas não acredito que você saiba o que ela significa...

Para Sam, a única coisa relevante sobre os carniçais é que eles são monstros. O fato de, sob circunstâncias normais, os carniçais não matarem pessoas não parece um problema para ele. Os carniçais são julgados como não sendo merecedores dos mesmos direitos e privilégios que os humanos têm. Naturalmente, você pode tentar defender Sam dizendo que carniçais são perigosos e poderiam decidir começar a matar e comer pessoas, como esses dois fizeram. Mas você poderia dizer isso sobre todo o tipo de animais, incluindo humanos. Mas isso não o levaria à conclusão de que todos deveriam ser exterminados. Nossos amigos carniçais frisam esse ponto com Sam:

> Carniçal Adam: Nosso pai era um monstro? Por quê? Por causa do que ele comia? Ele nunca machucou ninguém, Sam. Vivo.

A simples verdade em tudo isso é que nós pensamos tão alto em relação aos seres humanos que ficamos extremamente ofendidos quando até mesmo um cadáver humano é comido por um carniçal. No episódio "The Benders", Sam não consegue matar Pa Bender, apesar do fato de ele ser um caipira assassino e canibal. Algo sobre a humanidade de Pa impediu Sam de tratá-lo como o monstro que ele era. Felizmente, o delegado Hudak viu além da aparência e fez a justiça de acordo.

O monstro e o final deste capítulo

Eu deveria ser claro neste ponto de que ser um monstro significa ter uma relação particular com os humanos. Monstros são monstros porque ofendem a sensibilidade humana e eles fazem isso por ameaçar enfraquecer o valor que damos a nós mesmos. Monstros não avaliam a vida humana acima da sua própria e, bem estranhamente, isso nos incomoda. Note como rapidamente alguns dos anjos em *Supernatural* parecem ser monstros por causa da maneira que eles tratam os humanos. Compare isso com o quanto o arcanjo Gabriel resume seu *status* angélico defendendo a humanidade de seu irmão Lúcifer. Se você tivesse de jantar ao mesmo tempo com Crowley ou Alastair, com qual você ficaria mais confortável? Certamente é aquele que transformou o Inferno de prisões e torturas em uma fila longa e interminável.

Desde o início, estávamos preocupados com o fato de monstros serem um tipo de seres dos quais não poderíamos gostar, mesmo se tentássemos. Nossa preocupação era que, quando os matássemos, eles não seriam mais monstros, e então perderíamos o interesse em ver *Supernatural*. Bem, eu tenho más e boas notícias. A má notícia é que descobrimos que a definição final de ser um monstro nos impede de realmente gostarmos deles. A boa notícia é que, por sermos preconceituosos em relação aos monstros, amamos vê-los caçados e executados pela ousadia de eles existirem como nossos potenciais iguais. Como resultado, todos podemos continuar a amar *Supernatural* e os monstros que a série contém, já que seria claramente difícil existir um sem o outro.

Capítulo 3

Caçadores, Guerreiros, Monstros

Shannon B. Ford

Sam e Dean cometem muitos assassinatos. De fato, os Winchester gastam a maior parte de seu tempo dirigindo pelos Estados Unidos e "matando a maior quantidade possível de filhos da mãe" que eles puderem. Normalmente, pensamos em matar como moralmente errado, e sob circunstâncias normais a quantidade de assassinatos em que Dean e Sam estão envolvidos é patologicamente insana.[2] Mas, como bem sabemos, os irmãos não vivem em um mundo comum. Para começar, sua mãe foi assassinada por um demônio misterioso de olhos amarelos quando eles eram crianças, e, se isso não desculpar tudo o que fazem, foi por meio dessa tragédia que eles aprenderam que monstros horríveis existem mesmo. Subsequentemente, eles são levados a acreditar que é *correto* assassiná-los.

Como caçadores, Sam e Dean matam monstros porque esses tipos de criaturas colocam em risco as vidas de pessoas inocentes. Mas o problema não é assim tão simples; Sam e Dean confrontam uma complexa lista de problemas morais por matar. Embora eles frequentemente deliberem sobre a ética ao matar, os princípios morais

---

2. Dean, em particular, é preso em um bom número de ocasiões pelo FBI como suspeito de ser um assassino em série.

pelos quais os Winchester justificam essas ações é algo ambíguo. As coisas ficam realmente sombrias moralmente quando eles acham necessário matar humanos inocentes. De fato, o conflito contínuo que os Winchester têm com certos tipos de monstros em *Supernatural* pode ser melhor descrito como uma guerra do que como uma caçada. Muito frequentemente, Sam e Dean mostram comportamentos e atitudes com relação a matar que fazem com que pensemos se "caçadores" é o título apropriado para eles.

Engula isso, *Crepúsculo!**

Logo no início em *Supernatural* aprendemos que caçadores são seres humanos comuns que sabem que um mal sobrenatural oculto existe no mundo e que escolhem passar a vida brigando com ele. Caçar, como sugere o nome, envolve rastrear essas criaturas e arranjar uma maneira de destruí-las. Existem fundamentalmente três tipos de criaturas em *Supernatural*: monstros, espíritos e demônios. Metamorfos, por exemplo, são um tipo de monstro com a habilidade de copiar a aparência física de uma pessoa e acessar seus pensamentos. Por outro lado, espíritos são fantasmas perigosos que morreram em mortes violentas ou que estão revidando por vingança por causa de outras razões pessoais. Finalmente, demônios são criaturas que escapam do Inferno por tempo suficiente para possuírem pessoas e causar todo tipo de destruição, algumas vezes com propósito, outras vezes puramente sem intenção maior. Apesar de haver muitas diferenças entre as criaturas sobrenaturais, Sam e Dean usam o termo genérico "monstros" como maneira rápida e fácil de categorizar todas as criaturas que eles matam.[3]

Para a maioria dos caçadores, a natureza monstruosa dessas criaturas faz deles "seres malignos" e justifica eles serem caçados. A partir do momento em que é da natureza do monstro mutilar e matar

---

*N.T.: *Crepúsculo*, aqui, se refere à saga de livros e filmes chamada em inglês de *Twilight*.
3. Conforme a série vai passando, Sam e Dean cruzam com outros tipos de criaturas do universo "sobrenatural", como os "deuses pagãos", "anjos", "ceifeiros" e os Cavaleiros do Apocalipse (incluindo a própria Morte). Mas o foco primário é nos três grupos principais. Nas temporadas mais recentes, também descobrimos os leviatãs, um quarto tipo de criatura maligna com características tanto dos demônios quanto dos monstros, que apresentam uma nova série de problemas para os irmãos.

pessoas inocentes, dando uma mínima ou nenhuma consideração para a humanidade de uma pessoa, caçadores veem como dever matar esse tipo de criaturas para prevenir a morte de vítimas inocentes. Para a maioria, caçadores são realmente mais como exterminadores do que tradicionalmente pensamos ser caçadores. Normalmente, pensamos em caçadores caçando para conseguir comida, a pele ou por esporte, mas os caçadores de *Supernatural* não são comumente motivados a caçar monstros por nenhuma dessas razões. Mesmo quando um caçador aprecia seu trabalho, eles provavelmente não o descreveriam como "esporte". Eles certamente não comeriam os monstros quando os matam, e raramente usariam monstros como troféu para colocar na parede. Como a maioria dos exterminadores, os caçadores de *Supernatural* livram-se das pragas monstruosas e partem para o próximo trabalho.

Como caçadores – ou exterminadores de monstros, se preferir –, Sam e Dean são motivados a matar monstros na intenção de defender pessoas inocentes de serem vítimas desses monstros. De onde se segue, então, que de um ponto de vista moral Sam e Dean valorizam a pessoalidade (ou humanidade) acima da vida dos monstros que eles matam. E podemos dizer a respeito disso – pense só em todas as pragas que preferiríamos não estarem vivendo em nossas casas, mesmo que não ameacem seriamente nossas vidas. Muitos de nós não tentam remover baratas e pulgas de maneira humana de nossas casas; recorremos rapidamente a uma guerra química.

Sam e Dean começaram a caçar com uma distinção aparentemente clara entre humanos e monstros, mas, conforme passa a série, as distinções branco e preto se tornam cinzas. Descobrimos que alguns "monstros" exibem muitos dos traços fundamentalmente bons encontrados na humanidade, enquanto, reciprocamente, muitos humanos são indubitavelmente monstruosos. Em outras palavras, determinar quais criaturas são pragas a ser exterminadas vai ficando mais difícil, já que algumas pessoas agem horrivelmente em relação a outras pessoas. Por exemplo, em "The Benders", Sam e Dean lutam com uma família de humanos que caçam e matam pessoas por esporte, o que é muito monstruoso. Essa família está realmente "caçando" no sentido que discutimos anteriormente, mas eles estão caçando pessoas inocentes. Em outro exemplo claro de humanos que atravessam a linha da monstruosidade, o episódio "Time is on My Side" mostra os irmãos confrontando o dr. Benton, um humano que manobra a imortalidade substituindo seus próprios órgãos em decomposição por aqueles de suas vítimas. Tendo a oportunidade de viver de uma maneira similar e evitando ir para o Inferno, Dean decide que esse tipo de imortalidade equivale a se tornar um monstro, o que ele considera inaceitável. Em uma nota relacionada, essa é também uma preocupação central de Dean para não ir para o Inferno, já que ele receia que isso o transformará em um dos monstros que teme, detesta e caça.

Por outro lado, existem monstros que trabalham para se reformarem, no sentido de tomar um caminho em que eles não mais ameacem pessoas inocentes. Em circunstâncias normais, esse seria o tipo de monstro que Sam e Dean exterminariam. Por exemplo, em "Bloodlust", Sam é capturado por um grupo de vampiros. O líder dos vampiros, Lenore, revela para Sam que eles tinham se reformado e que se alimentavam somente de gado. Depois de ser libertado ileso, Sam eventualmente convence seu irmão de que os vampiros deveriam ser deixados em paz. De fato, Dean mais tarde admite para Sam que teria sido *errado* matar os vampiros. E, é claro, a ideia que monstros ainda podem preservar sua humanidade é criticamente importante para Sam, já que ele se preocupa em estar se transformando, ele também, em um monstro. Por isso, a questão moral central para Sam e Dean é se um monstro pode manter sua humanidade, e o que é especial a respeito da humanidade que faz valer a pena proteger os monstros que eles exterminam.

O caráter sagrado da vida e toda essa porcaria

É claro, monstros não são a única coisa que Sam e Dean matam. Eles estão também encrencados com a frequente necessidade de matar pessoas que não são monstros, incluindo pessoas possuídas por demônios malignos. Sam e Dean sabem que matar pessoas é errado. De fato, a defesa das pessoas é frequentemente o que justifica sua matança dos monstros. Então, quais são os problemas morais principais que envolvem o fato de matar um humano? E sob quais circunstâncias Sam e Dean podem justificar esses assassinatos?

Em situações normais, a maioria de nós acredita que matar um humano é errado. Reconhecemos que matar alguém é destruir algo de considerável valor moral, a vida humana. Alguns podem argumentar que não há nada na vida humana que a diferencie de outras formas de vida, mas essa visão é tipicamente rejeitada como não plausível, desde que isso faça a vida humana ser moralmente equivalente à das bactérias e dos fungos. Em última análise, se concordamos com a ideia de que é errado matar outro humano, então acreditamos que existe um direito básico de não ser morto por outra pessoa. Se um monstro é semelhante o suficiente a um humano, então o monstro pode ter o mesmo direito. O importante, se estamos lidando com um humano ou um monstro, é que esse direito não é absoluto. Existem algumas situações nas quais matar uma pessoa é justificado desde que tenhamos as razões corretas.

As justificativas mais fortes para matar outra pessoa são a defesa de sua vida ou da vida de outros.[4] No caso de defesa própria, é moralmente justificável matar um agressor quando é necessário impedir a própria morte nas mãos desse agressor. Por exemplo, em "Dream a Little Dream of Me", Sam é atacado por Jeremy, que vem matando pessoas no estilo Freddy Krueger, dentro dos sonhos delas. Quando Jeremy tenta matar Sam com um bastão de *baseball*, Sam dá um jeito de matar Jeremy primeiro em autodefesa. Se Jeremy não tivesse sido morto, Sam teria provavelmente morrido pelo ataque. Já que Jeremy estava tentando matar Sam, é permitido para Sam matar Jeremy em defesa da própria vida.

Similarmente, estamos justificados quando matamos alguém para defender a vida de outra pessoa. Considere o episódio "Simon Said", no qual Andy Weems mata seu irmão gêmeo, Ansem, que estava em vias de matar Dean. Ansem tinha a habilidade de controlar as ações das pessoas e estava fazendo Dean atirar em si

---

4. Para a discussão da filosofia sobre matar em defesa própria e para defesa de outros, ver: QUONG, Jonathan, "Liability to Defensive Harm", in *Philosopny & Public Affairs*, 40, nº 1 (2012): 45-77. QUONG, Jonathan, "Killing in Self-Defense", in *Ethics*, 119, nº 3 (2009): 507-537; McHANAN, Jeff, "The Basis of Moral Liability to Defensive Killing", in *Philosophical Issues*, 15, nº 1 (2005): 386-405; MILLER, Seumas, "Killing in Self-Defense", in *Public Affairs Quarterly*, 7, nº 4 (1993): 325-339; UNIACKE, Suzanne, in *Permissible Killing: The Self-Defense Justification of Homicide* (Cambridge: Cambridge University Press, 1994); LEVERICK, Fiona, *Killing in Self-Defense* (Oxford: Oxford University Press, 2006); THOMPSON, Judith J., "Self-Defense", in *Philosophy & Public Affairs*, 20, nº 4 (1991): 283-310.

mesmo. Andy intervém justificadamente para salvar Dean atirando primeiro em Ansem.

Três aspectos dos ataques fazem o ato de matar ser permitido. Primeiro, o agressor é uma ameaça mortal iminente. Os ataques de Jeremy e de Ansem poderiam ter sido mortais sem uma intervenção imediata. Segundo, os ataques não são justificados. O ataque de Jeremy foi motivado por seu desejo de continuar com seus "sonhos", o que se provou prejudicial para os outros. Sam foi atacado injustamente depois de tentar convencer Jeremy de suas ações perniciosas. No outro caso, Ansem estava em vias de matar a ex-namorada de Andy, Tracey, fazendo com que ela pulasse de uma ponte, então Ansem foi detido com uma bala de revólver. Terceiro, o agressor em ambos os casos era moralmente culpado.[5] Jeremy e Ansem foram completamente responsáveis por ameaçar a vida de outras pessoas, do mesmo modo que suas mortes aconteceram por causa de suas próprias escolhas.

Por último, é claro que a vida humana é importante para Sam e Dean, e a maior parte do que eles fazem tem a intenção de salvar a vida humana. Se eles realmente precisam matar uma pessoa, isso é justificado frequentemente pela defesa de outra vida humana. Embora Sam e Dean se preocupem pouco com os monstros que matam, quanto mais humano o monstro, mais provável é que Sam e Dean o deixem em paz. O embargo aqui é, sem dúvida, quando o monstro tem uma atitude de risco potencial para os humanos no futuro.

Ninguém mata virgens!

Frequentemente, Sam e Dean encontram-se na necessidade de decidir se o benefício que é resultado de matar um humano vale a pena. Particularmente, esse não é um problema que eles habitualmente têm com monstros. Com monstros, o padrão é matar antes e viver com as consequências. No entanto, com humanos, a coisa muda de figura. Sam e Dean têm regras sobre quando *não* matar alguém. Mesmo se

---

5. Um agente é totalmente culpado por uma ameaça de causar um dano, quando encontramos as seguintes condições: (1) O agente age de maneira que resulte numa ameaça não permitida de causar mal a uma pessoa ou pessoas inocentes; (2) O agente tem a intenção ou pretende causar este mal, ou ainda está agindo de modo imprudente ou negligente; e (3) não há condições de desculpa relevantes (por exemplo, ignorância inocente, coação, ou responsabilidade reduzida). QUONG, "Liability to Defensive Harm", 50.

matar servir para um propósito importante, os Winchester não matarão uma pessoa que é um espectador no local ou que não seja uma ameaça iminente de causar morte.

Por exemplo, no episódio "*Jus in Bello*", Sam e Dean são presos em uma delegacia de polícia enquanto uma horda de demônios domina a população local. O demônio Ruby propõe que se faça um feitiço para matar todos os demônios ao redor da delegacia, mas Dean recusa porque isso envolveria o sacrifício de uma virgem. Apesar do fato de o feitiço poder ter salvo todos na delegacia e a maioria dos inocentes habitantes da cidade lá fora, Dean não pensa que seria justificado matar a virgem Nancy. Mesmo quando Nancy consente em ser sacrificada para salvar seus amigos possuídos, Dean declara com sua delicadeza usual: "Eu não vou deixar o demônio matar uma doce e inocente garota que não teve ainda uma relação sexual".

Além disso, os irmãos não matarão alguém que não seja uma ameaça, mesmo que anteriormente tenha sido. Em "The Benders", Sam vence Lee e Jared Bender antes de atirar em Pa Bender, entregando-o ferido, mas vivo. Em vez de acabar o trabalho, Sam dá o rifle para a xerife Kathleen, e então ela pode levar os Bender sob sua custódia. Kathleen, por outro lado, atira em Pa Bender e o mata para vingar seu irmão assassinado. Apesar de Sam e Dean terem frequentemente oportunidades de matar pessoas nessa situação, essa é uma linha divisória injusta e imoral que eles não cruzam.

Há uma garota inocente presa em algum lugar por aqui?

Um problema moral complicado surge para Sam e Dean em relação a matar pessoas inocentes, vítimas de possessão por demônios. Uma pessoa possuída não tem capacidade de controlar suas ações; ela fica reduzida a ser um fantoche manipulado pelo demônio, a que eles se referem cruelmente como sendo "vestimentas de carne".

Fomos apresentados pela primeira vez a uma pessoa inocente possuída pelo demônio na forma de Meg Masters, uma garota que Sam conhece enquanto ela viaja de carona em "Scarecrow". Meg foi possuída quando cursava a faculdade e, quando em possessão, ela é às vezes consciente das ações do demônio, apesar de ser impotente para detê-las. Pessoas como Meg não são totalmente inconscientes dos erros cometidos pelo demônio que as possuem, mas elas são também o tipo de pessoas inocentes que Sam e Dean se sentem obrigados a proteger.

Infelizmente, Sam e Dean às vezes intencionalmente matam essas pessoas inocentes quando acontece de elas estarem possuídas. Uma das razões para isso é que uma pessoa cujo corpo está sendo possuído por um demônio pode já estar morta; mas é realmente difícil saber com certeza. Além disso, a força letal causa dano somente à vestimenta de carne humana, não ao demônio que a está possuindo. Na verdade, foi assim que Sam e Dean inadvertidamente mataram a humana Meg, quando a fizeram pular de uma janela do sétimo andar de um armazém no episódio "Shadow". Quando, mais tarde, Sam e Dean exorcizam o demônio que a possuía em "Devil's Trap", a humana morre por causa dos ferimentos que teve em decorrência da queda.

Sam e Dean aprenderam uma lição valiosa com a experiência com Meg, e a partir de então eles estão completamente conscientes de que estão matando pessoas inocentes, além dos demônios que os possuem. No fim das contas, Sam e Dean geralmente mantêm a crença de que matar uma pessoa inocente possuída por um demônio *somente* é permitido se eles não têm uma alternativa real. Em outras palavras, realmente deveriam não tentar matar pessoas possuídas, mas podem fazer isso quando é preciso matá-las para sua própria defesa ou para a defesa de outras pessoas. O direito de defender uma vida vem do fato de que a vítima está em risco de perder sua vida. Isso não tem nada a ver com o fato de o agressor estar no controle de suas ações.[6] Enquanto Sam e Dean estão tentando defender uma vida inocente, eles podem matar uma pessoa inocente possuída. Se não fizerem isso, então a vestimenta de carne possuída pode injustamente violar o direito à vida de outra pessoa inocente.

Ainda, Sam e Dean frequentemente correm riscos significativos para salvar a pessoa inocente que está possuída. Na verdade, isso tem relação com um dos motivos principais para Sam aproveitar o poder dado a ele pelo demônio Azazel, que lhe concedeu a habilidade de facilmente exorcizar demônios. Finalmente, quando é necessário matar uma pessoa possuída, Sam e Dean acreditam que matar deve sempre relutantemente ser seguido pelo arrependimento (mas absolutamente

---

6. UNIACKE, *Permissible Killing: The Self-Defense Justification of Homicide*, p. 185.

sem lágrimas). Sam e Dean expressam regularmente sua preocupação moral pelo destino das pessoas inocentes possuídas pelo demônio, especialmente aquelas que foi necessário matar. Além disso, ambos os irmãos temem ficar insensíveis por matar. Eles não desejam que isso se torne algo fácil de fazer. Esse problema é bem ilustrado pela deterioração moral que observamos em um caçador colega deles chamado Gordon, que aprendeu a gostar de matar. Dean explicitamente rejeita essa "moral flexível" quando Gordon tenta convencê-lo de que isso é certo. Nesse sentido, Gordon mudou seu trabalho de extermínio de monstros malignos para uma caçada divertida como esporte.

Não estamos mais caçando, estamos em guerra!

Em "What's Up, Tiger Mommy?", Sam mata um demônio depois de fazer um exorcismo de reversão para expulsá-lo do corpo de uma pessoa inocente, para impedi-lo de passar uma informação crucial para outros demônios. Por seus próprios padrões éticos, Sam e Dean poderiam considerar normalmente esse tipo de morte como assassinato a sangue-frio. Como isso pode ser justificado moralmente?

Na Oitava Temporada, os Winchester descobrem que pode existir um feitiço para banir todos os demônios do mundo e mantê-los afastados para sempre. Isso pode justificar uma mudança temporária em sua ética sobre matar. Em vez de eles serem caçadores, podemos argumentar que Sam e Dean são combatentes em uma guerra contra demônios. No episódio "Malleus Maleficarum", Sam ainda observa que sua batalha contínua contra os demônios é mais parecida com lutar em uma guerra do que simplesmente caçar, e o demônio Ruby briga com Sam e Dean no final de "Jus in Bello" porque eles não parecem saber como lutar em uma guerra.

Como caçadores, Sam e Dean seguem regras típicas de moralidade quando tratam com pessoas, mas, se eles são guerreiros, essas regras podem mudar significativamente. Guerreiros são obrigados a ser, pela "doutrina da guerra justa", combatentes com permissão especial de matar os inimigos combatentes.[7] A doutrina da guerra

---

7. Para uma discussão sobre a doutrina da guerra justa e a ética de matar na guerra, ver: WALZER, Michael, *Just and Unjust Wars: Moral Argument with Historical Illustrations*, 4ª ed. (New York: Basic Books, 2006); McMAHAN, Jeff, *Killing in War* (Oxford University Press, 2009); RODIN, David, *War and Self-Defense* (New York: Oxford University Press,

justa tenta explicar o que há de certo e de errado na decisão de se ir para guerra (*jus ad bellum*) e o que há de certo e errado na maneira como uma guerra é conduzida (*jus in bello*).[8] Muito importante é que a doutrina da guerra justa permite que combatentes em uma guerra cometam danos que não são permitidos em um contexto de não guerra.[9] Por exemplo, combatentes que lutam em uma guerra podem atacar e matar inimigos combatentes sem aviso, e podem fazer o mesmo em ataques com mísseis e emboscadas. Eles têm também permissão de causar sérios danos colaterais, incluindo matar e mutilar não combatentes. Bombardear uma cidade, no fim das contas, é bombardear aquelas pessoas que vivem ali por acaso. Mas isso é somente permitido se o objetivo militar for importante o suficiente para justificar as mortes previsíveis de não combatentes.

Nesse ponto da série, Sam e Dean estão fazendo uma distinção moral entre os dois diferentes papéis de "caçadores" e "guerreiros". Em seu papel de guerreiros, eles têm permissão de cometer assassinatos que, de outro modo, seriam moralmente injustificáveis.[10]

Pode ser uma aberração, mas não é o mesmo que um perigo

Em circunstâncias normais, Sam e Dean são exterminadores de monstros. Quando chega a hora de matar, eles raramente hesitam em destruir um monstro. Na verdade, frequentemente estão mais dispostos a ser misericordiosos com pessoas más e perigosas do que

---

2003); OREND, Brian, *The Morality of War* (Ontario: Broadview Press, 2006); ALLHOFF, Fritz; EVANS, Nicholas G.; HENSCHKE, Adam, *Routledge Handbook of Ethics and War: Just War Theory in the 21st Century* (London: Taylor & Francis, 2013).

8. Eu não vou descrever os princípios da doutrina da guerra justa aqui, mas, para uma excelente (e curta) visão geral, ler: WHETHAM, David, "The Just War Tradition: A Pragmatic Compromise", *in Ethics, Law and Military Operations*, ed. David Whetham (Basingstoke: Palgrave Mcmillan, 2011), p. 65-89.

9. FORD, S. Brandt, "Jus Ad Vim *and the Just Use of Lethal Force-Short-Of-War*", in *Routledge Handbook of Ethics and War: Just War Theory in the 21st Century*. Ed. Fritz Alhoff, Nicholas G. Evans e Adam Henschke (Taylor & Francis, 2013), cap. 6.

10. Para mais sobre excepcionalismo, ver: FIALA, Andrew, "A Critique of Exceptions: Torture, Terrorism, and the Lesser Evil Argument", *International Journal of Applied Philosophy* 20, nº 1 (2005), p. 127-142; ALLHOFF, Fritz, *Terrorism, Ticking Time-bombs, and Torture: A Philosophical Analysis* (Chicago: University of Chicago Press, 2012), esp. Capítulo 3, p. 35-36; MARKS, Jonathan H., "What Counts in Counterterrorism", *Columbia Human Rights Law Review* 37, nº 3 (2005), p. 559-626.

seriam, por outro lado, com um monstro. Mais que isso, os Winchester geralmente não dão uma justificativa para essa tendência. E, quando eles são confrontados com essa contradição em seu pensamento moral, desajeitadamente se atrapalham. Mesmo assim, essa tendência retorna temporada após temporada em um ou outro episódio.

Talvez o exemplo mais gritante ocorra em "The Girl Next Door". Uma *kitsune* criança chamada Amy ajuda Sam, e ainda mata a própria mãe para salvar a vida dele. Quando adulta, Amy não mata pessoas até que seu filho fica doente e precisa de glândulas pituitárias frescas para sobreviver. No desespero, Amy mata diversas pessoas para salvar a vida de seu filho.

Depois de rastrear Amy e perceber que ela é sua antiga amiga de infância, Sam não vê razão para matá-la, porque seu filho já está curado, e ela não tem mais motivo para matar. Que mal teria, já que ela não é mais uma ameaça? Não é como se ela *quisesse* matar alguém.

Sam explica a situação para Dean, que promete deixar Amy em paz. Mas Dean a rastreia e mata Amy mesmo assim. Antes de matá-la, Dean se justifica para ela dizendo: "Mas as pessoas... elas são o que são. Não importa o quanto você tente, você é o que é. Você vai matar novamente... Acredite em mim, eu sou um especialista".

Infelizmente, é um pouco difícil saber o que Dean quis dizer e pensa sobre ser um especialista nessa cena. Se ele pensa que é um especialista em pessoas, então ele tem de reconhecer que não está lidando com um humano. No fim das contas, ele a matou como qualquer outro monstro. Então o que ele estava dizendo não tem nenhum sentido, e certamente não faz sentido como justificativa para matar. Não, para isso ter sentido, Dean deveria ter sugerido que ele era um especialista em monstros, como um exterminador é um especialista em insetos e roedores. Mas, se for esse o caso, como Dean fracassa em reconhecer que ele não está longe de ser mais "monstruoso" que Amy? Dean matou pelo menos alguns deles por razões bem erradas. A dificuldade aqui é, por mais que tentemos justificar as razões de Dean, ele é o que é, e quando ocasionalmente é indulgente em um tipo de "flexibilidade moral" que permite que ele mate impunemente, Dean é pior que muitos dos monstros que ele caça.

Capítulo 4

*Team Free Will** – Algo Por Que Vale a Pena Lutar

Devon Fitzgerald Ralston e Carey F. Applegate

Supernatural começa com um *flash-back*. Dean Winchester e sua mãe estão dizendo boa-noite para o irmão dele, Sam. O pai deles, John, entra em cena e os quatro familiares se reúnem. Poucas horas depois, Mary ouve Sam chorando e vai ao quarto do bebê, onde ela vê um homem em pé na beira do berço. Achando que é John, Mary volta atrás, mas percebe que na sala, no andar de baixo, a televisão está ligada e vê John dormindo na frente dela. Ao correr de volta para proteger seu filho, ela é pregada no teto e morta por um incêndio horrível. No final, Dean, Sam e John escapam do incêndio, mas eles parecem não escapar do impacto desse fato em suas vidas. Isso nos leva a perguntar se Sam e Dean realmente tiveram escolha em se tornar caçadores. Se não, eles estão eticamente obrigados a esse papel de redentores? Eles poderiam recusar essa vida, deixar para lá, voltar atrás?

---

*N.T.: Na série, *Team Free Will* (Time do Livre-Arbítrio) é como Dean Winchester sarcasticamente chama o grupo que ele forma com Sam e com o anjo Castiel e outros caçadores.

Por toda a série *Supernatural*, assistimos aos Winchester resistir, abraçar e redefinir seus papéis nos negócios da família, "salvando pessoas, caçando coisas". Essas tensões fazem eco a um tópico que os filósofos têm explorado por milhares de anos – o livre-arbítrio. Este é tipicamente entendido como a capacidade de os indivíduos escolherem o curso das ações de suas vidas baseados em sua habilidade de raciocinar livremente. O livre-arbítrio é frequentemente estabelecido contra o determinismo, a teoria que diz que cada evento é inteiramente explicável nos termos de eventos prévios, inclusive de escolhas prévias.

Entretanto, como veremos, o debate sobre livre-arbítrio e determinismo é mais complicado do que inicialmente parece.

Os negócios da família

Muito da série *Supernatural* é dedicado a explorar como serão os futuros potenciais dos Winchester. Parte dessa exploração inclui examinar como as escolhas deles são impactadas por forças externas, incluindo eventos de seu passado. Por exemplo, Sam nunca quis ter uma vida de caçador, mas, querendo ou não, parece que ele e Dean foram destinados a levar adiante essa tradição de família. Antes de eles nascerem, planos eram feitos para garantir suas existências. Em "My Bloody Valentine", soubemos que o Paraíso ordenou a Cupido unir seus pais, John e Mary. Ainda que Mary ficasse de fora da vida de caçadas para levar uma vida normal com John, eventos a traziam de volta à comunidade de caçadores. Tudo isso sugere que, independentemente de suas vontades, forças externas poderosas manipularam e deram forma às vidas dos Winchester, o que ilustra o conceito filosófico de determinismo, de acordo com o qual o passado, o presente e o futuro formam uma cadeia inalterável de eventos.

Sam e Dean são frequentemente forçados a acreditar que seus destinos tinham sido predeterminados. Zachariah, por exemplo, revela como momentos na história de sua família fazem dos eventos das vidas de Sam e Dean inevitáveis. Um exemplo disso é a barganha de Azazel com Mary pela vida de John em "The Song Remains the Same". Essa barganha coloca a família em um aparente caminho sem saída, primeiro por permitir a Azazel entrar no quarto de Sam sem nenhuma interferência, o que custou a Mary sua própria vida quando ela, muito naturalmente, tenta protegê-lo. Essa perda leva John, que nunca foi um caçador, a ficar fixado à ideia de matar Azazel com o máximo de coisas malignas que ele pudesse matar. Consequentemente, John inicia Sam e Dean na vida da qual Mary tentou duramente escapar, uma vida que ela não desejava para nenhum deles. De acordo com Zachariah, essa cadeia de eventos levou Sam e Dean a serem escolhidos para ser os receptáculos usados para o confronto apocalíptico entre o arcanjo Miguel e seu irmão, Lúcifer.

Segundo a sinopse de Zachariah, as vidas dos Winchester parecem predeterminadas; seu papel como caçadores e receptáculos foi decidido antes mesmo de eles existirem. Com efeito, anjos de todas as estirpes repetidamente tentam convencer Sam e Dean da infrutífera natureza de lutar contra seu destino. Os irmãos foram mandados para o passado, para realidades alternativas, com isso eles podem entender que estão sujeitos a um destino particular e pré-arranjado. Felizmente, a natureza teimosa dos irmãos serve bem aos dois, que se recusam a aceitar que suas vidas foram predeterminadas. Durante uma conversa com o arcanjo Miguel em "The Song Remains the Same", Dean resiste a ter um papel no Apocalipse:

Miguel: E você pensa que sabe mais que meu Pai? Um homem insignificante e pequeno? O que o faz pensar que você tem escolha?

Dean: Porque eu tenho de acreditar que posso escolher o que fazer com minha insignificante e pequena vida.

Michael: Você está errado. E você sabe como eu sei disso? Pense nos milhões de acasos da sorte que levaram John e Mary a nascer, encontrar-se, apaixonar-se, ter vocês dois. Pense nas milhões de escolhas aleatórias que você fez e como cada uma delas traz você cada vez mais perto de seu destino. Você sabe por que isso acontece? Porque não são acasos. Não é a sorte. É um plano que está perfeitamente em andamento. Livre-arbítrio é uma ilusão, Dean. É por isso que você vai dizer sim.

Raramente Dean se recusa a cumprir seu papel como um Winchester ou como caçador. Na verdade, Dean vai longe para manter essa parte de sua identidade. Mas nesse momento Dean rejeita a declaração de Miguel de que "o livre-arbítrio é uma ilusão" e desafia seu suposto destino. Fazendo isso, Dean orgulhosamente adere ao *"Team Free Will"*, um grupo orgulhoso formado por um "ex-viciado em sangue, um cara que fugiu da escola com seis dólares no bolso, e o sr. Comatose"...

Livre-arbítrio e má-fé

De acordo com o filósofo existencialista Jean-Paul Sartre (1905-1980), cada pessoa está em constante estado de se moldar e moldar seu lugar no mundo por meio do livre-arbítrio. Sartre acreditava que poderíamos nos libertar de nosso passado, das expectativas da sociedade e do condicionamento de nosso comportamento, tudo isso ao nos autoafirmar por meio de novas escolhas e ações. Nós somos completamente livres e responsáveis pelas escolhas que fazemos, mas, como resultado, experienciamos a angústia. Aceitar a filosofia de Sartre significa aceitar que, para o bem ou para o mal, somente os Winchester podem se responsabilizar por suas vidas.

O livre-arbítrio requer uma habilidade de fazer as coisas de maneira diferente.[11] Por exemplo, Mary poderia ter deixado John morrer, em vez de fazer um acordo com Azazel, o que significa que Mary estava agindo com liberdade quando fez o pacto com ele. Similarmente, depois da morte de Mary, John poderia ter criado seus filhos de maneira diferente, não como caçadores. Como eles eram capazes de escolher diferentemente do que fizeram, percebemos que as livres escolhas dos Winchester expressam diretamente o quanto eles valorizam coisas como o devotamento à família, salvar vidas e expiar a culpa.

Por causa do fardo pesado que traz a responsabilidade nem sempre apreciamos nossa capacidade de fazer escolhas. Em vez disso, somos tentados a agir do modo que Sartre chama de "má-fé", mentindo para nós mesmos pela negação de nossa liberdade e acreditando que

---

11. HOBBES, Thomas, *Leviathan* (London: Penguin Books, 1968).

a sorte, o destino ou o plano de Deus determinam nossas escolhas e nos isentam da responsabilidade sobre elas. Dean é admirável em sua capacidade de resistir à má-fé e age como capitão do *Team Free Will*. Apesar da pressão, ele afirma ter direito à escolha de recusar ser o receptáculo de Miguel. Ele não está negando, não está de má-fé, pelo contrário, está escolhendo seu próprio sentido de certo e errado.

O mesmo não pode ser dito sempre em relação a Sam. As maneiras rebeldes e transgressoras como ele se expressa são de má-fé, à medida que elas são forjadas por mentiras que Sam diz de si mesmo a respeito de suas escolhas. Sam somente é capaz de ser livre de verdade quando finalmente aceita sua responsabilidade pessoal e para de culpar as expectativas da família por suas escolhas.

Questões de família na responsabilidade moral

Supernatural privilegia os valores de família e lealdade acima de tudo. John é consumido pela tristeza e vai embora em busca de vingança, então Dean toma a responsabilidade de cuidar de Sam. Dean sempre lembra a Sam que ele tem essa responsabilidade, e na Segunda Temporada é evidente que os irmãos se responsabilizam um pelo outro, além de fortalecer seu compromisso para com a família e a lealdade que eles têm entre si. Só que, quando um deles extrapola esse sentido moral por escolhas drásticas feitas, isso frequentemente resulta em consequências irreparáveis para o relacionamento entre eles. Sam faz isso quando bebe sangue de demônio, e Dean do mesmo modo quando mantém em segredo suas memórias do Inferno.

Em alguns momentos em *Supernatural*, essa responsabilidade para com a família é retratada como potencialmente perigosa. Quando Dean diz para Sam: "Para matar aquela garota, matar Meg, eu não hesitei, eu nem mesmo vacilei. Por você ou por papai, as coisas que estou disposto a fazer e matar me assustam às vezes". O arcanjo Gabriel, disfarçado de *trickster* (entidade enganadora, mentirosa), ecoa seu sentimento em "Mystery Spot" durante uma conversa com Sam sobre a viagem iminente de Dean ao Inferno:

> Essa obsessão por salvar Dean, o modo como vocês dois se sacrificam um pelo outro, não pode sair nada de bom disso

tudo, somente sangue e dor. Dean é seu ponto fraco, e os maus sabem disso, também. Às vezes você precisa deixar as pessoas partirem.

É claro, Sam não presta atenção no conselho de Gabriel. Fazer isso significaria negar a responsabilidade primária para com Dean, que, ironicamente, está indo para o Inferno como resultado direto de sua devoção a Sam. Em "Point of No Return", Zachariah alerta o meio--irmão de Sam e Dean, Adam, sobre a profunda devoção que eles têm entre si: "Nós não falamos para você a respeito deles? Então você sabe que não pode confiar neles, certo? Você sabe que Sam e Dean Winchester são psicoticamente, irracionalmente, eroticamente dependentes um do outro, certo?".

Desde que ele é apresentado na série, Adam é excluído do que ele chama de "coisa melosa de amor entre caras". Como ele foi criado fora da vida de caçador, sua história serve como uma contranarrativa, uma possibilidade do que as vidas de Sam e Dean poderiam ter sido. Isso também ajuda a esclarecer como os Winchester definem sua família. Sam e Dean aceitam Adam como irmão, compartilhando experiências similares, mas distintas com o pai deles. Mas, infelizmente para Adam, como vemos em "Appointment in Samarra", uma história de curta duração e o laço de sangue não são suficientes para que Dean o escolha, no lugar de Sam, quando ele tem a oportunidade de salvar um deles do Inferno. Apesar da relação entre eles, às vezes controversa, Sam é o irmão pelo qual Dean sente a maior lealdade e responsabilidade moral. A escolha de Dean e sua subsequente falta de emoção mostram claramente sua visão sobre Adam. Eles podem ser parentes, mas não são família.

No entanto, Sam e Dean expandem seu círculo familiar além dos laços de sangue para Castiel e Bobby. Com essa expansão, todas as ações e responsabilidades atreladas à família e à lealdade são também ampliadas. Por exemplo, Dean tenta neutralizar um atômico Castiel-Deus depois de ele ter absorvido as almas do Purgatório. Em "The Man Who Knew Too Much", Dean diz: "Eu sei que correu muita água debaixo da ponte, água má, mas já fomos uma família uma vez. Eu morri por você. Eu já fiz isso algumas vezes". Mas, mesmo depois do rompimento do *Team Free Will* e do impacto emocional devastador da resposta de Castiel-Deus: "Você não é minha família,

Dean. Eu não tenho família", Dean ainda o ama como um irmão, quando pesarosamente encontra e dobra a capa de chuva dele depois de Cas, tomado por muitos leviatãs, desaparecer dentro de um lago.

Tão perigosa quanto a responsabilidade que Sam e Dean têm um para com o outro é como se torna a relação entre Dean e Cas. A lealdade de Dean com Castiel leva Dean a cruzar limites que em outras circunstâncias ele não cruzaria. Em "On the Head of a Pin", Dean tortura o demônio Alastair a pedido de Castiel, usando técnicas que havia aprendido com o próprio Alastair enquanto esteve no Inferno. Isso empurra Dean intensamente na direção de um terreno sombrio, forçando-o a reviver experiências que teve no Abismo, o que é um sacrifício considerável para seu bem-estar mental. E suporta isso porque Cas pediu para ele. Quando está com seu pai e Sam, Dean se dispõe a fazer coisas assustadoras por aqueles que considera sua família. Fazendo isso, prova sua lealdade para com Cas, estreitando a relação entre eles, mas algo naquilo que ele está disposto a fazer começa a mudar, moralmente falando.

Similarmente, a relação de Bobby com Sam e Dean impacta a visão moral e as responsabilidades deles. Apesar de Bobby ser apresentado no início como simplesmente um amigo da família e companheiro de caçada, vem à tona que ele tem uma longa história com os garotos, e que os conhece desde que eram bem novos, às vezes assumindo o papel paternal quando o pai deles estava longe caçando. Quando Bobby está morrendo, em "Death's Door", ele não é mais um substituto temporário para o pai deles. Ele diz: "Eu tive a sorte de adotar dois garotos. Eles cresceram e se tornaram grandes. Eles se tornaram heróis". Bobby é uma das poucas pessoas que forçam Sam e Dean a pôr de lado suas responsabilidades como caçadores para abraçar suas obrigações familiares. Com receio de perder essa perspectiva e indo contra os princípios, Sam e Dean não conseguem se conter em queimar o frasco de Bobby e libertar o fantasma que ele se tornou. Eles fizeram isso por saber que Bobby estava voltando a ser um espírito vingativo; temos aí outro exemplo do grau perigoso de lealdade que Sam e Dean têm para com aqueles que eles consideram como parte de sua família.

Não importa se a visão sobre a lealdade familiar é uma força ou uma fraqueza deles, e sim que ela é o guia mais importante das vidas de Sam e Dean. Eles a valorizam acima de tudo, e ela exerce uma influência maior sobre suas vontades. Por causa dessa influência, deveríamos perguntar o quanto essa vontade é realmente livre.

Quão livre uma vontade pode ser e ainda ser livre?

De acordo com o filósofo David Hume (1711-1776), se nossas escolhas são inexplicáveis, se não existe nenhuma causa para elas ou razões para que as façamos, então elas realmente não contam como escolhas, muito menos como escolhas livres. Nossas escolhas devem vir por meio de nossas características, daquilo a que damos valor e daquilo com que nos importamos. De outro modo, elas não são realmente nossas escolhas.

A visão de Hume é que nossas escolhas devem ter uma causa, mas isso não significa que elas sejam determinadas. Os valores e a lealdade familiar impactam fortemente as escolhas de Sam e Dean, mas essas escolhas ainda são feitas de forma livre. Mas uma pessoa é livre quando escolhe fazer algo que não quer fazer? Por exemplo, Dean permite livremente que Sam sacrifique sua alma ao Inferno, transformando-o no receptáculo de Lúcifer em um elaborado golpe para impedir o Apocalipse?

Um modelo de duas fases do livre-arbítrio permite-nos distinções sutis a respeito dele, que podem ajudar no caso de Sam e Dean.[12] Nesse modelo, a primeira fase do livre-arbítrio envolve uma mentalidade individual que explora uma variedade de possibilidades, enquanto a segunda fase envolve aquela mesma mentalidade individual escolhendo uma daquelas opções. Esse modelo de duas fases ajuda no caso de problemas mais complicados em relação ao livre-arbítrio. Por exemplo, uma mulher com depressão clínica severa pode desejar ter uma atitude mais positiva, mas ser incapaz de conseguir a mudança de sua atitude, por causa da natureza física e química da doença. Apesar do fato de que ela não está fisicamente impedida, ela realmente não tem livre-arbítrio. A doença está limitando as opções que ela pode legitimamente escolher. Similarmente,

---

12. William James propôs pela primeira vez esse modelo de duas fases em um colóquio intitulado "The Dilemma of Determinism", e numerosos filósofos desenvolveram-no ao longo dos anos.

um homem que luta contra o alcoolismo pode desejar libertar-se do vício. Ele pode *querer* ficar sóbrio, mas acha que está fisicamente incapacitado para cumprir esse objetivo. Em outros casos, uma pessoa pode até mesmo estar em um espaço mental onde "querer estar sóbrio" não é um pensamento que passa por sua cabeça, fazendo com que sua escolha pela realização seja impossível.

Esses exemplos demonstram que a liberdade da vontade está ligada, em parte, a uma compreensão complexa da psicologia humana. Dean permite livremente que Sam sacrifique sua vida? Permitir esse sacrifício vai contra um valor central da vida de Dean – cuidar do irmão –, o que indica que não é uma escolha feita livremente. Dean dá sua opinião expressando sua desaprovação com relação ao plano, mas cede em uma conversa com a Morte durante o episódio "Two Minutes to Midnight". Bobby põe o problema em evidência: "Bem, eu tenho de perguntar, Dean. Você está exatamente com medo do quê? Perder? Ou perder seu irmão?".

Em *Supernatural*, as escolhas que as pessoas fazem são impactadas por suas almas. De fato, a alma age como um filtro moral ou bússola nas escolhas de um indivíduo. Já que a alma não força uma opção particular em um indivíduo, nos termos do modelo de duas fases do livre-arbítrio, ela limita as opções disponíveis. Um ser em que falta a alma parece ter falta de limites morais. Por exemplo, quando Sam retorna do Inferno sem alma, ele ultrapassa limites éticos de uma maneira que teria sido impensável para ele previamente. Na verdade, Sam não chega nem mesmo a ficar apreensivo ao permitir que Dean se transforme em um vampiro, fazendo dele presa fácil para os caçadores. Mas esse grau de liberdade realmente é liberdade?

Em "Family Matters", o Vampiro-Alfa declara: "É incrível como essa alma pequena e maldita atrapalha, mas não você. Você será o animal perfeito". Como os demônios com quem ele luta, o Sam sem alma livra-se de ambos, do senso de responsabilidade e do problema da angústia que vêm quando ele se importa com as escolhas que podem ter consequências negativas para aqueles que estão ao seu redor. O Sam sem alma tem mais opções, mas na verdade isso faz dele menos livre e responsável. Como Hume nos recorda, "quando [as ações] acontecem sem uma causa que venha do caráter e da disposição da pessoa que as fizeram, elas não podem ser revertidas nem para a honra, se boas; nem para a infâmia, se erradas".

Responsabilidade moral e angústia

Os Winchester são às vezes torturados por uma crise de consciência de que eles poderiam ter escolhido diferentemente e, tendo feito isso, as vidas de muitas outras pessoas poderiam ter sido diferentes. Vemos um exemplo disso em "What is and What Should Never Be". Sob a influência de um gênio, Dean vive a experiência de uma vida na qual sua mãe não morre, e em que ele e Sam não se tornam caçadores. Dean rapidamente reconhece as ramificações dessas mudanças, e, enquanto Mary e Jess vivem, pessoas que Sam, Dean e John salvaram estão agora mortas. Os irmãos mal falam um com o outro. No clímax do episódio, Dean se esfaqueia para se libertar da ilusão do gênio, enquanto Sam e Mary dessa ilusão imploram para ele ficar. A angústia de Dean nesse momento é óbvia, porque isso o força a pesar a vida daqueles com quem ele se importa em relação à vida daqueles que ele salvou. Quando ele e Sam discutem sobre isso mais tarde, Sam tenta consolar Dean falando sobre os sacrifícios que eles fizeram em suas vidas: "... pessoas estão vivas por sua causa. Isso vale a pena, Dean. Vale mesmo. Não é justo, e você sabe que isso dói como o Diabo, mas vale a pena". Enquanto Dean concorda que "salvar vidas, caçar coisas" é importante, nós o vemos, pela primeira vez desde a morte de John, perguntando se o fardo de fazer o que ele faz não é demasiado.

Nós vemos o impacto total da angústia em Sam e Dean na Oitava Temporada. Sam compreende os perigos em querer ter uma vida normal, reconhecendo que cada um que é próximo a ele se torna uma responsabilidade e outro ponto potencial de angústia em seu caminho. Tudo o que Sam passou força-o a questionar suas escolhas prévias e sua moralidade construída anteriormente. Na essência, a angústia faz Sam questionar quem ele é e se ele está fazendo algo que vale a pena. Por causa dessa angústia, pela primeira vez Sam está verdadeiramente sozinho – perdendo Dean para o Purgatório, perdendo o pilar central de sua identidade em família e a lealdade, perdendo tanto de sua identidade com essas coisas –, Sam deixa de ser caçador.

Enquanto Sam está perdendo a cabeça, Dean tem lutado para sobreviver no Purgatório. Quando ele retorna, descobre que Sam deixou de ser caçador, colocando em perigo a vida das pessoas pelas quais ele se sacrificou para proteger. A angústia que guiou Dean no Purgatório vira raiva, ressentimento e uma indignação justa. Furioso, Dean repetidamente briga com Sam por sua escolha, até que Sam replica que o "livre-arbítrio é só para [Dean]". A capacidade de Sam manter-se longe das caçadas surpreende Dean. Ao saber que Sam pôde simplesmente desistir de caçar para levar uma vida normal mostra a Dean que eles não dividem mais o mesmo senso de responsabilidade moral.

Vamos, time!

Ao passo que, nas primeiras temporadas de *Supernatural*, a audiência pode ser convencida de que os futuros de Sam e Dean foram predeterminados pela maquinação dos anjos, os episódios com realidades paralelas sugerem que as vidas dos irmãos foram moldadas pelas escolhas que eles fizeram a partir do livre-arbítrio. Para o bem ou para o mal, Sam e Dean são responsáveis por suas ações, o que é o melhor a se esperar de um ex-viciado em sangue e um cara que fugiu da escola com seis dólares no bolso.

Parte Dois
Vida, Liberdade e o Apocalipse

Capítulo 5

Que Diabos Está Acontecendo?

Galen A. Foresman

Não me levem a mal, eu acho que posso entender por que uma pessoa pode vender sua alma a um demônio da encruzilhada. Existe algo que elas querem muito mesmo, e simplesmente não há outro jeito de conseguir, ou somente não há outro meio de conseguir de maneira rápida. Você quer ser o melhor músico de *blues* de todos os tempos, mas acabou de começar a estudar guitarra, bem, então o demônio da encruzilhada pode ser sua única solução. Mas, vamos falar sério, você bem sabe o que esse pacto traz para você, certo?

No caso de você ter esquecido, e a maioria das pessoas esquece, depois de dez anos vivendo com seja lá o que for "seu sonho que vira realidade", sua alma se torna propriedade de qualquer que seja o demônio com o qual você assinou um contrato original. Às vezes, o demônio da encruzilhada com o qual você está trabalhando é só um mero assistente de vendas, e que tem uma comissão pequena da relação com você, enquanto um demônio manda chuva é na verdade quem acaba possuindo sua alma quando tudo está dito e feito. O Diabo, como dizemos, está nos detalhes.

Agora, vamos supor que o prazo de seus dez anos venceu, e o cão do Inferno do demônio está desmantelando sua porta – isso vale a pena? Um futuro de sofrimento eterno vale a pena por qualquer que seja aquilo que você consegue do demônio? Mary fez um pacto com um demônio pela vida de John; John fez outro pacto com um demônio para salvar a vida de Dean; Dean fez outro para salvar a vida de Sam; e afinal Sam termina na jaula com Lúcifer de qualquer maneira. OK, esses são acordos para salvar as almas de outras pessoas, mas valeram mesmo a pena?

Sem dúvida, evitar o Apocalipse é uma coisa boa e, como resultado de todos esses acordos, o Apocalipse foi impedido. Mas pode não ter sido o Apocalipse que fez Mary, John e Dean fazerem os acordos em um primeiro momento. No fim das contas, o tempo de Dean no Inferno resultou no rompimento do primeiro selo. Mas, mesmo que o Apocalipse tivesse acontecido, apesar de tudo, as pessoas que morreram poderiam ter ido para o Céu, não para o Inferno. Além disso, Mary, John e Dean nunca teriam tido de gastar seu tempo no Inferno também. Não foi também como se os acordos feitos por Mary, John e Dean prevenissem alguém de ir para o Inferno. Eles apenas trouxeram as pessoas de volta à vida, aqui na Terra.

No fim das contas, esses pactos com os demônios da encruzilhada certamente fazem *Supernatural* ficar mais excitante. Também servem para explicar por que existem tantos demônios no Inferno. A resposta é que esses pactos são realmente só esquemas de pirâmide inteligentes. Como todo esquema de pirâmides, ele é uma oferta realmente atraente até você perceber que estar na base da pirâmide é mesmo horrível, e que somente poucas pessoas chegam ao topo. Além disso, ir para o topo requer que você consiga novas pessoas para que você escale rumo ao topo. E, mesmo que você atinja o topo, ainda estará no topo do Inferno, que não é lá grande coisa.

Depois de tudo isso, fico pasmo por ver quão regularmente esses pactos ocorrem. Mesmo assumindo que seu tempo no Inferno não foi o pior sofrimento possível para uma quantidade virtual infinita de tempo, absolutamente nada parece ter valor o suficiente para garantir uma viagem voluntária para lá. Aquelas almas que lá estão não queriam estar, e as que estão fazendo escolhas que as colocarão lá não compreendem com clareza as escolhas que fazem.

Com isso, eu apenas acredito que é natural perguntar: qual o objetivo do Inferno em *Supernatural*?

A estrada para o Inferno

Apesar da popularidade de frases como *"Hell, yeah!"* e *"Raise Hell!"*, a teoria corrente sobre o Inferno é que ele não é mesmo um lugar para se divertir. O Inferno é um local aonde as almas vão para ser punidas pelos pecados que elas cometem na Terra. Em "Born Under a Bad Sign", o demônio Meg declara quase com ressentimento que o Inferno é ruim até mesmo para os demônios que vivem lá:

> Você sabe quando as pessoas querem descrever a pior coisa possível? Elas dizem que é como o Inferno. Você sabe que existe uma razão para isso. O Inferno é como, hã..., bem... o Inferno. Até para os demônios. É uma prisão feita de osso e carne e sangue e medo; e você me mandou de volta para lá.

De acordo com a teologia cristã, depois de ser devidamente julgadas, as almas más são condenadas ao Inferno pela eternidade. *Supernatural* difere disso no ponto em que algumas almas no Inferno nem mesmo foram julgadas, elas somente fizeram pactos muito ruins. Mas, independentemente daquilo que você pensa sobre se o mito de *Supernatural* está correto nesse ponto, o fato de reconhecermos que existem pactos muito ruins deveria nos dizer algo a respeito das escolhas que nos enterram no Inferno, particularmente se isso significa punição.

Eu vi *Hellraiser*, eu entendo o espírito da coisa

Normalmente, as punições são percebidas como más pelas pessoas que as recebem. Não gostamos de punições, e fazemos de tudo para evitá-las. Nossas atitudes e emoções para com o ato de receber punições podem variar, mas elas muito raramente são positivas. Por outro lado, nossas atitudes e emoções sobre punir alguém que nos fez mal podem frequentemente ser positivas. Na verdade, podemos responder positivamente ao ato de punir alguém que fez algo errado, mesmo se o erro não foi pessoalmente feito para nós. Em "Family Remains", Dean confessa se sentir culpado por tudo o que ele fez no Inferno:

> Eu me diverti, Sam. Eles me prepararam e eu torturei almas e gostei disso. Todos esses anos; todo esse sofrimento. Finalmente, aceitando o acordo, de algum modo você esque-

ce tudo. Eu não me importava com quem eles colocavam na minha frente, porque aquela dor que eu sentia simplesmente passou. Não importa quantas pessoas eu salve, eu não posso mudar isso. Não posso preencher esse vazio. Nunca mais.

Distribuindo ou recebendo uma punição, isso deixa em nós sentimentos fortes, e esses sentimentos nos falam um pouco sobre o que realmente significa uma punição. Por exemplo, se você ouve falar que uma prisão foi aberta e que nela se mima os presos com massagens ou com um *personal chef,* sua reação emocional provavelmente mostraria que você acha que esse tratamento não é apropriado, que não é a maneira como uma punição *deveria* ser. Mesmo que essa prisão ainda pudesse ser um lugar de punição. Em muitos aspectos, essa prisão ainda seria um lugar onde criminosos convictos estariam fechados até pagarem tempo suficiente para ser libertados. É provável que você deseje ter um *personal chef* e um massagista, mas não estaria disposto a ir para uma prisão a fim de conseguir isso. Uma punição pela qual as pessoas ficam excitadas ou dispostas a experimentar realmente não é de jeito nenhum uma punição. Se Dean tivesse retornado do Inferno sem nenhuma cicatriz emocional, isso indicaria que ou Dean é perverso, ou o Inferno não é o lugar de punição que nós pensamos ser. Uma montagem das palavras da própria Ruby nos faz lembrar que o Inferno é completamente mau: "existe um fogo real queimando no abismo, agonias que você nem mesmo pode imaginar", então "eles conseguem fazer tudo muito bem, exceto pelas marcas que deixam".

Quem diabos você pensa que é?

Nossas atitudes em relação à experiência de punição lançam uma luz sobre um aspecto muito interessante sobre o Inferno em *Supernatural* – uma pessoa no Inferno pode não estar lá por ter vivido uma vida má, mas porque fez um péssimo acordo com o demônio. Se uma alma acaba no Inferno por esse motivo, ela de fato merece essa tortura e esse sofrimento eternos? Faz algum sentido pensar que essa alma está realmente sendo punida? No fim das contas, frequentemente não pensamos nas consequências ruins por sermos estúpidos, em punições por estupidez, e vender a alma dessa maneira é simplesmente estúpido, não algo mau.

Tipicamente, assumimos que toda alma no Inferno é má e merece ser punida. Da mesma forma, tendemos a pensar que qualquer um trancafiado em uma prisão merece ser punido. Sem dúvida, essa é uma suposição bastante segura, mas obscurece um aspecto importante sobre o Inferno e sobre punição. A punição é externamente imposta por algo que se julgou ser errado, e isso caracteriza distingui-la de outros tipos de consequências negativas que são base para coisas como a estupidez. Existem escolhas que fazemos em nossa vida que têm consequências ruins, como há escolhas que fazemos em nossa vida pelas quais somos responsáveis e que têm consequências más impostas externamente. Prisioneiros em uma prisão são forçados a ficar lá porque quebraram as regras da lei e, normalmente, pensamos que as almas no Inferno são forçadas a estar lá por causa de ações más feitas na Terra.

É claro que fazer julgamentos para punir os outros requer que tenhamos alguns padrões ou medidas pelos quais podemos decidir se as ações de alguém merecem ou não uma punição. Além disso, temos como certo que uma pessoa que está sendo punida foi conscientizada das consequências de suas ações, antes de fazer as más escolhas. O juiz, seja o que ou quem for, pesa esses fatores contra a gravidade da ofensa. E é comum para nós desculpar um mau comportamento por causa de uma educação ineficiente ou outra circunstância atenuadora. Então, talvez o árbitro do Inferno tenha preocupações similares para levar em conta. Pactos com os demônios não contam de maneira confortável nessa questão. Qualquer um que realmente soubesse o que estava assinando não faria esses acordos, em primeiro lugar. Claro, ninguém nunca disse que não poderia haver consequências más pelas escolhas ruins. Portanto, se você está no Inferno por algo estúpido que fez, não está sendo punido. Na verdade você está experienciando as consequências ruins de uma escolha malfeita.

Para o Inferno com você

Tradicionalmente, o caminho para o Inferno vem pela punição por falharmos em ter conhecimento dos padrões morais dos quais devíamos ter consciência. Para o efeito da justiça, é preciso haver exceções pelas más ações feitas por acidente ou por ignorância. O filósofo Joel

Feinberg (1926-2004) afirma isso quando critica as definições geralmente inadequadas de seus predecessores e contemporâneos.[13] De acordo com Feinberg:

> Quando esses artigos vão em frente para *definir* "punição", parece, no entanto, para muitos, que eles deixam completamente fora do alcance da vista o mais elementar que faz da punição teoricamente enigmática e moralmente inquietante. Punição é definida, de fato, como um tratamento duro, por meio de um sofrimento, aplicado por uma autoridade sobre uma pessoa, por causa de uma falta de respeito a algo.

Como Feinberg observa, seus predecessores e contemporâneos deixaram de fora um elemento importante em sua definição, e ela acaba então sendo aplicada a muitos casos que não são realmente punição, incluindo a punição às pessoas por quebrarem uma regra que elas não sabiam que existia.

Feinberg ainda tinha alguns outros exemplos importantes para considerar em relação à punição. Suponhamos que tenham recusado a Dean uma bebida para adultos em um restaurante, porque ele não trouxe uma identificação que mostrasse que tinha idade legal para comprar e consumir essa bebida. O garçom puniu Dean? Não, é claro que não. Dean não fez nada de errado e o garçom não teve a intenção de infligir nenhuma consequência negativa para ele. Em uma observação similar, suponhamos que você é um atleta em uma escola de Ensino Médio e o seu treinador o faz praticar exercícios físicos excruciantes e exaustivos. Se a intenção dele é melhorar sua *performance* e condicionamento deficientes, então isso não é uma punição, não importa o quanto seja desagradável. Esses não são casos de punição, porque a punição verdadeira tem como objetivo mandar uma mensagem. Como Feinberg diz:

> Punição é um expediente convencional para a expressão de atitudes de ressentimento e indignação, e de julgamentos, ou desaprovação e reprovação, tanto da parte da própria autoridade punidora, quanto daqueles *"em nome dos quais"* a punição é

---

13. FLEW, A., "The Justification of Punishment", in *Philosophy*, 29 (1954), p. 291-307; BENN, S. I., "An Approach to the Problems of Punishment", in *Philosophy*, 33 (1958), p. 325-341; e HART H.L.A., "Prolegomenon to the Principles of Punishment", *in Proceedings of the Aristotelian Society*, 60 (1959-60), p. 1-26.

infligida. Punição, em resumo, tem um *significado simbólico* que falta em grande parte de outros tipos de penalidade.[14]

Feinberg afirma que a punição é mais que somente tratar com rigidez alguém por quebrar regras. Além disso, a punição tem como intenção mandar uma mensagem de condenação moral para o contraventor. Uma punição verdadeira vai capturar e expressar a frustração emocional, o ressentimento e a indignação sentidos por aqueles que sustentam e seguem as regras, enquanto outros não o fazem, e nós queremos puni-los por seu comportamento. Nós queremos que fique claro para eles que suas ações estão ofendendo nossa sensibilidade moral.

Agora podemos ver por que ir para o Inferno por escolhas estúpidas não pode ser uma punição. Uma punição deveria mandar uma mensagem de condenação pela falha da pessoa. Mas, no caso da ignorância, não é que uma pessoa falhou ao seguir uma regra. Na verdade, é que eles não sabiam que havia uma regra a seguir. As pessoas dizem que a ignorância não é desculpa, mas quando você não sabe honestamente que estava fazendo algo errado, certamente não vê nenhuma razão para ser punido. Você pode, no final, reconhecer seu erro, e não fazer de novo. Sabendo disso, ninguém ficará de fora do Inferno se fizer um pacto com um demônio da encruzilhada. Mas ao menos aquelas pessoas podem ter um pequeno consolo pelo fato de não estarem sendo punidas. Elas estão somente experienciando as consequências de uma decisão ruim, talvez tomada em uma ignorância parcial.

Ir para o Inferno rapidamente e sem escapatória

De todo o modo, o Inferno é realmente mau. Mas, como aprendemos, ser mau não é o suficiente para algo ser contado como punição. Como consequência de ser mau, o Inferno deve ser um lugar para onde as almas vão porque suas ações pregressas falharam por não seguirem algum conjunto de regras ou expectativas. Essas expectativas podem ser tais que falhar em cumpri-las pode gerar um grau de ressentimento

---

14. FEINBERG, J., "The Expressive Function of Punishment", *in Doing and Deserving* (Princeton, NJ: Princeton University Press, 1970), p. 95-118.

ou indignação naqueles que criam e sustentam essas expectativas. Em última instância, a punição tende a espelhar o grau de ressentimento que tem aquele que obriga alguém a obedecer às expectativas, o que ajuda a explicar por que nós evitamos punir nos casos em que uma regra ou expectativa não foi cumprida por acidente. Sentir ressentimento por um acidente é como ficar bravo com um tornado ou um lobisomem. É claro que eles podem causar mesmo muitos danos, mas você não deve realmente tomar isso como pessoal. Além disso, quem já ouviu falar em punir um tornado? E quando Sam e Dean derrubam um lobisomem, seria estranho serem justos por fazerem isso.

É importante notar que, quando as pessoas não seguem as leis, a rigidez da punição corresponde à gravidade das leis que foram desobedecidas. Infringir leis menores resulta em punições menores, porque a condenação geral pelo ato é menor. A quantidade de ressentimento determina a natureza e o grau da punição, não a gravidade da lei que foi descumprida. Em "Tall Tales", Dean ressalta esse ponto claramente em uma conversa com Sam:

Sam: Ei, como você iria se sentir se eu detonasse com o Impala?

Dean: Seria a última coisa que você iria fazer.

A severidade da punição espelha a gravidade do ato. As consequências desse ato são frequentemente ignoradas se forem boas e, na pior das hipóteses, serão usadas como uma razão para aumentar a punição, se elas forem ruins. Destruir o Impala obviamente é algo que atinge muito Dean, por isso essa punição mais radical que ele pode cometer para quem fizer isso. Se, como Meg sugere, o Inferno é a coisa mais terrível que existe, então ir para lá significaria ter feito algo muito, muito ofensivo para o árbitro final da questão.

Não é um acaso estar no Inferno

No início, eu ponderei dizendo que fazer um pacto com um demônio da encruzilhada não faz sentido. Nada vale a pena, se nos dá a danação eterna. Claro, nós vemos Mary, John, Dean e Sam dispostos a negociar a danação eterna por coisas aparentemente admiráveis, mas eles realmente sabiam como seria o Inferno? Baseados nas informações de

Meg e Ruby sobre o Inferno, parece simplesmente impossível que eles soubessem. Em "Malleus Maleficarum", Ruby explica:

> Existe um fogo real no abismo, agonias que você nem pode imaginar... mais cedo ou mais tarde, sua humanidade vai ser consumida pelo fogo do Inferno. Cada alma condenada, cada uma, vai se transformar em outra coisa. Tornar-se como nós.

Qual tipo de caçador escolheria isso se pudesse evitar? Que tipo de pessoa escolheria isso, se pudesse evitar? A partir do momento em que o Inferno é aparentemente pior que qualquer coisa que podemos imaginar, nada, exceto a melhor coisa possível, poderia fazer isso valer a pena. É claro, se raciocinamos dessa maneira, a melhor coisa possível é, definitivamente, em parte, não ter de ir para o Inferno. Assim, qualquer um que escolhe o Inferno simplesmente não tem nenhuma ideia do que realmente escolheu.

Já que o Inferno não pode ser algo que escolhemos conscientemente, devemos considerar se é remotamente justo impô-lo para as pessoas por um mau comportamento. Em outras palavras, precisamos considerar o que justificaria a existência do Inferno como uma punição. É claro que nós entendemos por que punimos. Ficamos loucos com as pessoas quando elas descumprem regras, queremos fazer algo severo em resposta. Mas certamente sabemos que existem limites para quão severamente nós podemos responder em relação às pessoas que cometem atos errados, e mais ainda, nós reconhecemos que extravasar nossa raiva e frustração nessas horas não é nossa única opção. Temos a escolha sobre se punimos ou não os contraventores e, como já vimos, existem casos em que pensamos que a punição não é necessária nem razoável.

Vamos considerar algo com que somos familiarizados, a punição para as crianças, a fim de ter uma compreensão melhor se o Inferno é ou não justificável. Qual é a punição apropriada para uma criança que puxa o cabelo de seu irmão? Deveríamos puxar o cabelo dela de volta ou deixá-la sentada "fora do ar e imóvel" por cinco minutos? No mesmo sentido, qual seria o verdadeiro objetivo dessa punição? O que os pais esperam conseguir com isso?

Claramente, a punição tem como intenção ensinar algum tipo de lição, e é por isso que os pais se sentem obrigados a punir seus filhos.

O fundador do utilitarismo moderno, Jeremy Bentham (1748-1832), reconheceu os sentimentos controversos que temos com relação à punição, dizendo:

> O objeto geral que todas as leis têm, ou deveriam ter em comum, é aumentar a felicidade total da comunidade; e por isso, em primeiro lugar, excluir tanto quanto puder cada coisa que subtrai aquela felicidade: em outras palavras, excluir o dano. Mas toda punição é um dano, toda punição em si mesma é má. A partir do princípio da utilidade, se ela [a punição] deve ser admitida, só deve ser admitida à medida que ela promete excluir algum mal maior.[15]

Na essência, sem pensar em nossas boas razões para punir, isso ainda implica subtrair a felicidade das pessoas que estamos punindo. E é claro que só devemos fazer isso se for prevenir algo pior que pode acontecer no futuro.

Então, quando acontece de punirmos uma criança por puxar o cabelo de seu irmão, isso deve somente ser feito, segundo Bentham, se for prevenir algum mal maior no futuro. Normalmente, esperamos que a punição que damos a essa criança vá ensinar a ela a lição de que não deve puxar o cabelo do irmão no futuro. Mas, se pudermos ensinar a lição sem punição, devemos fazê-lo. Se a punição não é efetiva para prevenir que a criança vá causar um dano maior mais tarde, então ela não é justificada.

Visões como a de Bentham são utilitaristas porque justificam a punição somente enquanto consegue aumentar a quantidade de felicidade para todos os envolvidos. Geralmente falando, o ato de punir é inerentemente mau, mas existem consequências positivas em termos de deter e reabilitar o ofensor. Sempre pode haver consequências positivas em termos da satisfação sentida pela vítima do puxão de cabelo.

Tudo isso pode ser muito bom quando se criam as crianças, mas o que pode vir de bom da punição no Inferno? Acredito que podemos facilmente excluí-lo como lugar de reabilitação, já que nada parece sair de lá de uma forma melhor do que quando chegou. Dada a natu-

---

15. "Cases Unmeet for Punishment", capítulo XIII de *An Introduction to the Principles of Moral and Legislation*.

reza irracional daqueles que fazem pacto com demônios, podemos ficar inclinados a pensar que o Inferno é um asilo criado para um bando de psicopatas. É claro, o que pode vir de bom de lá?

Outra possibilidade é que o Inferno nos impede de praticar atos errados. Em outras palavras, a ameaça de ir para o Inferno é tão ruim que nos comportamos de maneira a evitar irmos para lá. Mas existe um problema em justificar a existência do Inferno para esse fim, que são nossos exemplos de "pactos com o demônio", situação que *Supernatural* deixa clara. O Inferno é ineficiente para deter o erro, porque não levamos muito a sério o quanto realmente ele é ruim. E, se estamos fazendo coisas más, porque não conhecemos na verdade suas consequências, então nossas más escolhas podem ser desculpadas por ser uma insanidade irracional temporária.

Se, ao contrário da maioria das características em *Supernatural*, levássemos o Inferno a sério, ele seria então o impedimento final perfeito. A partir do momento em que nada pode ser pior que o Inferno, nada pode ser um impedimento maior que o próprio Inferno. De fato, um Inferno que levaríamos a sério seria um Inferno que deveria estar vazio. Todo mundo faria qualquer coisa que pudesse para evitar sua ida para lá, já que nada valeria a pena o suficiente para esse risco. E aí, então, qual a utilidade de um Inferno vazio? Surtiria efeito para nós pensar honestamente que há um Inferno, quando de fato não existe Inferno nenhum? A habilidade crescente do Inferno em deter perfeitamente os erros mina a necessidade de, na verdade, existir um Inferno. No fim das contas, as considerações utilitaristas simplesmente não vão justificar o Inferno.

Como uma possibilidade alternativa, a punição do Inferno pode ser justificada de acordo com uma teoria da retaliação. Na obra *The Critique of Practical Reason*, o filósofo Immanuel Kant (1724-1804) diz:

> Quando alguém que tem prazer em irritar e vexar pessoas pacíficas recebe finalmente uma surra bem boa, isso é sem dúvida doentio, mas todo mundo aprova e considera que é um bem em si mesmo, ainda que se dessa situação não resultar nada.[16]

Kant nota com propriedade que nós aprovamos que alguém seja punido se merecer. Mesmo que essa punição não leve a nenhum bem

---

16. KANT, Immanuel, *Critique of Practical Reason*, trad. de Lewis White Beck (Chicago: University of Chicago Press, 1949), p. 170.

a mais para o mundo, a punição é justificada. Um exemplo clássico de retaliação chegou até nós pela *lex talionis* (lei de talião), que prega um castigo do mesmo tipo e no mesmo grau da injúria sofrida. A *lex talionis* é frequentemente usada como sinônimo do "olho por olho, dente por dente", já que ela captura a ideia geral de retaliação do mesmo tipo e na mesma intensidade.

Enquanto a afirmação de Kant é aquela em que nós parecemos aprovar uma punição, ela não deixa claro o que faz realmente da punição algo apropriado. Então, pode nos ajudar o fato de pensar na retaliação como justificada do mesmo modo em que nós justificamos a recompensa ou o pagamento por meio do trabalho. Se eu recompenso meus filhos por um bom comportamento, então essa recompensa veio somente porque eles agiram bem. Eles não têm sempre de se comportar bem para receber a recompensa agora. Se você foi contratado para fazer um trabalho e o termina, o pagamento é devido para você pelo trabalho feito. Se você não for pago, sua razão para pedir seu dinheiro será que você o merece. Similarmente, a retaliação justifica uma punição simplesmente em virtude do que é merecido. Diferentemente do pagamento, no entanto, as pessoas raramente exigem ser punidas por suas ações erradas. Mas, por mais estranho que pareça, de acordo com Kant e outros adeptos da retaliação, na verdade você deve ser punido, porque a punição faz com que leve a sério sua capacidade de fazer escolhas para si mesmo. A falha em punir você seria como tratá-lo como uma criancinha que não pode alcançar completamente o sentido das implicações de seus atos.

Portanto, quando os demônios reclamam sua alma como pagamento pela realização de seu desejo, eles estão tão somente respeitando sua capacidade de fazer suas próprias escolhas na vida. Da mesma forma, quando você é condenado ao Inferno, por ser uma pessoa má, isso também honra seu direito de ser punido, de tomar suas decisões seriamente, e o trata com dignidade. Se você fez pactos, deve honrá-los, e se você fez intencionalmente más escolhas, deve esperar ser responsabilizado por elas. Mas, em qualquer caso, você pode honestamente esperar que pactos e escolhas erradas o levem para o Inferno?

Como punição, o Inferno não pode ser justificado pela retaliação. A retaliação é justificada quando dá a você o que merece, mas o que você poderia ter feito em uma vida mortal limitada para merecer o sofrimento eterno? Certamente, se vamos ser tratados dessa maneira e nesse grau, o sofrimento no Inferno precisa ser reduzido a algumas espetadas, ou o tempo gasto ali não deve ser sem fim. Quando Crowley toma o poder como Rei do Inferno, ele faz mudanças perfeitamente racionais.

Crowley:	Você não o reconhece mais, não é? É o Hades, novo e melhorado. Eu mesmo o criei... Sabe, o problema com o lugar anterior é que a maioria dos prisioneiros já era masoquista. "Muito obrigado, senhor. Posso levar outra espetada no traseiro?" Mas olhe só para eles. Ninguém quer ficar na fila.
Castiel:	O que acontece quando eles chegam à frente?
Crowley:	Nada. Eles voltam para o fim da fila de novo. Isso é o que eu chamo de eficiência.

Não apenas eficiente, essa versão do Inferno parece de longe mais apropriada que um abismo com fogo e agonias inimagináveis.

Que diabos?

Sem dúvida, o Inferno é fundamental para *Supernatural*, mas não é uma punição justificada. Na verdade, qualquer versão do Inferno similar a essa aqui não poderia ser justificada como punição. Isso não quer dizer que o Inferno poderia não existir. Isso só significa que, se existisse, poderia ou não ser um lugar para onde as almas vão para ser punidas, embora a punição fosse injustificada. Não me sinto confortável com nenhuma das situações, mas especialmente não me sinto confortável com a ideia de que o Rei das Encruzilhadas é agora o Rei do Inferno (e de seu desígnio interior), já que os contratos feitos com ele são rígidos e não são limitados por escrúpulos como ser razoável.

Capítulo 6

Experimente o Inferno, é uma Democracia e o Clima é Quente

Dena Hurst

O Livro de Jó fala do Leviatã, e nos diz que "Nada na Terra é igual a ele – uma criatura sem medo" (41:33). O filósofo Thomas Hobbes (1588-1679) também falou de um Leviatã, mas ele não estava se referindo a uma besta toda-poderosa que podia livrar-se de qualquer tentativa de ser capturada ou morta. Hobbes estava falando sobre um governo que une os desejos coletivos das pessoas em um estado que é tão poderoso que pode resistir a todas as ameaças. Baseado nessa experiência, Hobbes acreditava que qualquer governo era melhor que o caos. Além disso, ele acreditava que toda forma de governo de exceção a um poder absoluto eventualmente iria desmoronar. As pessoas deviam se submeter ao poder absoluto do Leviatã. Para Hobbes – muito parecido com Deus no Livro de Jó –, obediência e paz andam de mãos dadas. Talvez você já possa ver os paralelos entre as ideias de Hobbes e os temas em *Supernatural*. Existem tantos paralelos que é difícil saber onde eles começam. Mas, como o Rei de Copas disse ao Coelho Branco, devemos começar pelo início e seguir até chegarmos ao fim.

Os anjos estão vindo, os anjos estão vindo

Nosso começo é no episódio da Segunda Temporada "Houses of the Holy", no qual aprendemos que uma das funções dos anjos é servir como guerreiros de Deus. Isso é baseado em uma interpretação de Lucas 2:9: "Um anjo do Senhor apareceu-lhes, e a glória do Senhor os cercou de esplendor, e eles se encheram de temor". Que um anjo possa fazer as pessoas temerem, no lugar de enchê-las de um sentimento de paz e de amor, é algo que não podemos esperar, mas, é claro, *Supernatural* sempre desafia nossas expectativas. A natureza terrível dos anjos é atestada no episódio da Terceira Temporada "The Kids Are Alright", no qual Ruby fala que teme os anjos, e diz a Sam que ela nunca encontrou um, nem quer encontrar.

Nós, os espectadores, finalmente conhecemos os anjos na Quarta Temporada, que começa com Dean rastejando para fora de seu túmulo e se reunindo a Sam e Bobby. Depois de verificar que ele não é um demônio, metamorfo, ou alguma outra criatura, eles tentam imaginar como Dean pôde voltar para a vida, especialmente porque ele tinha estado no Inferno. No segundo episódio dessa temporada, "Are You There God? It's Me, Dean", eles aprendem que somente um anjo tem o poder de, como Bobby explica a Dean, transportá-lo da fornalha ardente para a superfície. Logo em seguida conhecemos Castiel, que trouxe Dean do Inferno e que revela a ele que Lilith planeja romper os 66 selos para trazer o Apocalipse. Os anjos retornaram à Terra para impedi-la, mas eles precisam da ajuda de Dean. Nos episódios posteriores, conhecemos alguns outros anjos, incluindo Uriel, Zachariah e Anna. Tomamos conhecimento dos arcanjos, e especificamente do arcanjo Lúcifer, e somos testemunhas de sua ascensão no final da temporada.

Assim começa a guerra civil do Paraíso. Lilith rompe os selos para libertar Lúcifer e os anjos retornam para impedir a destruição da raça humana. Isso acabou acontecendo não somente porque era uma previsão da Bíblia, que Cas humoristicamente afirma que está mais errada do que certa em muitas partes, mas porque, como proclamado por Ariel e Zachariah, Deus morreu.

Sem a autoridade central e absoluta de Deus, não existe ninguém para comandar os anjos. Isso coloca os anjos naquilo que Hobbes chamou de "estado de natureza", que não é tão idílico quanto parece.

Por outro lado, é no estado de guerra que as pessoas vivem quando não há governo para trazer ordem e paz. Hobbes declarava que as pessoas não poderiam viver sem uma autoridade central forte para governá-las, o que veremos que se aplica também aos anjos. Hobbes afirmava que no estado de natureza as pessoas são basicamente iguais por natureza. Isso não significa que todas as pessoas são semelhantes, ou que nós não temos nossas próprias forças e fraquezas. Em vez disso, como Hobbes explicou, quaisquer diferenças que tenhamos equilibram-se. Central para entendermos isso foi a afirmação de Hobbes de que o mais fraco poderia sempre vencer o mais forte usando a astúcia ou ao juntar forças com outros. Em resumo, Hobbes pensava que éramos todos iguais porque podíamos criar um meio de nos matarmos uns aos outros se quiséssemos.

Essa ideia de igualdade de Hobbes é representada no rompimento dos selos. Especificamente, vemos como a manipulação pode superar a força bruta. Os anjos são de longe mais poderosos que a maioria dos demônios, mas o que falta em força nestes, os demônios compensam com astúcia. Existem protocolos delineados de quem pode romper os selos, como devem ser rompidos e, em alguns casos, uma ordem particular na qual eles devem ser rompidos. Além disso, romper os selos não é simplesmente um problema de ser forte o suficiente para fazê-lo. Na verdade, dos 600 selos que existem, Lilith tem de romper somente 66. Mas, para dar início ao processo total, Dean tem de romper o primeiro selo ao se tornar um torturador durante sua permanência no Inferno. Isso leva Lilith a romper os 65 selos restantes com a ajuda de outros demônios leais a Lúcifer. Fazer uma manobra para que um Winchester comece o processo de libertar Lúcifer certamente não foi só um problema de força bruta. Na verdade, Dean não percebeu o que estava fazendo até o final da temporada. Os Winchester ficaram um passo atrás da estratégia de Lilith até o último episódio, "Lúcifer Rising", em que percebemos outra razão pela qual ela estava tendo tanto sucesso em romper os selos. Um grupo de anjos, sob o comando de Zachariah, estava deixando Lilith romper os selos, e então o Apocalipse pôde ter início, pois acreditavam que ele poria fim à batalha entre o Céu e o Inferno. Para coroar toda essa situação, o demônio Ruby fez de Sam uma besta troglodita com poderes de caçador e de demônio, e com isso ele pôde finalmente matar Lilith, que acaba sendo o selo final. Então, depois de uma temporada de manipulações para abrir os 66 selos, o rei de todas as artimanhas tem sua ascensão e vai destruir toda a raça humana.

Porque vosso é o reino, o poder e a glória

Como todo mundo é igual em um estado de natureza hobbesiano, existe um desejo igual de se atingir o que se quer. Como duas pessoas não podem possuir a mesma coisa, elas irão se tornar inimigas, competindo por aquilo que ambas desejam. Os anjos e os demônios desejam a mesma coisa – vencer uns aos outros e governar a Terra, possuindo as almas que residem nela. Uma guerra total antes de libertar Lúcifer teria sido muito onerosa para ambos os lados, já que eles estavam relativamente equilibrados, com grande número de demônios abalando a força maior dos anjos. Outro problema é que, mesmo que os anjos provavelmente vencessem, a maioria deles não quer uma guerra. Assim, Zachariah e seu contingente acreditam que, uma vez que Lúcifer esteja livre, os anjos não terão escolha senão lutar. A guerra é inevitável, a partir do momento em que os dois lados querem controlar a Terra.

Por suas maquinações, os anjos mostram que são tão fracos e falhos quanto os humanos, desse modo exibindo as qualidades que Hobbes declarou levarem diretamente a um estado de natureza miserável. Existe, entretanto, outra qualidade que contribui para esse estado miserável, que é a necessidade de glória. Hobbes declara que a sede de glória impulsiona as pessoas para conquistar de maneira estúpida "ninharias [como] uma palavra, um sorriso, uma opinião diferente, ou qualquer outra prova de pouco valor"....[17] Por mais estranho que possa parecer, os anjos claramente têm esse desejo de glória, também. Só para lembrar, Uriel e Zachariah não são motivados pelo amor pelos humanos quando trabalham para libertar Lúcifer e acarretar como fim o Apocalipse. Na verdade, em "It's the Great Pumpkin, Sam Winchester", Uriel se refere aos humanos como "macacos da lama". Além disso, ambos os anjos admiram Lúcifer pela ousadia

---

17. HOBBES, Thomas, *Leviathan*, ed. Michael Oakeshott (New York: Touchstone, 1997), p. 99.

de enfrentar Deus quando Ele ordenou aos anjos que venerassem os humanos como seus favoritos em meio à criação. Com a ausência de Deus, os anjos se dispõem para desencadear o Apocalipse no desejo de ganhar um poder maior no Céu e, em última instância, maior poder sobre os humanos, de quem eles se ressentem.

Poder absoluto

Movidos por sua natureza, as pessoas – e os anjos – não podem viver em harmonia sem uma autoridade central e absoluta para mantê-los em ordem. Para Hobbes, a combinação de habilidades iguais, competição e a necessidade de glória vai fazer do estado de natureza nada mais que um estado de guerra. Já que os anjos e os demônios lutam pelas mesmas coisas, e já que somente um grupo deles pode sair vitorioso, a guerra é inevitável.

O estado de natureza é uma guerra de pessoa contra pessoa, e, por analogia, de cada anjo contra outro anjo. Mesmo enquanto os selos estão sendo rompidos, há discordância entre os anjos de como eles devem interceder. O problema com o estado de guerra, como Hobbes frisou, é que você não pode confiar em ninguém, porque, mesmo que seus aliados possam parecer estar trabalhando ao seu lado, eles também podem estar secretamente tramando contra você. Qualquer um com metade do cérebro – ou seja lá o que for que os anjos tenham – deve perceber que eles precisam se proteger dos aliados tanto quanto dos inimigos.

Durante a série, Sam e Dean vivem um estado de guerra contra as criaturas que eles caçam, e muitas vezes os irmãos têm sido postos em posição de ter de causar dano a outros humanos nesse processo, particularmente quando exorcizam demônios. Nas Quarta e Quinta Temporadas, vemos que também os anjos estão em um estado de guerra similar uns contra os outros. Vem à luz o trabalho de Uriel como agente de Lúcifer em "On the Head of a Pin", e, em "Sympathy for the Devil", o plano de Zachariah para desencadear o Apocalipse é apoiado pelos arcanjos Miguel e Rafael, assim demonstrando sua complacência para trair Deus e muitos outros anjos. Cansados de esperar Deus ressurgir, esses anjos rebeldes estão dispostos a sacrificar sua própria espécie para sua glória.

Esse dilema entre os anjos começou primeiramente quando Deus criou os humanos. Tendo sido criados antes, os anjos se consideravam superiores aos humanos. Afinal de contas, eles não foram humanos em nenhum momento, por isso os anjos provavelmente pensavam que Deus os amava. Mas afinal Deus criou os homens e ordenou aos anjos reverenciá-los. Lúcifer questionou os desejos de Deus, e por isso Deus o baniu do Paraíso. Enraivecido com isso, Lúcifer torturou e perverteu uma alma humana para criar o primeiro demônio, Lilith. A punição para isso foi sua prisão em uma jaula lacrada com 66 selos.

Quando se está em estado de guerra, não existem leis. Os demônios estavam dispostos a fazer o que fosse necessário para libertar Lúcifer. Ruby estava disposta a matar outros demônios e parecer uma traidora; Lilith estava pronta para sacrificar sua vida demoníaca. Ambas demonstraram a extensão de até onde estavam dispostas a ir para apoiar Lúcifer. Os demônios unidos pela causa da libertação de Lúcifer eram poderosos e implacáveis; eles eram uma legião, e como eram. Os anjos, por outro lado, eram uma hoste celestial dividida. Havia anjos que, na ausência de Deus, resolveram governar em seu lugar, e havia aqueles que realmente queriam obedecer à palavra de Deus, mesmo em sua ausência. Essa foi uma divisão entre os anjos que eram capazes de manter a fé em Deus e aqueles que se sentiam traídos por Deus. Dessa maneira, havia um estado de guerra em várias frentes.

Escapando do estado de guerra: ou por que Deus constitui um rei vil?

Para Hobbes, o estado de guerra é algo para ser evitado a todo custo. Ele é uma vida de "medo constante e risco de morte violenta".[18] O caminho para sair dele é formar uma sociedade civil sob as ordens de um único e poderoso soberano governante, o Leviatã. Para esse fim, a sociedade civil é formada por meio de um contrato social. Um contrato social é simplesmente um contrato entre as pessoas para formar uma sociedade, mas, para isso funcionar, cada pessoa deve

---

18. *Ibid.*, 100.

desistir da liberdade absoluta que elas tinham no estado de natureza. Já que o estado de natureza não tinha leis nem regras, todos possuíam a liberdade de fazer o que quisessem, quando quisessem. O resultado desse estado sem leis, como vimos, é o estado de guerra. Além disso, sair de um estado de guerra para uma sociedade civil requer desistir dessas liberdades absolutas, e assim aceitar obedecer a algumas normas e leis. O soberano, o Leviatã, cria e faz cumprir essas normas e leis.

    O contrato social pode acontecer de duas maneiras. O primeiro é por aquisição, quando o poder é usado para forçar os indivíduos a submeterem-se ao soberano. Não é exatamente como um contrato normal, quando você pode decidir não assinar na linha devida, mas ele é simplesmente eficaz. O segundo é mediante um pacto mútuo, o que significa que as pessoas voluntariamente concordam em ser governadas pelo soberano. Quando o Deus do Antigo Testamento faz muitos pactos, ele se comporta mais como um soberano por aquisição. Ele é o criador de tudo, e por isso aqueles que foram criados devem ser gratos a ele por suas vidas. Ele não deu à sua criação uma lista longa de termos e condições pelos quais eles pudessem optar por escolher. Em vez disso, Deus ordena perfeita obediência em troca da harmonia do reino dos Céus. Em última instância, Hobbes sente que protestar com o soberano foi injusto, porque desafiar o soberano era o mesmo que desafiar a fundação sobre onde a sociedade civil foi criada. Claro, isso foi exatamente o motivo de Lúcifer ser banido.

    Entretanto, o que faz de Deus um soberano vil não é como ele trata os anjos. Como seus súditos, eles são obrigados a obedecer a ele e não questionar sua autoridade. Esse é o preço da paz. Quando Lúcifer questiona a ordem de Deus para amar e respeitar os humanos, ele estava efetivamente desafiando a autoridade de Deus em governar o Paraíso. Para preservar a paz, Lúcifer deveria ser destruído ou exilado. Em outras palavras, Deus não estava fazendo nada de injusto com Lúcifer ou com os outros anjos quando ele ordenou máxima obediência. Como soberano, isso era exatamente o que os súditos deviam a ele. Não, o problema com Deus, e em último caso o que faz dele um soberano vil, é que ele falhou em manter o controle de tudo. Ele falhou em manter a sociedade civil. Hobbes argumenta que o soberano não pode confiscar o poder dela, pois um ato desses dissolveria a sociedade por fazê-la retornar ao estado de natureza, também conhecido como estado de guerra. Mas foi exatamente o que aconteceu quando Deus desapareceu do Paraíso, não tendo feito preparativos para sua ausência nem designado um substituto para esse ínterim.

Sem a autoridade de comando de Deus, cujo poder é absoluto, não existem leis para governar as ações dos anjos e manter o equilíbrio entre o Céu e o Inferno. Quando Deus estava presente, ele unia junto dele a vontade dos anjos em uma existência organizada, ordenando a eles uma obediência inquestionável. Sob esse comando, havia paz. Mas, sem Deus, não havia por muito mais tempo uma razão para seguir as normas, o que resultou em um estado sem leis.

E, em um estado tal de falta de leis, não existe justiça. "As noções de certo e errado, justiça e injustiça não têm lugar. Onde não há poder comum, não existe lei: onde não há lei, não há injustiça".[19] Nessa mesma passagem, Hobbes afirma que a "força" e a "fraude" seriam grandes virtudes em um estado de guerra. Além disso, ele ressalta que "justiça" e "injustiça" são atributos de pessoas que vivem em uma sociedade, não isoladas. Mas as pessoas em um estado de guerra estão sempre vivendo isoladas, já que elas não podem nunca confiar em ninguém. Em outras palavras, sem Deus não existem "certo", "errado", nem "justiça" e "injustiça".

Por último, mas não menos importante: a ausência de Deus significava que não havia nenhum senhor legítimo de nada. Como escreveu Hobbes, havia somente o que cada pessoa conseguia por meio da esperteza ou força. Algo só é de sua propriedade se conseguir ser protegido. Zachariah, Miguel, Rafael e seus seguidores desejam, no caso de terem sucesso em sua batalha pelo poder, reinar supremos sobre o Céu e a Terra. Para atingirem o objetivo, o fracasso das forças do Inferno deve ser decisivo. Somente uma vitória absoluta e definitiva sobre Lúcifer trará um fim para o estado de natureza. Esses anjos querem somente trazer a sociedade civil de volta ao governo supremo do Paraíso, com ou sem Deus. Se Deus não tivesse sido um rei vil em um primeiro momento, eles não teriam de lançar mão de medidas tão drásticas.

---

19. *Ibid.*, 101.

O Inferno é uma democracia

Enquanto o Céu cai em um caos durante a ausência de Deus, o Inferno se torna uma democracia justa. Com Lúcifer enjaulado e fora do jogo, os demônios constroem uma sociedade civil relativa por meio de contratos. Isso é soberania por intermédio da *instituição*, o que é oposto à *aquisição*. Ironicamente, enquanto Deus reinou por meio de toda grandeza e "toda plenitude, temor e horror" (e isso é um trocadilho),* medo e tremor, os demônios construíram uma sociedade civil baseada em contratos. O inferno, como o Paraíso, é povoado por almas. Depois de alguma tortura, aquelas almas podem se transformar em demônios. Como foi testemunhado pelo tempo em que Dean ficou no Inferno, depois de ter sido torturada, a alma tem a opção de escolher se submeter ao torturador. Fazendo isso, a alma está essencialmente fazendo um contrato para ser "empregada de", "serva de", ou "propriedade de" qualquer que seja o demônio que a tirar do suplício. Lúcifer iniciou esse processo com Lilith e presumivelmente ela manteve o procedimento, passando a torturar mais almas, e, quanto mais almas torturadas, mais almas torturadas vieram, e assim por diante. Mesmo que seja basicamente um esquema de pirâmide, é um contrato de aceitação. Esses tipos de contrato são também feitos de outras maneiras. Demônios da Encruzilhada, por exemplo, firmam contratos com parceiros humanos dispostos a trocar sua alma por algo. Em "The Real Ghostbusters", descobrimos que Crowley é "o braço direito" de Lilith, mas ele também é o Rei das Encruzilhadas. Então, basicamente, ele é do alto escalão no Inferno.

Esses contratos demoníacos vêm de encontro à definição de um pacto hobbesiano, e foram firmados por ambas as partes em um verdadeiro estilo hobbesiano. O texto do contrato com o Demônio da Encruzilhada requer que o demônio garanta qualquer desejo da pessoa que estiver de acordo em trocar sua alma por isso. Para Hobbes, a promessa de um futuro comprometimento deve residir no fato de que ambas as partes podem e vão cumprir suas obrigações. Os demônios

---

*N.T.: Para entender o trocadilho, devemos ver a expressão usada em inglês, "*awe-fullness*" (*awe* = temor, *fullness* = plenitude). Pode-se também relacionar com *awful* (horrível) ou *awfulness* (horror).

carregam o peso do risco de manterem a doação de seus produtos para o cliente, estendendo esse crédito até a data futura em que a alma será recolhida. Notadamente, demônios estão mais do que dispostos a levar a barganha até o fim, ao passo que os humanos provam ser bem relutantes em pagar na data devida, até mesmo nosso valoroso Dean Winchester.

Em um estado de guerra, isso pode ser um problema, já que não existe lei, não há confiança nem senso de justiça para comprometer as partes com o compromisso. Mas, se esses contratos foram firmados em um estado civil, com regras, e com o significado de aplicação e cumprimento, com justiça, o indivíduo relutante pode ser constrangido a cumprir com a promessa feita. E, como Hobbes afirmou, essa é a coisa certa a ser feita. Um dos benefícios da sociedade civil é que as pessoas são forçadas a honrar os contratos. Como se diz, "os pactos, sem a força, não passam de palavras sem substância para dar segurança a ninguém".[20]

Um advogado pode argumentar que os contratos demoníacos são manipuladores, porque se aproveitam das fraquezas das pessoas, e com isso ele não pode ser executado. Mas Hobbes contra-argumentaria que os contratos, no entanto, são firmados por disposição de ambas as partes, e como ambas as partes são capazes de cumprir seus termos, eles são válidos.

Já que as pessoas realmente aceitaram vender suas almas, o fato de os seres estarem amedrontados ou tristes na hora do pagamento não significa que o pagamento não é devido. Diferentemente dos anjos, cujo nascimento veio sob as ordens de Deus, os demônios escolheram tornar-se membros do Inferno. Isso vem de encontro com a definição de Hobbes "comunidade estabelecida por instituição", na qual as pessoas voluntariamente aceitam sujeitar-se a um soberano. Apesar de muitas das mesmas condições serem aplicadas no Céu tanto quanto no Inferno – execução estrita das leis e subjugação a um soberano – pelo menos no Inferno os súditos aceitaram entrar naquele estado, desse modo fazendo o Inferno ser bem próximo de uma democracia.

---

20. *Ibid.*, 129.

O leviatã

A Morte: Há coisas muito mais velhas que as almas no Purgatório. Muito tempo antes de Deus criar anjos ou os homens, ele fez as primeiras bestas: os leviatãs. Por que você acha que ele criou o Purgatório? Para manter aquelas coisas inteligentes e venenosas afastadas.

"Meet the New Boss"

É poético que Hobbes tenha nomeado seu governo absoluto de Leviatã, a partir da criatura bíblica antiga. O que Hobbes admirava no leviatã era seu tamanho, sua força e suas defesas impenetráveis. Como lemos no livro de Jó: "Põe a tua mão sobre ele, lembrarás da peleja e nunca mais o farás. É vã a esperança de apanhá-lo. A mera visão dele é avassaladora" (41:8-9). O Leviatã de Hobbes, como a criatura bíblica, seria forte o suficiente para resistir a todos os assaltos de usurpadores externos. E nem mesmo haveria perturbação interna da sociedade que o enfraquecesse. A unidade das vontades e a obediência à autoridade seriam infalíveis (ou punições graves seriam aplicadas). O objetivo do Leviatã é viver, e vivendo preservar todas as vidas da sociedade. Isso não parece sombriamente familiar?

Os leviatãs do Purgatório têm uma hierarquia estrita e um líder que está no controle absoluto, chamado Dick Roman. Há muitos deles que agem sem objetivo. Os leviatãs seguem as ordens de Dick, apoiando o plano do mestre de transformar a Terra em um campo gigante de alimentação para preservar suas vidas.

Os leviatãs são diferentes dos anjos, porque a estes falta a unidade de vontades. Mesmo quando Castiel vence a guerra civil, o nível de paz que estava presente sob o comando de Deus não foi restaurado. Deus permanecia ausente e Cas era um substituto bem horrível. Finalmente, Dean mata Dick Roman, e os leviatãs remanescentes ficam fracos e confusos. Com a falta de comando de uma autoridade central para dirigir suas ações, eles ficam inseguros sobre como continuar a vida. Eles também foram empurrados para um estado de natureza, então seus interesses individuais e pessoais passam a ser prioritários.

O Inferno, por outro lado, que ainda está sem sua liderança, Lúcifer, encontrou um substituto a seguir em Crowley. Como ele tinha o apoio dos demônios submetidos a ele por seus contratos, o Rei das Encruzilhadas assume o controle das rédeas do Inferno, fazendo-o funcionar de maneira brilhante e eficiente (almas em pé em uma fila única pela eternidade). Ele preserva, assim, a ordem e procura expandir seu território, como qualquer bom soberano hobbesiano faria.

Crowley para presidente!

Sem a presença de Deus para comandar os anjos, não pode haver nenhuma paz, somente o natural estado de guerra. Voltaire (1694-1778) disse uma vez: "Se Deus não existisse, seria necessário inventá-lo", e aparentemente os anjos concordam com isso. E o fato de até mesmo as hostes celestes poderem cair em um estado de natureza hobbesiano não é um bom presságio para a humanidade, mas talvez isso explique por que os negócios têm sido tão bons para o Rei das Encruzilhadas. Cada demônio, no fim das contas, aceitou entrar voluntariamente na sociedade civil do Inferno. E, graças à natureza de esquema de pirâmide dos contratos sociais do Inferno, nunca haverá a ausência de um soberano.

Isso nos faz pensar: Crowley nasceu na Escócia em 1661, dez anos após Hobbes publicar seu *Leviathan*. Certamente ele estava familiarizado com o livro, o que explicaria a destreza com que rapidamente organiza o Inferno depois da segunda queda de Lúcifer. Além disso, em razão de sua arrogância, não há possibilidade de qualquer anjo ler um livro humano de filosofia social e política. E esse é um péssimo pensamento; eles poderiam ter aprendido lições valiosas. Se eles somente tivessem escutado quando Deus disse a eles para venerar os homens, poderiam ter aprendido com Hobbes. Então eu creio que Deus não foi um rei vil quando partiu. Já que ele não pôde fazer com que seus melhores anjos prestassem atenção em suas ordens, ele foi forçado a banir a si mesmo.

Capítulo 7

Perseguindo o Sonho Americano – Por Que Marx Pensaria que Esta é uma Vida Terrível?

Jillian L. Canode

Sam e Dean Winchester viajam pelo país "matando a maior quantidade possível de filhos da mãe que [eles] puderem", na esperança de que um dia eles finalmente possam estabelecer-se e viver "uma vida normal e tranquila". Cada um deles deseja alcançar o sonho americano: casar, ter uma família, um lar. Mas o destino parece sempre mantê-los longe desse sonho. Na Quarta Temporada, no episódio "It's a Terrible Life", os Winchester acreditam que estão em um mundo alternativo onde eles não são caçadores, mas sim engrenagens de uma máquina corporativa. Esse episódio da série é uma demonstração de um tema marxista predominante: o sonho americano é impossível, porque estamos alienados e desconectados de nosso trabalho pelo capitalismo. Como veremos, o mundo alternativo em "It's a Terrible Life" não apenas simboliza um mundo mais amplo dos Winchester em *Supernatural*, mas também lança uma luz sobre o fato de que, nesse mundo, as vidas dos Winchester espelham horrivelmente uma vida terrível em que todos nós estamos aprisionados. Claro que é assim, se entendermos corretamente Karl Marx (1818-1883).

O espectro de Marx e o capitalismo de *Supernatural*

Nossa capacidade de trabalhar e produzir coisas de que gostamos é exclusivamente humana. Diferentemente dos animais, nós produzimos simplesmente porque podemos fazer isso, não necessariamente porque devemos. Nós construímos, escrevemos, consertamos velhos Chevys Impalas, fazemos detectores de campos magnéticos caseiros, e fazemos todas essas coisas para nós mesmos. Nós fazemos porque apreciamos o trabalho e por meio dele nos sentimos orgulhosos. No entanto, quando trabalhamos somente para sobreviver, ficamos estranhos em relação a nós mesmos, a nosso trabalho e a nossos camaradas seres humanos. Se Dean tivesse escolha entre consertar seu lindo Chevy Impala ou trabalhar o dia todo, diariamente, para consertar o carro dos outros só para sobreviver, ele provavelmente escolheria morrer de fome com seu Impala a ter um emprego como mecânico. Trabalhar só para a sobrevivência tira de nós o orgulho e o prazer pelo trabalho. No capitalismo, o fato triste é que o trabalho é limitado; e então nós temos de competir com os outros por ele e por nossa sobrevivência, e desse modo nos afastamos também dos outros.

Ao perceber esse problema, Karl Marx procurou educar a classe operária por meio de seus escritos. *O Manifesto Comunista*, seu trabalho mais famoso, em coautoria com Friedrich Engels (1820-1895), era originalmente um panfleto que visava a ser distribuído entre os trabalhadores, explicando-lhes a natureza insidiosa do capitalismo. Como Marx explicou, o capitalismo é um sistema econômico de exploração. Aqueles que são os donos das companhias são os proprietários dos meios de produção, e seus empregados devem trabalhar para fazer produtos comercializáveis. Vender os produtos do trabalho gera lucros massivos para os proprietários dos meios de produção, enquanto os trabalhadores ganham por isso um salário que só dá para sua subsistência. Já que eles devem trabalhar por um salário para viver, estão à mercê daqueles que são os donos das companhias. Se um trabalhador não gosta das condições sob as quais ele labora, sempre haverá outro que precisa de emprego e ficaria feliz em fazer o trabalho.

Um dos problemas fundamentais que Marx viu no sistema capitalista é que o labor não é por muito tempo uma coisa que agrada às pessoas; em vez disso, é algo que elas detestam. Temos de trabalhar, se quisermos sobreviver. Marx explica:

> (...) o trabalhador se torna escravo do objeto que produz; primeiro, naquilo que ele recebe como *objeto do trabalho* (...) ele recebe mais trabalho; em segundo lugar, naquilo que ele recebe como *meio de subsistência*. Portanto, isso possibilita que ele exista, primeiramente, como *trabalhador*; e em segundo lugar como um *sujeito físico*.[21]

Marx deixa claro que já que temos de trabalhar para pagar o aluguel ou as contas, e comprar nossa comida; assim, o trabalho se torna o foco exclusivo da vida. Sem dinheiro não podemos viver. O trabalho é primário, e faz de nossa própria humanidade uma coisa secundária.

O capitalismo explora os trabalhadores, que estão disponíveis e são facilmente substituíveis. Dado esse aspecto, podemos esperar que os trabalhadores percebam como é óbvio o tratamento desigual que recebem dos donos dos meios de produção. Mas nós, o povo trabalhador, não percebemos que vender nosso trabalho é desumano, porque achamos que o trabalho e o sistema são uma coisa normal. É uma parte inevitável de nossas vidas ou, pelo menos, é aquilo que aprendemos e assumimos. Ter um trabalho para viver à própria custa é parte daquilo que significa ser um adulto. Esperam de nós a formação na universidade, termos um bom emprego e nos estabelecermos, e finalmente darmos aos nossos pais os netos que eles tanto querem. Esse é o meio como conseguimos a felicidade verdadeira, e nada disso é possível sem uma economia de livre mercado. No fim das contas, sem o capitalismo não teríamos acesso a todos os maravilhosos produtos que queremos e de que precisamos. O sonho americano é um amálgama de poderosos ícones indicativos de sucesso e felicidade. Somos levados a crer que a casa nova, o carro luxuoso, a coleção completa dos DVDs de *Supernatural* e a maior televisão HD são todos itens de que precisamos para uma vida realmente prazerosa

---

21. MARX, Karl, *The Economic and Philosophic Transcripts of 1844*, ed. Dirk J. Struik e trad. De Martin Milligan (New York: International Publishers, 1964), p. 109. A seguir consultado como "Transcripts".

(e, honestamente, a coleção de *Supernatural* é essencial). Então, trabalhamos duro esperando que não seja somente para sobreviver, mas para termos dinheiro de sobra para comprar coisas que queremos para nosso próprio prazer e para assinalar para os outros que "conseguimos chegar lá". Nossas posses acabam se tornando sinal de nosso nível de sucesso.

O capitalismo tem sucesso por vender uma imagem de vida perfeita. Gastamos a maior parte de nossas vidas trabalhando, fazendo contagem regressiva dos anos que faltam para a aposentadoria, tentando uma promoção na companhia, na esperança de uma grande recompensa. Fazemos essas coisas, porque sabemos que existe um grande potencial de fazermos uma quantia impressionante de dinheiro com o capitalismo. Apesar disso, no entanto, estamos cegos para o fato de que um dinheiro excedente em um lugar requer uma falta dele em outro lugar. Por isso, compramos pela propaganda e fazemos com que ela prolifere, o que sustenta o sonho americano como algo desejável e finalmente atingível.

No contexto das Quarta e Quinta Temporadas de *Supernatural*, Sam e Dean são os trabalhadores, e os anjos são os donos dos meios de produção. Antes de conhecerem os anjos, Sam e Dean trabalhavam para eles mesmos, caçando para sua própria satisfação e sem responder a ninguém por isso. Mas depois, entretanto, eles percebem que, para sobreviver à chegada do Apocalipse, terão de trabalhar a serviço de alguém mais. No interesse de salvar o mundo, Sam e Dean concordam em ajudar os anjos. No entanto, eles aprendem rapidamente que os anjos não são os melhores patrões, e na verdade Sam e Dean nunca ficaram muito confortáveis com a autoridade. Não obstante, uma vez eles estando na liga com os anjos, Sam e Dean acreditam que estão trabalhando em direção a um tempo em que não terão mais de caçar. Se eles fizerem só mais esse trabalho, podem deixar de caçar monstros. A não oficial canção tema da série mostra bem isso: "Continue, meu filho rebelde/Haverá paz quando vocês acabarem". Mas, na verdade, não há paz verdadeira no horizonte deles, somente mais obstáculos para os Winchester superarem, e desse modo eles refletem a vida de trabalhadores como Marx via. No fim das contas, é do maior interesse para os donos dos meios de produção manter seus trabalhadores acreditando na possibilidade de crescimento, de que dentro de algum tempo todo trabalho será feito.

Por que é uma vida terrível?

Para ver por que "It's a Terrible Life" dá tão certo como metáfora para a vida dos Winchester, vamos começar com o início do episódio. Na primeira cena, uma mão desliga o despertador, e a música do The Kinks "A Well Respected Man" começa a tocar. Essa é uma música sobre um homem cuja vida chata é focada no trabalho e no sucesso. Ele vai e volta do trabalho todo dia no mesmo horário, esperando o dia em que receberá os bens de seu pai, e nesse meio-tempo ele também fica de olho em sua vizinha. Ele é um produto de seu meio, de seu pai adúltero e de sua mãe que é infeliz no casamento. O homem de respeito que o The Kinks canta nos faz lembrar o tipo de pessoa que acaba se tornando um sucesso de acordo com as regras do capitalismo, e que nos diz que quanto mais duro trabalhamos mais ricos podemos ficar.

O título do episódio, "It's a Terrible Life", é uma paródia do filme clássico de Frank Capra *It's a Wonderful Life*, que de várias maneiras alerta contra os males do capitalismo. O protagonista de Capra, George Bailey, salva a população de Bedford Falls das garras gananciosas do sr. Potter, mas não sem a ajuda de alguma inspiração angélica. À beira de cometer suicídio, Bailey é visitado por um anjo guardião que lhe mostra um mundo alternativo onde George nunca existiu, além de mostrar para George que ele é essencial para a sobrevivência de sua comunidade e que a vida é maravilhosa. Similarmente, os Winchester são mandados para um mundo onde eles não são caçadores, mas dois rapazes sem parentesco que trabalham nos escritórios corporativos da Sandover Bridge & Iron.

Como na canção do The Kinks, vemos um dia na vida daquele que viemos a conhecer e amar como Dean Winchester. O *nosso* Dean não poderia ser pego e morto de terno e gravata, bebendo um expresso, comendo uma saladinha, dirigindo um Prius e ouvindo a Rádio Nacional Pública em vez de rock clássico. Nós queremos saber imediatamente o que aconteceu com aquele cara briguento que usava jaqueta de couro, escutava AC/DC e comia tortas dirigindo um Chevy Impala 1967 preto. Nesse episódio, Zachariah, um anjo poderoso, criou um plano sofisticado para convencer Dean de que ele pode ter paz, felicidade infinita e um monte de garotas se aderir ao plano e nunca parar de caçar. Essa é essencialmente a mesma promessa que o capitalismo nos quer fazer aceitar na forma do sonho americano: você adere ao plano e nunca deixa de trabalhar, sobe na vida por seu esforço próprio e pode ter tudo o que quiser também! É claro que o fracasso constante dos Winchester em deixar o jogo da caçada seria também uma lição para nós. Ao comprarmos a ideia do capitalismo, nunca seremos livres. Como Sam e Dean presos na luta para destruir o mal, nós estamos presos para sempre em um sistema que vai nos explorar. Os irmãos Winchester acreditam que, se eles puderem eliminar todos os fantasmas e demônios, e outras coisas que aprontam à noite, eles terão uma vida normal. Como nós, estão enganados.

Duas versões do sonho americano são apresentadas em "It's a Terrible Life". O primeiro é mostrado no início do episódio, no qual Dean é agora Dean Smith, um homem bem-sucedido subindo rapidamente de posição dentro de uma corporação. Nessa versão do sonho americano, Dean vive uma experiência de vida mais ligada ao trabalho e aos negócios, atingindo os padrões capitalistas do sucesso. De muitas maneiras, esse é o tipo de vida cor-de-rosa e de conforto que Sam e Dean esperam depois que seu trabalho de caçadores tiver sido feito.

É claro que Zachariah não precisa que Dean almeje o topo do sucesso do capitalismo, o que ele não quer. Dean optaria vender sua alma muito antes do que ter um trabalho em um escritório corporativo. Em vez disso, Zachariah precisa que Dean continue a caçar, então ele muito espertamente cria uma segunda versão do sonho americano que se adapta melhor ao tipo de personalidade de Dean. Esse sonho americano é recheado de estradas abertas, cervejas geladas e *cheeseburgers* deliciosos. Já que todas essas coisas atraem muito mais Dean, ter uma experiência de uma vida pseudonormal no mundo corporativo vai lembrá-lo do quão sortudo ele é sendo um caçador. Zachariah diz claramente: "Salvar pessoas, talvez até o mundo, enquanto você dirige seu carro e transa com as garotas. Isso não é uma maldição. É uma dádiva". Se Dean acredita que está no controle de seu próprio destino, ele pode ser usado para terminar a missão do Paraíso. Se esse não é o sonho americano que o capitalismo vende, ao menos é um sonho designado para manter Dean em servidão às hostes celestes. Para ficar no lucro, a América Corporativa conta aos trabalhadores a mesma história; ela precisa que os trabalhadores acreditem que podem conseguir o sonho de ter casa, carro e uma família.

Não importa qual seja sua perspectiva sobre o assunto, o fato é que "It's a Terrible Life" nos mostra o absurdo do sonho americano por meio da ficção de Dean Smith, que ironicamente fica perseguindo um objetivo impossível que as pessoas insistem que podem alcançar, por mais estranho que isso pareça. Ele pode ser um homem de respeito, mas, como mostra a música, a vida de um homem bem-sucedido não inclui nada que parece ser uma felicidade real. Ele está sobrecarregado de trabalho, estressado, e não pode nem mesmo pensar no quanto sua carteira de ações está mal. Na Primeira Temporada, "Hell House", Sam vira para Dean e questiona: "Isso meio que faz você se perguntar: de todas as coisas que caçamos, quantas existem só porque as pessoas acreditam nelas?" Da mesma forma, a ideia e a ideologia do sonho americano persistem porque as pessoas acreditam nele. Essa fantasia é perpetuada pelos poucos que de alguma maneira se tornaram ricos proprietários dos meios de produção e estão contratando trabalhadores para seu próprio proveito.

O demônio que você conhece agora

Sam e Dean salvam o mundo em cada temporada. Se eles pararem de caçar, o mundo no qual *Supernatural* está baseado literalmente acabaria. Na Segunda Temporada, episódio dois, "What Is and What Should Never Be", Dean tem a chance de viver uma vida normal com uma garota e um emprego de mecânico. Mas ele volta atrás e desiste dessa oportunidade, ao perceber que ela é uma ilusão da qual ele não pode participar. No lugar dela, ele opta por continuar sua vida de caçador ao lado de Sam, porque realmente acredita que seu trabalho como caçador faz dele um ser mais humano.

Sam e Dean sempre acreditaram ser caçadores em seus próprios termos, e que trabalhavam em causa própria. As Quarta e Quinta Temporadas nos ajudam a perceber que essa crença foi uma ilusão. Sam e Dean na verdade cumpriram seus papéis como partes em uma engrenagem que eles nem mesmo sabiam que existia. "It's a Terrible Life" demonstra, com capacidade apurada, que, se existe um sistema em que os trabalhadores não são os donos dos meios de produção, trabalhar em proveito próprio é uma mera ilusão. A única saída desse engano de *Supernatural* é reconhecê-lo como realmente ele é, e nossos protagonistas proletários afinal fazem isso.

As exigências de Zachariah para os Winchester são sua ruína final. Marx diz: "Mas a burguesia não somente forjou a arma que traz a morte para si mesma; ela também chamou para a existência os homens que vão empunhar essas armas – a classe de trabalhadores modernos – os proletários".[22] Talvez Sera Gamble tenha lido *O Manifesto Comunista* antes de escrever esse episódio, e ele se alinha perfeitamente com os eventos de *Supernatural* que virão depois de "It's a Terrible Life". O Plano do Paraíso era usar Sam e Dean como meras ferramentas para destruir o mal. Eles eram bens disponíveis, como os membros do proletariado estão disponíveis para a burguesia.

Exatamente como Marx tinha previsto, os rapazes recusam seus papéis, e escolhem lutar em causa própria, contrariando o plano celeste. Sam e Dean tomam o controle de suas vidas e lutam com Lúcifer em seus próprios termos. Dean se recusa a ser o receptáculo do arcanjo Miguel, enquanto Sam concede ser o invólucro de Lúcifer, então ele pode mandar tanto Miguel quanto Lúcifer para a jaula no Inferno. Graças a Sam e Dean, o Inferno perde e o Paraíso também perde. Como o revolucionário marxista Che Guevara diria: "*Hasta la victoria siempre*", o que significa "até a vitória eterna".

Você consegue lidar com a verdade?

Como o esperado, essa vitória em *Supernatural* tem vida curta, mesmo que tenha sido o Apocalipse. Sam e Dean devem voltar à luta. Somente dessa vez Dean teve uma experiência de vida domés-

---

22. MARX, Karl e ENGELS, Friedrich, "The Communist Manifesto", *in Karl Marx: Selected Writings*, ed. Lawrence H. Simon (Indianapolis: Hackett Publishing, 1994), p. 157-186.

tica normal, então ele fica em conflito sobre voltar a caçar. No fim das contas, no entanto, começa a aceitar que o sonho americano, a vida cor-de-rosa que ele temporariamente aproveitou, é impossível de ser realizada. Mas se o sonho americano é inatingível e a felicidade verdadeira só pode ser alcançada por meio da liberdade dos Winchester como trabalhadores explorados, como seria a liberdade verdadeira e a vida feliz para Sam e Dean? Quem ou o quê manteria a exploração do trabalho deles? Sem dúvida, cada fã de *Supernatural* tem uma teoria de previsão do futuro dos Winchester, mas profetizar a felicidade para eles é um negócio complicado.

Como espectadores, nos imaginamos como pseudoparticipantes passivos e que estão do lado de fora das vidas deles. Talvez, entretanto, devêssemos perguntar se nossos papéis como espectadores impedem Sam e Dean de atingir a felicidade que eles querem para si. Na grande tradição das metanarrativas apresentadas em *Supernatural* – aí incluído o maior metaepisódio de todos: "The French Mistake", da Sexta Temporada –, deveríamos levar a meta-análise um passo à frente e questionar qual a culpa que os espectadores carregam no grande esquema capitalista de *Supernatural*.

Sam e Dean caçam porque você e eu exigimos que eles façam isso! Nós vemos a série, compramos os DVDs e vamos a convenções. Em que ponto não somos o mesmo que a burguesia nesse cenário? Eles continuam a caçar porque nós continuamos a vê-los caçar. Em "The French Mistake", Sam e Dean estão absolutamente perplexos com a existência de um universo "bizarro" em que as pessoas os assistem na televisão.[23] Eles estão também enojados com a série de livros de *Supernatural* de Chuck Shurley e com o jogo interativo *on-line* que a série inspirou. Os fãs têm um papel enorme no sofrimento dos Winchester, e não é surpresa que nós tenhamos dificuldade em imaginar um lugar onde Sam e Dean possam ter sucesso sem caçar. Quem é que queria ver isso?[24]

---

23. Agradeço muito a Galen Foresman pelo grande toque sobre esse ponto.
24. Gostaria muito de expressar minha gratidão a Abigail Moore; sem ela, nunca teria me tornado uma fanática por *Supernatural* como sou hoje.

Capítulo 8

Mães, Amantes e Outros Monstros – As Mulheres de Supernatural

Patricia Brace

Em "It's a Terrible Life", Zachariah tenta convencer Sam e Dean de que a vida deles é muito boa, lembrando a eles: "Vocês têm de salvar pessoas enquanto dirigem um carro clássico e transam com garotas, isso não é uma maldição, é uma dádiva". Infelizmente, Zachariah reduz todo o gênero feminino a objetos úteis, e na verdade os Winchester são culpados por considerar as mulheres como objeto algumas vezes. Ainda assim, não deveríamos ser tão rápidos em condená-los. Um olhar mais atento revela que as mulheres têm um papel vital em moldar e expressar algumas crenças morais mais fundamentais dos rapazes.

Kant e objetificação

O filósofo Immanuel Kant (1724-1804) se opunha à objetificação como ideia de usar uma pessoa "meramente como um meio para atingir um fim", e não respeitar as pessoas como um fim em si mesmas.[25] Forçar alguém a ajudar você é usá-lo como meio de atingir

---

25. KANT, Immanuel, *Groundwork of the Metaphysic of Morals*, ed. Thomas E. Hill Jr., trad. Arnulf Zweig (New York: Oxford University Press, 2003).

seu objetivo ou fim. De acordo com Kant, nossa capacidade de fazer escolhas para nós mesmos é fundamental para sermos uma pessoa e, ao forçarmos alguém a fazer algo, não estamos tratando esse alguém com o devido respeito.

Quando Bobby Singer, o companheiro caçador, faz investigações para Sam e Dean, ele é como um instrumento deles para conseguir informações, mas eles não o estão usando *meramente* como um meio. Bobby não foi coagido ou forçado. Pelo contrário, ele escolheu ajudar por sua lealdade a John e seus filhos. Se ele tem escolha, é tratado como um indivíduo e não como um meio para atingir um fim. Essencialmente, isso significa que Sam e Dean não estão considerando Bobby como um objeto, e ainda mais, ao deixar que ele escolha ajudar, eles o tratam com o devido respeito. Esse tratamento estreita sua relação a ponto de eles serem como uma família. Como Dean declara a Bobby em "Lazarus Rising": "Você é o que eu tenho de mais próximo a um pai".

Em contraste, nós vemos objetificação cada vez que um fantasma se apossa de um corpo humano sem permissão.[26] Depois que Bobby morre, ele mantém a forma de fantasma para ajudar Sam e Dean a vencer os leviatãs. Em "There Will Be Blood" e "Survival of the Fittest", Bobby possui o corpo de uma empregada de hotel, pondo em risco a vida dela em busca de uma vingança pessoal. Esse é um exemplo textual de objetificação. Após quase matar Sam enquanto estava nesse estado, Bobby percebe seu erro, e decide que é hora de desistir de ser fantasma.

Os Winchester e as mulheres

A descrição de uma vida maravilhosa de fornicação que Zachariah faz a Sam e Dean mostra alguma verdade e também está em falta com a importância que as mulheres têm em moldar as decisões morais dos Winchester. No geral, as mulheres importantes nas vidas de Sam e Dean são classificadas em três categorias: mães, amantes e monstros. Com certeza, elas não são categorias distintas, já que as amantes e as mães podem também ser monstros, mas raramente Sam

---

26. Anjos parecem ser os únicos que têm limites e devem pedir permissão antes que possam se apossar de um corpo humano.

e Dean se relacionam com uma personagem feminina se elas pertencerem a duas categorias de uma vez. Em "Heart", por exemplo, a amante de Sam, Madison, transforma-se em um lobisomem. Dada essa revelação, Madison não pode continuar como amante de Sam, então ele a destrói. Muito importante, Madison não foi usada como um objeto, já que foi ela que pediu para isso acontecer.

Transcende essas categorias uma classe de mulheres que também são guerreiras. Com tal, elas são soldados contra as forças do mal, lutando de maneira semelhante à de Sam e Dean. Em uma analogia, Jean Bethke Elshtain discorre sobre a missão paralela entre um bom soldado e uma boa mãe:

> Algumas expectativas sobre ser um soldado e o carinho maternal são partilhadas em uma abertura [cultural]; por assim dizer, espera-se do soldado que se sacrifique por sua pátria e da mãe que se sacrifique por seus filhos. Esse não é bem um sacrifício simétrico, para ser sincero. A maioria das mulheres não sacrifica a sua própria vida, mas uma versão do que as suas vidas poderiam ter sido, diferentemente do que fazem os combatentes, que são marcados para sempre por aquilo que eles passaram. O soldado e a mulher cumprem sua obrigação e ambos são atormentados pela culpa se não a tiverem cumprido direito ou se tiverem feito errado pensando que estava correto.[27]

Já que muitas das figuras maternas para Sam e Dean são também guerreiras, elas cumprem uma dupla obrigação, de acordo com Elshtain. Isso faz delas suscetíveis de se sacrificarem duas vezes pelos outros, frequentemente forçando-as a conciliar suas próprias necessidades com aquilo que elas sentem em relação à sua obrigação. Sam e Dean respeitam muito essas mulheres, especialmente sua mãe, Mary.

A guerreira mãe

Mary Winchester faz somente oito aparições no show, mas a memória dela impacta todo o transcorrer da série.[28] Inicialmente ela é

---

27. ELSHTAIN, Jean Bethke, *Women and War* (New York: Basic Books, Inc., 1987), p. 222.
28. Ela aparece como mãe jovem em *flashbacks* no episódio piloto e em "All Hell Breaks Loose, Part 1" (Segunda Temporada, episódio 21); como fantasma em "Home" (Primeira Temporada, episódio 9); como uma alucinação de Sam em "When the Levee Breaks"

mostrada como sendo somente uma vítima indefesa, o que é motivo para a vida inteira de caçadas de John em busca de seu assassino. Ela é a mãe que vive no lar, ama e protege perfeitamente sua família, e que se sacrifica para salvar Sam, seu bebê de seis meses, de Azazel.

Mary é o arquétipo da boa mãe, mas também é uma guerreira. Quando Dean é mandado de volta no tempo ao Kansas de 1973, ele fica chocado ao saber que não é a família de seu pai, e sim a família de sua mãe, que é de caçadores. Continuando com a inversão de papéis, John é colocado na posição tradicional de ingenuidade quando ele é brutalmente morto e usado pelo demônio para chantagear Mary. Azazel faz a ela uma proposta que ela não pode recusar: não somente ele iria trazer John de volta, mas: "Você vai parar para sempre com as caçadas, vai ter uma casinha branca, com carro na garagem e um casal de filhos, nunca mais monstros e medo". Mary sabe que está sozinha sem John, e ele é para ela a passagem para fora do mundo de caçadas.

Nesse caso, tanto Mary quanto Azazel usaram John como objeto para atingir seus objetivos, sem seu conhecimento ou consentimento. Ele é um objeto de barganha, e ao consentir com o pacto, Mary ganha de volta a vida dele e uma passagem para fora das caçadas. Em troca, ela sacrifica a vida de outra pessoa sem seu consentimento, a de Sam. Com efeito, Mary consegue os dez anos de praxe para estar pronta para sacrificar Sam, então seu amado pôde viver e ela pôde ter uma vida normal. Em uma só tacada, a mãe usa como objetos seu amado e seu filho, e Dean viu tudo isso acontecer.

Ellen Harvelle encarna o que Mary poderia ter sido se tivesse sobrevivido. Ela é a forte, capaz e despachada proprietária de um negócio, administra a Harvelle's Roadhouse, que serve como ponto de encontro importante dos caçadores. Se Bobby é como um pai, então Ellen e Jo, a filha dela, são o restante da família substituta dos rapazes. Ellen acompanha John e os irmãos em importantes missões, inclusive juntando-se a eles na jaula do demônio em "When All

---

(Quarta Temporada, episódio 21); em dois episódios de viagem no tempo, "In the Beginning" (Quarta Temporada, episódio 3) e "The Song Remains the Same" (Quinta Temporada, episódio 13), como uma visão do futuro desejada em "What Is and Never Will Be" (Segunda Temporada, episódio 20); e como um objeto sexual aparentemente fora do lugar do anjo Zachariah no Paraíso em "Dark Side of the Moon" (Quinta Temporada, episódio 16).

Hell Breaks Loose, Part 2". Nele, o demônio Azazel usa Ellen como objeto para fazer os homens recuar, e a força a apontar uma arma para sua própria cabeça. Isso não teria sido possível não fosse pelo respeito que John, Sam e Dean têm por ela.

Em "Abandon All Hope", Ellen dá a própria vida para salvar Sam e Dean. Jo está bastante machucada, e Ellen, sabendo que a filha não vai conseguir sair, fica com ela para garantir que o prédio será destruído enquanto elas ainda estão lá dentro. Em outro sinal de respeito, Sam e Dean aceitam o autossacrifício dela, mesmo que ele roube deles outra mãe guerreira.[29]

Sam e Dean idealizaram a história curta com sua mãe, pensando que o amor dela era puro e incondicional. O ressentimento e respeito simultâneos deles pelo pai é devido em grande parte ao fato de ele procurar obsessivamente pelo assassino da mãe, o que roubou deles uma vida doméstica comum. Como resultado, Sam e Dean lutam para adotar valores que eles acham que a mãe queria insculpir neles. Esse único aspecto da busca heroica deles equilibra as relações "homossociais" fortes que Sam e Dean formam com outros homens na série.

Relações homossociais são aquelas em que o primeiro vínculo social é com alguém do mesmo gênero. Vemos esse tipo de relação entre os homens nos épicos heroicos da Antiguidade, como a *Odisseia*, a *Ilíada* e a *Eneida*, bem como em outros gêneros populares como os filmes de velho oeste, de guerra, ou os que se passam nas estradas. O gênero dos heróis dessas histórias é quase sempre masculino, e suas relações mais próximas são com outros homens, como o Tonto, Sundance, Robin, Watson, Chewie, Woody e Silent Bob. Essas relações de casais homossociais suplantam os romances heterossexuais dos heróis, que desempenham um papel secundário em face das "coisas de homens".

Crescer sem a mãe deixou Sam e Dean sem alguns dos conhecimentos práticos básicos de que eles precisam para ter uma relação de amor e compromisso com uma mulher. Tanto quanto eles sabem, Mary foi o amor da vida de seu pai, e a morte dela levou John à sua

---

29. Mães e autossacrifício são um tema recorrente na série; por exemplo, na Sétima Temporada, episódio "What's Up Tiger Mommy", Linda, a mãe do novo profeta Kevin Tran, está disposta a vender sua alma para obter a liberdade de seu filho.

busca quixotesca.³⁰ Sem ter um modelo visível de casamento real, não é surpresa que Dean tende a usar as mulheres como objeto. É quase milagroso que Sam seja capaz de quebrar os vínculos homossociais com Dean e John e ter um relacionamento estável com Jessica, mesmo que por pouco tempo.

Amantes, utilitarismo, e a missão

De acordo com o filósofo John Stuart Mill (1806-1873), "certo" e "errado" são baseados em quanto de bom resulta de uma ação. Consequências boas contam mais do que um direito do indivíduo para decidir sobre elas.³¹ Em outras palavras, as necessidades da maioria pesam mais que as da minoria.³² Sam e Dean são muito familiarizados com essa filosofia do utilitarismo. Muitas vezes eles sacrificaram relacionamentos com mulheres pelo objetivo de sua missão. Mulheres representam família e lar para Sam e Dean, coisas de que eles tiveram de desistir para um bem maior.

Sam deixa Jessica, e depois Dean deixa Lisa. Ambos os rapazes viram esses rompimentos como necessários para cumprir o que é realmente importante. É certo que Sam gostaria de voltar para Jessica, mas Azazel evita que isso aconteça. Isso é o suficiente para mostrar que Sam e Dean pensam que sua contribuição principal para o mundo é caçar. Devemos ainda observar que, se Sam e Dean frequentemente usam os outros como objeto para atingir suas metas, eles também não fazem melhor juízo de si mesmos. Eles se veem como instrumentos, assim como as outras pessoas.

Esse pensamento é trazido claramente em evidência quando Sam ou Dean é retirado da caçada. Em "What Is and What Should Never Be", Dean sonha que tem uma vida perfeita, que está estabelecido e tem uma namorada, Carmen. Sam está na faculdade de Direito, é noivo de Jessica e sua mãe ainda está viva. Ambos os irmãos têm uma companheira, e tudo é prazerosamente doméstico.

---
30. Eles descobrem depois que John teve outro filho, Adam, o meio-irmão mais novo deles, na Quarta Temporada, episódio 19, "Jump the Shark".
31. MILL, John Stuart, *Utilitarianism* (Indianapolis: Hackett, 2002).
32. DICKENS, Charles, *A Tale of Two Cities* (New York: Washington Square Press, 1965), e ainda a citação famosa do sr. Spock em *The Wrath of Kahn* (1982).

Dean se diverte com tarefas domésticas, como cuidar do jardim, colocar nele um gnomo, flores e um cercado branco. Ironicamente, é sua felicidade com afazeres monótonos e mundanos que ajuda Dean a perceber que essa é uma realidade falsa. Visitar o túmulo de seu pai marca o profundo cisma entre sua necessidade de uma vida doméstica e sua necessidade de sacrificar-se inteiramente pela missão. Sabendo que seu pai diria a ele que sua felicidade não valeria a pena diante das vidas de tantos outros, Dean pergunta: "Por que eu tenho de ser um tipo de herói? Por que eu tenho de sacrificar tudo, Pai?"

Mais tarde, falando com Sam, ele ainda está tentando encontrar um sentido para sua própria autoestima. Dean diz: "Tudo o que posso pensar é o quanto esse trabalho vai nos custar". Sam, tendo se ocupado com essas questões por muito tempo, tenta ajudar: "Não é justo. Isso dói como o Diabo, mas vale a pena".

A autoestima de Sam e Dean

Quando os irmãos estão separados, um estado doméstico mais fundamentado se torna possível. Quando Sam vai para o Inferno no final da Quinta Temporada, e Dean fica para continuar sem ele, acaba em uma situação doméstica com uma nova paixão, Lisa Braedon, e seu filho, Ben. Quando Dean vai para o Inferno no final da Terceira Temporada e para o Purgatório no final da Sétima Temporada, igualmente Sam entra em situações domésticas. Ele forma uma aliança com o demônio Ruby na Terceira Temporada, que se torna sua mentora e parceira sexual, e na Oitava Temporada ele se relaciona com uma veterinária, Amelia, e um cachorro, o símbolo tradicional de lealdade de uma família, que ele literalmente atropela.

Quando os irmãos recebem vidas diferentes de não caçadores em "It's a Terrible Life", Sam diz a Dean que ele sabe estar destinado a algo melhor do que ele vivia. Mas, efetivamente, nenhum dos irmãos tem um relacionamento de amor doméstico nesse cenário. Parece fácil achar que sua vida poderia ter um valor maior quando você não a partilha com os outros. E é claro que essas vidas eram uma ilusão, designada por Zachariah para manipular Sam e Dean para sentirem que suas vidas de caçadores têm um significado. Como notamos no começo deste capítulo, Zachariah adverte: "Vocês têm de salvar as pessoas, enquanto dirigem um carro clássico e transam com garotas, isso não é uma maldição, é uma dádiva". Então, flagrantemente Zachariah coloca a mulher com o objetivo de ser usada, e também usa Sam e Dean.

Durante toda a série *Supernatural*, a objetificação dos Winchester contrasta com uma vida doméstica feliz. Sam e Dean estão enganados em pensar que o único valor que eles têm reside nos papéis que cumprem nas grandes batalhas do bem contra o mal; se eles olhassem mais profundamente, veriam que ambos prefeririam uma relação amorosa com uma mulher. É somente o mal sobrenatural e a vida de milhares de pessoas inocentes que os forçam a repetidamente sacrificar as vidas que eles prefeririam ter.

Mas Sam e Dean são tão lindos

Objetificação não é um caminho de mão única, e *Supernatural* inclui também um grande acordo de objetificação dos homens feito pelas mulheres. Quando conhecemos Meg Masters, em "Scarecrow", ela é uma garota bonitinha, loira, corajosa, que pede carona. Mas vemos rapidamente que, na verdadeira forma de Meg, ela usa os homens para as caronas e sacrifícios de sangue. Em oposição à ética kantiana, ela os vê somente como um valor *instrumental*, usando-os da mesma maneira que usamos qualquer outra ferramenta, como um mero meio para atingir um fim.

"Shadow" nos dá outro exemplo de objetificação, com Meg usando Sam e Dean para forçar John Winchester a se revelar. Enquanto os irmãos estão amarrados, Meg senta em cima de Sam, o acaricia e beija contra sua vontade. Enquanto Meg está ocupada com Sam, vemos Dean usando uma faca escondida para conseguir se soltar. Meg não acredita em Dean, ela o revista, encontra a faca, e zomba de Sam por tentar distraí-la. Então, em um momento de satisfação, Sam revela que ele também tinha uma faca.

Dada a regularidade com que Sam e Dean superam ser usados pelas mulheres, esse seria um fato facilmente mal interpretado como outra imagem da dominação masculina. Mas é importante notar que virtualmente cada caso desses envolve uma mulher no papel de monstro, o que implica que Sam e Dean superam a objetificação com a intenção de ilustrar o bem vencendo o mal, não os homens vencendo as mulheres. O fato de que quase nunca vemos uma mulher que não seja um monstro usar um homem fala do papel moral positivo que as mulheres têm na vida dos Winchester. Claro, o único contraexemplo evidente é o da mãe deles, Mary.

Em sua defesa, Meg pode argumentar que ela não tem outra possibilidade que não seja usar os outros para atingir seus objetivos. Seu dever é com seu mestre, Azazel. Kant argumentou que todos nós temos deveres, e a motivação para fazer seu dever não deve ser limitada pelas consequências. Ao contrário, a única motivação para fazer um dever é o simples fato de que ele é um dever. Entender que algo é seu dever significa que você compreendeu que deve cumpri-lo, não importa como. E se Meg está somente cumprindo seu dever? Bem, Kant certamente negaria que é dever dela seguir as instruções de um demônio. Se ele acreditar que é assim, então Meg está simplesmente equivocada.

A conduta de guerra

O episódio "*Jus in Bello*" esclarece sobre a tensão entre o dever dos Winchester para com um bem maior, seu respeito para com as mulheres, e os valores que existem em suas próprias vidas. Decisões difíceis são tomadas, o que nos dá uma ideia melhor sobre o que realmente é importante para Sam e Dean, moralmente falando.

Tudo de mais importante na ação desse episódio é instigado ou orquestrado pelas mulheres, começando por Bela, a ladra. Ela roubou a Colt e, na tentativa de recuperá-la, Sam e Dean são pegos em uma cilada e levados para o departamento de polícia local de Monument, no Colorado. Quando entram na cadeia, eles têm um primeiro encontro com a secretária do departamento, Nancy Fitzgerald, que os olha com suspeita. Dean sussurra quando ela passa: "Nós não somos aqueles com quem você deve se apavorar, Nancy". Dean está ferido em sua cela, e Nancy espontaneamente vai ver se ele está bem, permitindo que ele roube o crucifixo dela para fazer água benta. Mais tarde, depois de ficar claro que Sam e Dean não são o problema, Nancy fica sabendo que demônios estão prontos para atacar com tudo o prédio.

Pouco depois disso, a terceira mulher importante do episódio chega, o demônio Ruby. Imediatamente ela briga com Sam e Dean por não estarem com a Colt, explicando que, sem a arma, eles têm uma esperança mínima de escapar. Ruby, um monstro que é mulher, guerreira e às vezes amante, é uma força a ser considerada. Então, não é sem uma certa perturbação que Dean ouve a proposta de solução de Ruby. Eles podem usar um feitiço que vaporizaria cada demônio em um raio de uma milha (inclusive a própria Ruby), mas há um porém. Esse aparente salvamento requer o sacrifício de uma virgem, que acaba por ser Nancy.

Nancy pergunta o que ela precisa fazer para o feitiço e Ruby abruptamente diz: "Você fica quieta enquanto eu arranco seu coração do peito". Destemida, Nancy pergunta a Ruby se fazendo isso eles salvariam as pessoas da cidade lá fora, a maioria seus amigos. Os rapazes se opõem a Nancy, dizem para ela reconsiderar totalmente e, em meio a suas contestações, ela os interrompe e diz: "É a minha decisão".

Dean e Henricksen se recusam a aceitar a decisão de Nancy, mas Sam está disposto a considerar trocar a vida dela por 30 outras. Dean fica contra e diz: "Então nós jogamos fora o livro de regras e paramos de agir como humanos? Eu não vou deixar aquele demônio matar uma doce e inocente garota que não teve ainda uma relação sexual. Quer dizer, se é assim que você vence guerras, então não quero vencer". Sam concorda relutantemente, e eles desenvolvem um plano alternativo de sobrevivência, que no final falha para todos, menos para Sam e Dean.

Os comentários de Dean mostram um sistema de valores em conflito. Ele quer que as pessoas sobrevivam, mas não está disposto a matar um inocente para atingir esse objetivo. E a linha de raciocínio de Henricksen – "Nós não sacrificamos pessoas. Se fizermos isso não somos melhores que eles" – ecoa a visão de Kant de que a humanidade tem um lugar especial por causa das escolhas que ela pode fazer. No entanto, por mais convincentes que essas expressões da moral kantiana possam ser, não é claro que elas motivaram a ação de Dean. Pois, se Dean estivesse realmente motivado por Kant, por que ele ignoraria o livre-arbítrio de Nancy? Ou a escolha é livre somente para Dean Winchester?

É difícil dizer quanto respeito Dean tem por Nancy, apesar do que ela fez e está disposta a fazer. Aqui, o raciocínio explícito de Dean é bem egoísta. Ele não quer viver em um mundo onde algumas garotas doces e inocentes são sacrificadas para salvar dúzias de outras. Sam, por outro lado, é forçado a selecionar entre duas preocupações morais inteiramente diferentes. Então, a boa vontade de Nancy em se sacrificar nos dá uma ideia diferente sobre as preocupações morais dele. Enquanto Dean não está disposto a respeitar o direito de Nancy fazer escolhas, Sam está. E Sam também está disposto a viver em um mundo onde sacrificar uma pessoa inocente para salvar dúzias de outras, apesar de não ser ideal, faz algum sentido.

Por fim, a decisão de Sam é motivada por sua lealdade e também pelos argumentos de Dean, mas isso não fica claro. É evidente que teria sido dramaticamente sem caráter para ele insistir na morte de Nancy, especialmente se não fosse voluntária. Quanto mais Sam entende o raciocínio utilitarista, mais frequentemente suas ações se encaixam nos deveres kantianos.

E outros monstros

Dado o que descobrimos até agora, eu me pergunto como as cenas de "*Jus in Bello*" teriam sido se fosse descoberto que Nancy era uma lobisomem virgem, mesmo se ela não soubesse. Dean teria feito um discurso assim choroso? Se Nancy tivesse se recusado a ser sacrificada, Dean a forçaria a isso? Sam teria tentado parar Dean?

A relação de Sam e Dean com monstros é delicada, mas muito mais quando o monstro é uma mulher. Normalmente, só se permite monstros viverem se isso servir para beneficiar Sam e Dean. A esse respeito, monstros são mesmo usados como objetos, mas há ocasiões em que poucos monstros mulheres subiram ligeiramente acima desse *status*, ainda que temporariamente.

Em "The Slice Girls", Dean tem uma relação sexual muito imprudente e sem proteção com Lydia, uma amazona que o encontra em um bar. As amazonas são uma tribo de mulheres que fizeram um pacto com a deusa grega Harmonia para ter poderes sobrenaturais em troca de sacrificar os pais de suas filhas. A filhinha amazona de Dean, Emma, tem a idade de uma adolescente antes de completar dois anos. Ela chega sem avisar e explica para Dean o que ela é e que ela precisa da ajuda dele para deixar a tribo. Dean fica comovido, mas descobre que a história triste de Emma é um estratagema para matá-lo. O episódio termina com Sam matando Emma antes que Dean tenha de fazê-lo.

Similarmente, em "The Girl Next Door", Dean mata a *kitsune* Amy. Apesar de ela não ser um monstro filha de Sam, ela era um monstro de quem Sam foi amigo de infância. E Amy ainda tinha salvado a vida dele ao matar a própria mãe. Quando Sam mata a filha de Dean, ele acredita estar salvando a vida do irmão. De certa forma, o fato de Emma ser um monstro não teve um papel central no ato de matar. Foi somente um fator importante para ajudar Sam a compreender e agir rápido. O assassinato de Amy por Dean é muito mais perturbador. Sim, ela é um monstro, mas está matando porque é mãe. Ela está tentando salvar a vida de seu filho, e Dean certamente pode levar isso em conta. Por outro lado, Amy é uma boa pessoa, e já fez um favor a Dean uma vez, quando salvou Sam. A única explicação pode ser que Dean está cegamente seguindo um senso de dever que ele não entende completamente.

Sem descanso para os maus

Como vimos, as mulheres de *Supernatural* destacam muitas falhas que nossos heróis têm em compreender o que são realmente valores para eles. Sam e Dean não somente fornicam com mulheres. Na verdade, eles valorizam mais as mulheres do que eles pensam ou admitem. Apesar de seu comprometimento com o dever de salvar pessoas e matar coisas, Sam e Dean às vezes vislumbram que há mais coisas na vida. De fato, eles se arriscam à objetificação ao se deixarem usar meramente como instrumentos para lutar com monstros e demônios. Se eles um dia perceberem isso completamente, teremos de encontrar outra dupla dinâmica para salvar o mundo.

Capítulo 9

A Noite dos Demônios ~~Mortos~~-Vivos e uma Vida Que Vale a Pena Ser Vivida

John Edgard Browning

Os fãs de *Supernatural* frequentemente associam o episódio popular "*Jus in Bello*", da Terceira Temporada, com o filme mundialmente conhecido e quintessencial de zumbis *Night of the Living Dead** (chamado daqui para frente de *Night*), do diretor George Romero. Não existem nele os zumbis lentos, mas a "massificação" de demônios no episódio é uma clara alusão a *Night*.[33] Além da massificação, existe um segundo elemento que situa com certeza esse episódio entre outros trabalhos inspirados em Romero, que se chama "espaço de sobrevivência", um local central fechado no qual as ações pessoais e coletivas são feitas contra a massa de monstros que estão do lado de fora, e que se torna essencial para a história. Na verdade, não foi *Night* de Romero que criou o espaço de sobrevivência, mas a novela *I Am Legend*, de Richard Matheson.[34]

---

*N.T.: No Brasil, *A Noite dos Mortos-Vivos*.
33. Sobre o termo "massificação", ver CARROLL, Noël, "The Nature of Horror", *The Journal of Aesthetics and Art Criticism*, 46 (1990): p. 50.
34. BROWNING, John Edgar, "Survival Horrors, Survival Spaces: Tracing the Modern Zombie (Cine) Myth", *Horror Studies 2* (2011): p. 41-59.

Mas, mesmo que *Night* de Romero não tenha concebido o espaço de sobrevivência, ele o reproduziu direitinho no filme. Os filmes de zumbi de Romero, começando com *Night*, preenchem o espaço de sobrevivência com múltiplos e diversificados sobreviventes que são forçados a trabalhar com as diferenças pessoais decorrentes, desde inveja e aborrecimentos mesquinhos até o racismo e o fanatismo, oriundos do moralismo, da teologia e de outras diferenças socioculturais. O custo de falhar nisso é muito alto – a morte horrível do grupo. Essa mudança a partir de *I Am Legend* (chamado daqui para frente de *IAL*) é muito importante, porque empresta para o filme de Romero, suas sequências e outros filmes que se baseiam neles "suas qualidades mais fundamentais, dramáticas e de entretenimento",[35] pelas quais *se* um ser sobrevive perde completamente a importância diante de **como** um ser sobrevive ou morre.

Esses motivos fundamentalmente não só ligam "*Jus in Bello*" com *Night* de Romero e *IAL* de Matheson, mas ajudam a fomentar a popularidade crescente do episódio. Além disso, o episódio expande as marcas convencionais e culturais de seus predecessores modificando uma fórmula que geralmente é restrita a narrativas de zumbis. No final, achamos que o espaço de sobrevivência multidefendido em "*Jus in Bello*" tem o mesmo papel que tinha nos filmes de Romero, apesar de ele substituir os zumbis por demônios. "*Jus in Bello*" cria um espaço politicamente carregado, no qual elementos sociais e culturais progressivos e conservadores são testados repetidamente, negociados e substituídos. Essa circulação contínua de conflitos políticos proporciona às narrativas de zumbis seu entretenimento continuado e qualidades catárticas.

Uma noite para ser lembrada

Em "*Jus in Bello*", Sam e Dean estão na trilha da ladra Bela, para recuperar a arma Colt roubada. Depois de a terem rastreado até Monument, Colorado, os irmãos encontram seu quarto de motel vazio. Infelizmente para os Winchester, eles se encaminharam para uma armadilha. Depois de uma batida da polícia local no quarto, Sam

---
35. *Ibid.*, p. 45.

e Dean confrontam seu velho adversário, o agente especial Victor Henricksen. Uma vez detidos no escritório do xerife local, o cenário de cidadezinha pequena fica claro. É evidente que cidades pequenas não estão certamente fora do contexto de *Supernatural*, mas o fato de que quase todo o episódio se passa em um recinto pequeno e apertado de uma delegacia de polícia é único. Com certeza, o espaço é a primeira ligação com *Night* de Romero, cuja casa de fazenda é um pouquinho diferente da delegacia de polícia pobremente fortificada que protege Sam e Dean.

O agente Henricksen está tentado a manter Sam e Dean sob custódia, já que ele ficou muito zangado por ter capturado e perdido os Winchester antes. Para reduzir o risco de eles escaparem, Henricksen liga rapidamente para seu superior, o delegado diretor Steven Groves, que embarca imediatamente em um helicóptero para Monument para apressar o mandado de prisão de Sam e Dean. Os Winchester são levados para uma pequena cela de segurança para aguardar a chegada de Groves.

Em sua chegada, Groves insiste que Henricksen preencha uma quantidade excessiva de papéis, o que permite que Groves visite Sam e Dean; ele se revela um demônio e atira no ombro de Dean. Rapidamente, Sam tenta exorcizar Groves, mas ele é interrompido por um demônio que diz: "Desculpe, eu tenho de terminar isso rápido. *Vai ser uma noite longa, rapazes!*", e abandona o corpo morto de Groves. Depois de encontrar o corpo de Groves, Henricksen é relutantemente convencido de que Sam e Dean não têm participação em sua morte, mas se recusa a acreditar que Groves estava possuído.

As palavras da previsão do demônio: "*Vai ser uma noite longa, rapazes!*" é uma marca reveladora de *Night* de Romero. "*Jus in Bello*" se passa no curso de uma noite, e os problemas que virão são prenunciados rapidamente depois que outro agente, Calvin Reid, descobre que as gargantas dos pilotos do helicóptero foram cortadas. Como se não bastasse, o helicóptero explode e Reid é morto por um dos soldados vencidos que foi possuído por um demônio. Tudo se transforma em um Inferno de repente, de maneira chocante (até mesmo para *Supernatural*); isso nos faz lembrar de maneira inequívoca de *Night*, incluindo os corpos espalhados em todos os lugares. O xerife local entra em estado de pânico e incita todo mundo a fugir da cidade. Mais sensato, o agente Henricksen, convencido de que eles estão sitiados, implora a todos que fiquem dentro de suas casas e que bloqueiem as entradas. Esse é precisamente o mesmo curso de ação sugerido pelo protagonista de *Night*, Ben. Além disso, a secretária da delegacia, Nancy Fitzpatrick, descobre rapidamente que todos os meios de comunicação com o mundo exterior estão cortados. Sua revelação: "A internet, meu celular, nada funciona. Como pode nada funcionar?" é paralela àquela de sua contraparte Barbra, de *Night*, que reclama: "O que está acontecendo? O que está acontecendo? Não consigo entender o que está acontecendo!". Em poucos instantes explosivos e macabros, Sam e Dean estão presos na delegacia com um punhado de sobreviventes.

Quando uma escolha não é uma escolha?

Apavorantemente – e bem na hora – a energia elétrica acaba, outra cena saída diretamente de *Night*. O xerife Dodd suplica para que todos saiam, mas Henricksen grita: "Ninguém vai a lugar nenhum! Todos se acalmem!". As diferenças entre os indivíduos já começam a emergir no espaço de sobrevivência. Dodd reclama pelas vidas dos homens que estão lá fora, mas sem hesitação Henricksen explica que todos eles estão mortos, o que acontecerá com qualquer um que sair. Henricksen fala para o xerife e o delegado fecharem as janelas e enquanto isso ele acalma Nancy: "Eu vou tirar você dessa, dou minha palavra. Você entendeu?". Henricksen efetivamente toma o controle da área de sobrevivência, como a personagem Ben fez em *Night*. Henricksen incorpora algumas *nuances* de Ben, e o medo e a vulnerabilidade de Barbra em *Night* estão, por sua vez, espelhados em Nancy. Até mesmo o gênero e a diversidade racial desse casal em particular batem com aqueles do filme.

Henricksen liberta Sam e Dean da cela e pergunta: "Como *sobrevivemos?*". A solução inicial deles segue à risca a de *Night*. Eles fortificam a cadeia com armadilhas especiais para os demônios e com sal, da mesma maneira que as madeiras e os pregos necessários para zumbis (ver figuras 9.1 e 9.2). Dean tenta sem sucesso recuperar algumas armas no Impala, mas é impedido por uma massa de demônios em colunas de fumaça negra. Magicamente impedidos

Figura 9.1 – "*Jus in Bello*" – Jared Padalecki como Sam em *Supernatural*, da rede CW de televisão.

Figura 9.2 – Duane Jones como Ben, defendendo a casa da fazenda atrás de janelas reforçadas com madeiras em *Night of the Living Dead* (1968).

Figura 9.3 – "*Jus in Bello*" – Massa de pessoas da cidade possuídas por demônios em *Supernatural*, da rede CW de televisão.

Figura 9.4 – Massa de zumbis em *Night of the Living Dead* (1968).

de entrar na delegacia pelas barreiras de sal, os demônios se espalham para possuírem umas 30 pessoas dos habitantes locais. Em suas "vestimentas de carne" recém-adquiridas, eles retornam à delegacia e olham estranhamente para o prédio. Nancy reconhece uma amiga no meio da massa de corpos possuídos por demônios. "A fumaça negra entrou neles?", ela pergunta. "Parece que sim", responde Sam.

Todas as pessoas lá fora têm os olhos negros, desprovidos de expressão. Eles são demônios, aparentemente apáticos e sem emoção, mas na verdade eles estão focados. De significado particular aqui temos não somente a falta de expressão, comportamento parecido com o dos zumbis, mas também o reconhecimento por parte dos sobreviventes da humanidade ainda expressa nos corpos e faces das pessoas da cidade que estão possuídas. Essa é a massificação do quase humano, usada por Romero e Matheson para destacar e acusar a falta de humanidade remanescente naqueles deixados no espaço de sobrevivência (ver figuras 9.3 e 9.4).

Seguro lá dentro, Dean distribui amuletos que protegerão todos da possessão. Quando eles estão preparados para resistir ao sítio, Dean e Henricksen iniciam uma conversa amigável, e descobrem que eles têm muito em comum. Henricksen pede a verdade, por mais dura que seja:

Henricksen: O que está lá fora, vocês podem acabar com eles? Vocês podem vencer? Honestamente? Eu acho que o mundo vai acabar em sangue. Mas isso não significa que não devemos lutar. Nós temos escolha. Eu escolho não desistir, mesmo que eu perca.

A pluralidade de escolhas é central aqui. Em *IAL* de Matheson, Neville é o único sobrevivente, que defende sua casa, que é o novo espaço de sobrevivência. Aproximadamente 15 anos depois de *IAL*, Romero retoma o trabalho de Matheson e o modifica em alguns pontos-chave. Preenchendo o espaço com múltiplas pessoas e, por extensão, com múltiplas escolhas opostas, Romero faz do espaço de sobrevivência um repositório para as mazelas sociais, valores e ética. Romero então recria imaginativamente um local de defesa e fortificação como uma incubadora para um mundo de muitas possibilidades,

Figura 9.5 – "*Jus in Bello*" – Retratados (da esquerda para a direita), no espaço de sobrevivência, Jensen Ackles como Dean, Aimee Garcia como Nancy, Jared Paladecki como Sam, Charles Malik Whitfield como o sargento Hendricksen, em *Supernatural*, da rede CW de televisão.

forjada por meio do exame autocrítico daqueles que estão lá dentro. "*Jus in Bello*" faz isso também (ver figuras 9.5 e 9.6).

O demônio Ruby entra de repente em cena atravessando uma janela que ela quebra, por um local onde a barreira de sal estava acidentalmente comprometida. Ela entra com vísceras em sua boca enquanto luta para conseguir um meio de abrir caminho na cadeia, uma metáfora sangrenta em comum com *Night*. A situação parece sombria. Eles não têm a Colt, nenhum arsenal mais forte, nada. Nada que é previsível lá fora inspira alguma esperança e, o pior de tudo, Ruby revela que o ataque devastador está sob o comando de um demônio antigo e poderoso, Lilith. Apresentando-se como uma irônica salvadora, Ruby oferece uma solução por meio de um feitiço que vaporizará todos os demônios da área, inclusive ela mesma. Infelizmente, o feitiço de Ruby requer o sacrifício de uma virgem, e a única virgem por perto é a secretária Nancy. Nancy tenta ser voluntária,

Figura 9.6 – Retratados (da esquerda para a direita), no espaço de sobrevivência, Judith O'Dea como Barbra, Judith Ridley como Judy, Karl Hardman como Harry Cooper, Duane Jones como Ben, em *Night of the Living Dead* (1968).

livrando as pessoas da difícil escolha de matar uma pessoa para salvar muitas. Entretanto, Dean se opõe totalmente a esse plano, convencido, ao contrário, que eles devem simplesmente abrir as portas e lutar com os demônios o melhor que eles puderem, matando muitos na esperança de salvar um.

O título do episódio, *"Jus in Bello"*, se refere à lei que governa o modo como se conduz um estado de guerra. Nesse cenário, as escolhas deles são poucas e simples. A primeira é usar o coração de Nancy para completar o feitiço de Ruby, o que erradicaria todos os demônios em um raio de uma milha. Ainda que isso matasse Nancy, salvaria as pessoas possuídas da cidade. Os sobreviventes discutem a opção:

Hendricksen: Nós não sacrificamos pessoas. Se fizermos isso, não seremos melhores do que eles.
Ruby: Nós não temos escolha.
Dean: Tudo bem, mas sua escolha não é uma escolha.

Sam, por outro lado, sustenta o argumento utilitarista de que matar *uma* virgem salvará *muitas* pessoas dentro e fora da cadeia. Os outros simplesmente não aceitam isso. Em vez disso, eles ficam do lado da apelação de Dean à lei absoluta e universal que proíbe matar uma pessoa inocente, mesmo que sacrificar *essa* pessoa salve a vida de muitas outras. Temos aí um conflito de valores dentro do espaço de sobrevivência. Considerando que o plano de Dean é puro suicídio, Ruby vai embora, o que deixa patente que ela nunca foi realmente um membro do grupo. Ruby fez o papel da mulher sedutora que veio para tentar o grupo. Como nos filmes de Romero, e também em *Supernatural*: se um conflito de valores não chega a uma solução no espaço de sobrevivência, um catalisador externo é usado para forçar a saída da situação.

Enquanto isso, os demônios estão letargicamente agrupados em volta da cadeia. Essa é uma homenagem visual óbvia à fazenda isolada da Pensilvânia de *Night*. Quando o sítio finalmente começa e os demônios entram no espaço de sobrevivência, vemos algo que não esperávamos. Todas as armas estão carregadas com pedras de sal, que servem para incapacitar os demônios sem matar os cidadãos que eles estão usando como invólucro. Mas por que se incomodar com a incapacitação? Se alguém for sobreviver, então os demônios devem morrer. Na tentativa de se manterem fiéis ao compasso moral absoluto de Dean, os sobreviventes inventaram uma manobra tática inteligente. Sam, Dean e Henricksen lutam para derrubar os demônios que eles deixaram entrar intencionalmente. Durante a luta, Nancy e o delegado selam as portas por fora para prender os demônios lá dentro. Finalmente, uma gravação de exorcismo na voz de Sam sai por todos os alto-falantes da delegacia, e manda cada demônio que está lá dentro de volta para o Inferno. Um fã ressaltou em um fórum que é "como *Night of the Leaving Dead* na ordem inversa".[36] Esse comentário se refere ao fato de que os mocinhos deixam os demônios dentro da delegacia, em vez de tentar defendê-la até o fim. Os sobreviventes geriram a situação para transformar o exterior de

---

36. BOND, Sylvia, "Rocky Mountain Hell", *Pink Raygun*, 26 de fevereiro de 2008. Acessado em 1º de agosto de 2012, disponível em <*www.pinkraygun.com/2008/02/26/supernatural-jus-in-bello*>.

seu espaço de sobrevivência fortificado em um mecanismo inteligente de escape a ser usado.

Tudo está bem quando termina bem

Claramente, o espaço de sobrevivência empresta a "*Jus in Bello*" as mesmas qualidades dramáticas e de entretenimento que permitiram aos filmes de zumbi pós-Matheson prosperarem, infestando até mesmo a indústria de *videogames* por meio do subgênero "horror de sobrevivência". Mas, além do entretenimento, qual é o grande lance? Para muitos, a verdade infeliz não é provavelmente grande coisa. Mas, para aqueles fãs que prestam atenção na tensão política que aumenta e diminui nesses espaços de sobrevivência, a popularidade de quase toda sequência, adaptação ou híbrido desses trabalhos repousa em sua capacidade de ser flexível e fazer o espaço de sobrevivência evoluir em uma nova perspectiva. O espaço de sobrevivência é um campo de teste, um campo para pôr à prova crenças e valores, e assim "*Jus in Bello*" é apropriadamente nomeado, por sua consideração de como a lei pode governar em um estado de guerra.

A firmeza das narrativas zumbis dá a cada título e época sua marca própria e única. O clássico *Dawn of the Dead** (daqui para a frente chamado de *Dawn*), a sequência de *Night*, é um exemplo primordial. Em *Dawn*, o grupo de sobreviventes é uma mistura de tipos muito diferentes de pessoas, muito parecido com *Night* e "*Jus in Bello*". Depois de escapar de Pittsburgh de helicóptero, esse grupo de sobreviventes se encontra usando como refúgio um *shopping center* infestado de zumbis. O grupo trabalha junto para retomar o *shopping* da horda de zumbis, e durante todo o tempo eles têm de tolerar e ter em mente os interesses uns dos outros. Quando enfrenta um inimigo comum, o grupo inteiro trabalha em harmonia para proteger o *shopping*. Infelizmente, a partir do momento em que eles neutralizam o inimigo comum que os unia, o verdadeiro teste do grupo é aprender a conviver dentro do espaço de sobrevivência. A salvo dentro do *shopping*, o grupo retorna a uma vida de consumidor relativamente normal: viver, comprar, ir de uma loja para a próxima

---

*N.T.: No Brasil, *Madrugada dos Mortos*.

de maneira pródiga e aleatória. Ironicamente, apesar do festim do consumismo na palma da mão, eles são apáticos como os zumbis. Note que, se Dean tivesse cedido ao plano de Ruby, o resultado poderia ter sido a sobrevivência de um pequeno grupo que poderia ter perdido também um pouco de sua humanidade.

De acordo com o importante estudo sobre narrativas de horror de Gregory A. Waller, em *The Living and the Undead: From Stoker's Dracula to Romero's Dawn of the Dead*, a "destruição dos mortos--vivos", a "retomada da normalidade" e as "sequências conclusivas" frequentemente "questionam se vale a pena salvar e prosseguir".[37] Para *Dawn*, de Romero, em particular, o consumismo sem freio aparece como tão monstruoso quanto a ameaça que está do lado de fora do espaço de sobrevivência. O trabalho dos demônios em "*Jus in Bello*", como o dos zumbis em *Night* e *Dawn*, é incessante e instintivo. Sem a capacidade de fazer escolhas, ao menos esses monstros não têm culpa por suas horríveis atitudes. Portanto, "os vivos devem trabalhar também", continua Walles, "para defenderem-se, sobreviver, proteger, e até mesmo talvez reavaliar aquilo que eles julgam ter mais valor no mundo". Então, apesar de os métodos radicais de sobrevivência nos fazerem lembrar, como diria Walles, daquilo que "Van Helsing chama [em *Drácula*] o 'trabalho selvagem' da destruição", devemos ter cuidado com como esse trabalho é levado a termo, recordando a reclamação de Dean de que "a escolha [de Ruby] não é uma escolha", mesmo que isso signifique sobreviver. Pondo em termos simples, o "trabalho selvagem" para Dean envolve no mínimo continuar uma vida que vale a pena ser vivida, o que obviamente implica uma vida que não envolve assassinar virgens.

Desfecho: ensinar novos truques a um cachorro morto

Depois da manobra para atingir o aparentemente impossível, salvando ao mesmo tempo as pessoas da cidade e a virgem, Sam e Dean dão seu último adeus ao seu antigo perseguidor, e agora amigo, Henricksen. Algum tempo passa e encontramos Sam e Dean em outro motel inclassificável, quando Ruby chega com novidades:

---
37. WALLER, Gregory A., *The Living and the Undead: From Stoker's Dracula to Romero's Dawn of the Dead* (Urbana: University of Illinois Press, 1986), p. 19.

Ruby: Lilith matou todo mundo. Ela massacrou sua preciosa virgenzinha, mais uma meia dúzia de outras pessoas. Então, depois do grande discurso sobre humanidade e guerra, seu plano só resultou em uma contagem de corpos. Vocês sabem como conduzir uma batalha?

O que era aparentemente uma noite para sobreviver, para ser superada da melhor maneira, na verdade foi muito mais. Novamente, o espaço de sobrevivência é um campo de teste para pôr à prova crenças e valores, no qual a firmeza dá a cada adaptação zumbi e a cada época sua marca própria e única. O legado dessas adaptações articula como os espectadores empatizam com suas personagens, apesar do mundo totalmente fantástico que os cerca. Até mesmo os mais vergonhosos comportamentos dos heróis são às vezes perdoados.

As acusações de Ruby são adequadas. No espaço estreito de uma noite, Henricksen e os Winchester geriram situações para sobreviver, segundo um modo pelo qual eles poderiam viver com suas escolhas. Mas, se eles não tivessem sido tão egoisticamente preocupados com como eles iriam viver consigo mesmos depois do final da noite, eles teriam honrado a escolha livre de Nancy de salvar todos eles. É claro que isso significaria desistir de serem os heróis machos e deixar uma garota fazer o papel por eles, mas no fim o resultado teria sido de longe bem melhor. Essa é a marca única de "*Jus in Bello*", e ela fala muito sobre Sam e Dean. Mas pode dizer ainda mais sobre os espectadores que se divertem com o episódio e o mundo em que eles vivem.[38]

---

38. Terminar este capítulo teria sido impossível sem a extraordinária e sagaz ajuda de Galen Foresman nos esboços iniciais. A dedicação dele e do editor da série, William Irwin, é um aval para esta antologia.

Parte Três
O Mal pelo Desígnio

Capítulo 10

Dean Winchester e o *Sobrenatural* Problema do Mal

Daniel Haas

Você pensaria que, para uma pessoa que gastou a maior parte de seu tempo lutando com monstros e demônios, seriam favas contadas pensar que Deus existe. Quero dizer, se você fez pactos com demônios da encruzilhada e se opôs a antigas forças demoníacas como Lilith Crowley, então você sabe que os caras maus das religiões do antigo Ocidente existem. Certamente, o mocinho supremo, Deus, deve existir. Certo?

Ainda assim, até mesmo depois de anos de caça a demônios, Dean, sempre cético, não está convencido disso. Ele esteve no Paraíso, Inferno, Purgatório, e voltou, mas ainda está relutante em reconhecer a existência de Deus. Ele está somente sendo teimoso? Que evidência a mais ele poderia querer da existência de Deus? Ou Dean pode estar sendo racional em recusar-se a acreditar em Deus?

Deus não está conosco, não mais

Então, por que Dean não acredita na existência de Deus? A falta de crença em Deus de Dean é mencionada primeiramente na Segunda

Temporada, no episódio "Houses of the Holy". Durante esse episódio, os Winchester estão lidando com um grupo que reclama que eles foram mandados pelos anjos para matar outras pessoas. Sam admite para Dean que ele acredita em Deus e que reza com frequência. A resposta de Dean é: "Não existe um poder superior, Deus não existe. Existe em somente o caos e a violência, um mal aleatório que não pode ser previsto, que chega sem avisar, e que corta você em pedacinhos".

Dean está mais para agnóstico que para ateu. Essa ideia atinge um nível central no episódio da Terceira Temporada "Sin City", que começa com Sam tomando conhecimento de mortes misteriosas na semana. Dessa vez, "um rapaz estourou os miolos em uma igreja e outro teve um ataque de fúria em uma loja de artigos para *hobby* antes que a polícia o pegasse"... Dean e Sam se disfarçam de agentes de seguro e viajam para Elizabethville, Ohio, para investigar.

Logo que chegam à cidade, eles ficam sabendo que as duas mortes não foram acidentes isolados. Um caçador local informa os irmãos que demônios vêm possuindo pessoas há semanas. O que era para ser uma velha cidade de indústrias de madeira se tornou uma cidade cheia de pessoas que gozam o prazer e o pecado. Os irmãos param em um bar local para fazer umas perguntas e conhecem uma garçonete chamada Casey que, sem eles saberem, está possuída por um demônio. Dean se envolve com ela e eles vão para sua casa. O encontro de Dean rapidamente vira uma luta, e Dean é preso no porão da casa de Casey. Dean e Casey trocam ofensas verbais que levam Casey a desafiar Dean com questões teológicas:

Dean:	Então os demônios estão tomando conta. Eu achei que os mansos herdariam a terra.
Casey:	De acordo com sua bíblia. É só um livro, Dean.
Dean:	Nem todo mundo concordaria com isso.
Casey:	Porque é o livro de Deus. Você acredita em Deus, Dean? Eu ficaria surpresa se você acreditasse.
Dean:	Não sei. Eu gostaria de acreditar.

Casey: Bem, eu não entendo como você e seu deus fizeram esse trabalho avassalador. Guerra, genocídio, e só está piorando. Quer dizer, no último século vocês acumularam uma quantidade de corpos que espanta até mesmo a nós.

Casey está mencionando um dos mais antigos e resilientes argumentos contra a existência de Deus, o problema do mal. Esse problema surge de um aparente conflito entre a existência do mal e os atributos que os teístas do Ocidente atribuem a Deus.

Os teístas tradicionalmente estabelecem quatro afirmações como verdadeiras:

1. Deus é todo-poderoso (Onipotente);
2. Deus é todo-sabedoria (Onisciente);
3. Deus é perfeitamente bom (Onibenevolente);
4. O mal existe.

Mas parece haver uma tensão profunda aqui. Se Deus é perfeitamente bom, parece correto que Deus não quisesse que o mal existisse. E, desde que Deus é onisciente, Ele deve saber de cada possibilidade de mal que existe no mundo. Dado que Deus é todo-poderoso, certamente Ele tem o poder de prevenir que todo e qualquer mal ocorra. Então, por que no mundo existe tanto mal? Na verdade, por que existe mesmo o mal?

Casey coloca essa questão, que vai deixar Dean obcecado nesse episódio. Se Deus existe, porque existe tanto mal e sofrimento no mundo? É certo que um Deus benevolente não presidiria um mundo devastado por tanto mal e sofrimento.

Preciso acreditar que posso escolher o que fazer com minha insignificante e pequena vida

O desafio de Casey sobre a existência de Deus é chamado pelos filósofos de problema lógico do mal. Os teístas parecem comprometidos com um grupo de afirmações inconsistentes, a saber, que existe um Deus todo-poderoso, todo-sabedoria e todo-bondade, e que também existe o mal.

Existem duas opções disponíveis para responder a um desafio como o de Casey. Primeiramente, Dean podia deixar de lado um dos atributos de Deus. Por exemplo, Dean poderia afirmar que Deus não é realmente todo-poderoso, e é por isso que Ele não pode eliminar o mal. Ou, talvez, que Deus na verdade não sabe tudo, então Ele simplesmente não sabe nada sobre alguns males ou como fazer para eliminar o mal que existe. E ainda seria possível para Dean negar que Deus é perfeitamente bom. E, se Ele não é, Deus pode não querer eliminar todo o mal. Mas fazer esse movimento se afasta significativamente das concepções tradicionais de Deus, e isso é algo que a maioria dos teístas gostaria de evitar.

Você pode dizer que o mundo de *Supernatural* é superpovoado de deuses. Os Winchester já desafiaram Loki, Baal e incontáveis outros deuses da mitologia. Eles até mesmo lutaram com Paris Hilton, que coestrelou o episódio "Fallen Idols" como uma deusa pagã. E nenhum desses deuses cairia vítima do problema lógico do mal de Casey. Eles não são todo-poderosos, todo-sabedoria nem todo-bondade, então sua existência é totalmente compatível com a existência do mal. Mas o deus de quem Casey zomba, o deus em quem Dean tem dificuldade de acreditar, é significantemente diferente daqueles outros. É o deus dos teístas do Ocidente que está aqui em questão, e, se existe um Deus, ele é um deus todo-bondade, todo-poderoso e todo-sabedoria. Então, Dean não pode simplesmente dizer que Deus perde um de seus atributos e é por causa disso que existe o mal no mundo. Se o desafio de Casey tem de ser resolvido, uma abordagem alternativa deverá ser feita.

A segunda maneira pela qual Dean poderia responder a um argumento de Casey seria oferecer a ela uma teodiceia, ou seja, uma história que explica por que um deus todo-poderoso, todo-sabedoria e todo-bondade permitiria a existência do mal. Talvez Deus tenha uma razão muito boa para permitir a existência do mal, e uma boa teodiceia explicaria as razões de Deus.

A teodiceia mais comum apela para o livre-arbítrio. Dean poderia responder a Casey dizendo que, para que exista o livre-arbítrio, Deus deve permitir que exista algum mal. Especificamente, Deus deve permitir que os humanos escolham e causem o mal para que ele exista no mundo. Por que seria esse o caso? Porque é logicamente impossível criar criaturas livres e garantir que jamais farão o mal. Elas devem ser capazes de escolher entre o bem e o mal e, infelizmente, criaturas livres, às vezes, talvez até mesmo bem frequentemente, escolhem o mal. Mas o livre-arbítrio é uma coisa muito boa e incrível, e justifica o mal que Deus permite que exista.

Obviamente que o livre-arbítrio tem um papel central em *Supernatural*. A Quinta Temporada inteira foca em Sam e Dean tendo a liberdade de escolher se tomam parte em uma batalha entre as hostes do Paraíso e do Inferno. Em "Free to Be You and Me", na Quinta Temporada, descobrimos que Sam é o invólucro escolhido por Lúcifer para habitar, enquanto Dean é o invólucro de Miguel. Durante o Apocalipse, esses dois anjos estão destinados a possuir os Winchester e lutar a batalha final. Naturalmente, existe um porém. Tanto Sam quanto Dean devem escolher livremente ser usados para isso.

Se existe um Deus no mundo de *Supernatural*, esse Deus acha que o livre-arbítrio é vitalmente importante. Então, talvez possamos entender o compromisso de Deus para com o valor do livre-arbítrio como razão para a existência do mal. É uma coisa grandiosa permitir às criaturas como os humanos fazerem suas próprias escolhas, e uma das consequências da permissão desse tipo de escolhas é que, em certas ocasiões, o mal será livremente escolhido e produzido. Se essa solução funciona, Deus poderia prevenir o mal, mas fazer isso seria eliminar o livre-arbítrio.

Então, talvez o desafio de Casey possa ser respondido. Se Dean não tem fé em Deus somente por causa do argumento de Casey, então ele não tem nenhuma boa razão para não acreditar em Deus. Mas eu acho que, se olharmos por que Dean é tão relutante em acreditar em Deus, veremos que suas razões são um pouco diferentes daquelas colocadas pelo problema lógico do mal.

Uma teoria com um pouco menos de conto de fadas

Como pagamento pelo pacto feito com um demônio da encruzilhada para salvar a alma de Sam, Dean é tragado para o Inferno por cães do Inferno no final da Terceira Temporada. Felizmente, a estadia de Dean no Inferno não é permanente, e a Quarta Temporada começa com ele sendo literalmente puxado do Inferno por um anjo. Mas, mesmo depois desse resgate celeste, Dean se recusa teimosamente em acreditar que Deus e anjos existem. Depois de conhecer Castiel em "Lazarus Rising", e descobrir que anjos realmente existem, Dean responde para Castiel: "Vá embora daqui! Esse tipo de coisa não existe"...

Dean está convencido de que está acontecendo algo diferente, mas que existe uma razão mais racional para como ele escapou do Inferno do que a existência de anjos. Em "Are You There God? It's Me, Dean Winchester", Dean discute seu encontro angélico com Sam:

Dean:	Você não acha que, se anjos fossem reais, algum caçador, em algum lugar, já não teria visto um, em algum momento?
Sam:	Sim, Dean, você acabou de ver um.
Dean:	Eu só estou tentando criar uma teoria aqui. Pense comigo.
Sam:	Dean, nós já temos uma teoria.
Dean:	Tá bom, uma com um pouco menos de conto de fadas, por favor.

Aparentemente, a dúvida que atormenta Dean durante a Terceira Temporada já está criada. Dean agora foi de cético completo para uma pessoa genuína que não acredita. Talvez ser torturado por 40 anos no Inferno faça isso com uma pessoa. Mas Dean tem todas as evidências do que ele precisa ali mesmo. Ele pode ver e tocar Castiel. E por que isso não é o suficiente?

Uma das primeiras coisas que Dean quer saber de Castiel é *por que* ele o resgatou do Inferno. A resposta de Castiel é simples: "coisas boas acontecem". Obviamente não satisfeito, Dean retruca: "Não em minha experiência". Aqui vemos Dean fazer alusão ao argumento anterior de Casey contrário à existência de Deus. O mundo simplesmente não é um lugar agradável. O mundo como Dean vê é um lugar de um mal opressivo. Boas coisas acontecem raramente e elas são de longe ofuscadas por uma abundância de tragédias e sofrimento. Agora, espera-se que Dean acredite não apenas que existem anjos e um Deus, mas também que eles estão tomando conta dele? Isso é demais para ele. Talvez demônios e vampiros existam. Mas um Deus amoroso e seus súditos, que estão zelando por Dean e Sam? Isso não é provável.

Só um mal horrível e aleatório

O problema do mal de Dean é ligeiramente diferente da versão que consideramos anteriormente. O problema do mal de Casey é focado em uma aparente inconsistência em acreditar em um Deus que é todo-poderoso, todo-sabedoria e todo-bondade, e ao mesmo tempo acreditar que o mal existe. Mas a preocupação de Dean é mesmo do ponto de vista da consistência lógica. Ele tem uma preocupação diferente, e talvez mais profunda. Em "Are You There God? It's Me, Dean Winchester", Dean expressa sua relutância em acreditar em Deus para Bobby e Sam:

Dean: Sabe, esse é o motivo de eu não acreditar em Deus. Se ele não existe, tudo bem. Coisas ruins acontecem com pessoas boas. É como as coisas são. Não há razão nem explicação, somente um mal horrível e aleatório, e eu já entendi isso. Mas, se Deus está por aí, qual é a dele? E por onde diabos ele anda enquanto todas essas pessoas decentes estão sendo destroçadas? Como ele consegue viver com ele mesmo assim? Vocês estão entendendo, por que ele não ajuda?

Bobby: Eu vou dar nesse cara com um taco de três metros.

Dean está apresentando um argumento conhecido como o *problema evidente do mal*. Ele não está falando a respeito de como as características comumente atribuídas a Deus são incompatíveis com a existência do mal, como foi discutido anteriormente no *problema lógico do mal*. Ao contrário, o ponto de vista de Dean é que a *severidade* e *quantidade* dos males presentes no mundo são incompatíveis com a ideia do Deus tradicional dos teístas (novamente, todo-poderoso, todo-sabedoria e todo-bondade).

Dean não está somente preocupado com a ideia de que a existência do mal é simplesmente incompatível com Deus. Ao contrário,

Dean pensa que é muito *improvável* Deus existir em um mundo onde acontecem os tipos de sofrimento aparentemente sem sentido que ele encontra em seu dia a dia. E não menos do que as mortes trágicas e sem sentido que vêm por meio de demônios que escaparam das portas do Inferno e as outras que vêm pelas mãos de monstros mais comuns, como fantasmas e lobisomens.

E essas são somente as causas sobrenaturais do sofrimento. Sem contar todas as pessoas que sofrem com as tragédias típicas e sem sentido, como as doenças, os desastres naturais e a fome. Coisas ruins acontecem com as pessoas boas o tempo todo. Se não há um poder superior, ou um propósito superior, o mundo é simplesmente um lugar caótico e perigoso, e Dean consegue lidar com isso. Ele consegue seguir em frente. Ele é capaz de construir a melhor vida que puder e tentar minimizar algumas das tragédias sem explicação nesse processo. Mas, se Deus existe, tudo muda de figura.

Se existe um Deus, então o grau do mal no mundo deve ser muito menos severo do que aquele que Dean vivencia. Um Deus todo-poderoso, todo-sabedoria e todo-amor teria evitado muito da tragédia do mundo sem o prejuízo da perda de um bem maior. Talvez alguns males sejam justificados pela existência de grandes bens como o livre-arbítrio, mas certamente não *todos* os males com os quais Dean se preocupa, como criaturas cujo único objetivo é causar sofrimento. Por exemplo, ao permitir a existência dos *rakshasa*, monstros fadados a comer carne humana, no episódio "Everybody Love a Clown", Deus não promove um bem maior. Esses monstros simplesmente torturam e matam pessoas inocentes. E, o que é mais perturbador, o Deus no qual estão pedindo para Dean acreditar criou esses monstros.

Vamos tomar outro exemplo, o *rugaru*. É uma criatura que inspira pena. O *rugaru* começa sua vida como ser humano, mas eventualmente se transforma em um monstro comedor de carne, essencialmente carne humana. Durante sua vida humana, ele desenvolve uma fome insaciável. Em "Metamorphosis", os Winchester rastreiam um pobre homem de meia-idade, no qual a natureza *rugaru* acabou de ser ativada. Ele come tudo o que tem nas mãos, na tentativa desesperada de satisfazer sua fome. Mas essa fome aumenta durante o episódio até que ele se encontra famintamente de olho em sua esposa. Agora, obviamente, se Deus existe no mundo de *Supernatural*, ele não permitiria que o patético e amaldiçoado *rugaru* degenerasse em uma verdadeira besta estúpida faminta e carniceira, mas, em última instância, Deus criou o *rugaru*. Ele criou uma criatura que ama e se preocupa com sua esposa para viver uma vida torturada, e chegar a ter compulsão para comê-la viva. Que teodiceia possível justificaria o trabalho de Deus aqui?

Dean está convencido de que seu mundo somente faz sentido se não existir Deus. Existe uma multidão de males lá fora, mas, em último caso, é assim que as coisas são. Não há um propósito superior para todo esse sofrimento, e não existe um Deus com um plano e que leva intencionalmente tudo a acontecer. No momento em que Deus é introduzido nesse quadro, você tem um ser todo-poderoso, todo-sabedoria e todo-bondade que não levanta um dedo para ajudar, e esse mesmo Deus é em última instância a causa de todo esse sofrimento. Quem respeitaria ou adoraria um Deus assim?

Dean fala melhor disso quando expressa seu ceticismo a respeito de Deus para Castiel. Neste trecho do diálogo, ele deixa Castiel saber o que ele pensa dos anjos e dos deuses dispostos a permitir que persistam muitos males no mundo:

Dean:	Eu pensei que anjos deveriam ser guardiões, asas fofinhas, auréola, entende, tipo Michael Landon, não machões.
Castiel:	Leia a Bíblia. Anjos são guerreiros de Deus, eu sou um soldado.
Dean:	Ah é, e por que você não luta?
Castiel:	Eu não estou aqui para ficar pendurado em seu ombro. Nós temos interesses bem maiores.
Dean:	Interesses? Há pessoas sendo cortadas em pedacinhos aqui. E, a propósito, enquanto tudo isso está acontecendo, onde diabos está o seu chefe, hein? Se é que Deus existe.
Castiel:	Existe um Deus.
Dean:	Não estou convencido disso. Porque, se existe um Deus, que diabos ele está esperando? Hã? Genocídio? Monstros vagando pela Terra? O

	maldito Apocalipse? E em que momento ele vai levantar o maldito dedo e ajudar os pobres bastardos presos aqui?
Castiel:	Deus age...
Dean:	Se você disser "por caminhos misteriosos", alguém me ajude, eu chuto seu traseiro.

Não, Ele não está em nenhum pão

O que é interessante na briga de Dean com a existência de Deus é que ela nunca está totalmente resolvida. Depois de oito temporadas, ele ainda tem de chegar a um acordo com Deus, ou até mesmo reconhecer que Deus deve existir, mesmo que não seja lá um Deus tão amigável. E ninguém, nem Sam, Bobby ou Castiel, dá a Dean uma razão boa o suficiente para que ele acredite que Deus existe, em razão da presença óbvia de um mal aparentemente sem sentido no mundo. Diabos, Dean esteve no Paraíso e ainda assim ele não acredita.

O desafio de Dean pode ser solucionado? Existe algo a ser dito em defesa de Deus? Uma maneira que os teístas tentariam para satisfazer Dean seria argumentar que muitas das coisas que Dean identificou como um mal na verdade não são. Por exemplo, quando um *rakshasa* mata um humano para comer sua carne, não deveríamos considerar isso um mal. Nós estamos simplesmente olhando para o curso natural das coisas, e a raça humana é somente mais um animal na cadeia alimentar. Leões se alimentam de gazelas. Humanos se alimentam de uma variedade de animais, e tudo isso é simplesmente a ordem natural das coisas. O leão tem de comer a gazela para sobreviver e, ao longo de toda a vida humana, os seres humanos precisaram comer outros animais para sobreviver. Do mesmo modo, quando os *rakshasas*, os vampiros e os leviatãs de *Supernatural* consomem carne ou sangue de humanos, eles estão tão somente fazendo aquilo que necessitam para sobreviver.

Nessa visão, os humanos não são significativamente diferentes de outros animais que comemos. Se houver qualquer diferença, é que nossas faculdades mentais nos permitem questionar nosso comportamento. Diferentemente dos leões que se alimentam de gazelas, somos capazes de perguntar "por quê?". E isso leva muitos de nós a questionar nosso comportamento de comedores de carne, não porque pensamos que estamos cometendo um mal, mas porque temos capacidade mental sofisticada o suficiente para reconhecer que, quando outra criatura morre por nossas mãos, devemos tentar minimizar a quantidade de sofrimento por que ela vai passar... Muitos dos monstros de *Supernatural* são capazes de ter a mesma empatia e cuidado para com aqueles que matam. Por exemplo, quando os leviatãs da Sétima Temporada tentam tomar a Terra, estão fazendo isso essencialmente para garantir para si um suprimento amplo de comida. Reconhecendo que matar humanos como forma de alimentação causa sofrimento, Dick Roman, líder dos leviatãs, garante que a domesticação dos humanos será feita dentro de padrões humanos. As Empresas Roman na verdade têm a intenção de drogar os humanos para que eles fiquem passivos e não tenham medo. Os humanos serão alimentados por comidas que eles adoram e podem descansar por dias a fio. Os leviatãs até mesmo se encarregarão de curar o câncer e de criar fontes de alimento que minimizariam a fome humana por todo o mundo.

Os leviatãs não eram mesmo maus. Eram simplesmente criaturas cuja fonte de alimentação primária era, por acaso, os humanos. É somente a ordem natural das coisas. Agora, os teístas podem afirmar essa ideia de que os humanos são somente animais e que, como animais, nós não somos mais especiais ou privilegiados que qualquer outra criatura que habita a Terra, o Paraíso, o Purgatório ou o Inferno. Simplesmente faz parte da ordem natural que as coisas sejam assim. E quando Dean desafiadoramente provoca Deus, exigindo que Ele intervenha em favor da humanidade para impedir os monstros, demônios, leviatãs e outras criaturas que entram em conflito com a raça humana, Deus poderia replicar:

> Por quê? O que faz de vocês tão especiais? Vocês não são melhores nem piores que a carne da vaca que comeram no almoço. Gostem disso ou não, vocês são uma refeição saborosa para muitas criaturas por aí.

Provavelmente nenhuma teodiceia satisfaria Dean, em razão da vida que ele leva, mas existem alguns motivos pelos quais Dean pode ser legitimamente cético a respeito dessa teodiceia da ordem natural. Primeiro, se Deus existe, Ele é o criador supremo de tudo, seja natural ou sobrenatural. Deus, ao criar o Universo, colocou as coisas em movimento, incluindo a ordem natural das coisas. Então, qualquer falha na ordem natural está nos ombros de Deus. Se existirem males *desnecessários* no mundo, eles falam contra a bondade perfeita de Deus, seu poder, sua sabedoria ou sua competência. Por que Deus não cria um mundo onde as criaturas não comem umas às outras? Dean pode com razão afirmar que apelar para a ordem natural é uma desculpa para se safar. Deus estabelece as regras do jogo e, se essas regras promovem sofrimentos horríveis, por que um Deus todo-poderoso, todo-sabedoria e todo-bondade não poderia fazer melhor? Ou talvez, como Dean conclui, a existência de todo esse sofrimento leva somente a mostrar que é altamente improvável que esse Deus criador exista, pelo menos não o Deus todo-perfeito do teísmo ocidental.

Em segundo lugar, note que muitas das criaturas em *Supernatural* reconhecem totalmente que matar outras criaturas para sobreviver inflige uma angústia intensa e sofrimento em suas vítimas. Essa é uma verdade para humanos, *rugarus*, leviatãs e muitos outros habitantes do universo de *Supernatural*. Embora nosso cuidado com o sofrimento das criaturas que comemos seja um fenômeno relativamente recente na história humana, é algo com que estamos cada vez mais preocupados, à medida que adentramos o século XXI. Estamos cientes de que, se não tomarmos cuidado em tratar nossos estoques de comida com o máximo respeito, eles sofrerão inutilmente em nossas mãos. Talvez a ordem natural seja cruel, mas nós não precisamos ser.

Além disso, mesmo que haja uma razão pela qual a ordem natural seja inicialmente brutal, repleta de sofrimentos inúteis para todos os tipos de criaturas, tanto os humanos quanto os leviatãs estão cientes de que esses sofrimentos podem ser minimizados. Nossas faculdades mentais são limitadas se comparadas às de Deus, então, de novo, a bola está sendo devolvida para o campo de Deus. Se podemos ver como fazer algo melhor com relação ao sofrimento dos animais, dando a eles vidas felizes e mortes indolores, então Deus poderia ter antecipado isso. Deus poderia ter designado essas coisas de maneira diferente, o que significa que Deus fez um trabalho ruim quando criou o Universo.

Nesse ponto, alguém pode perguntar: "Quem somos nós para julgar Deus?". Até mesmo Deus aparentemente disse assim no Livro de Jó, para as súplicas frustradas dos homens que viam o mundo como Dean. Deus fala assim naquele livro: "Quem é este que escurece o conselho com palavras sem conhecimento?" (Jó, 38:2).

Certamente, responder a uma pergunta com outra pergunta não vai satisfazer Dean. Tenha em mente que, tradicionalmente, se pensa que Deus é digno de adoração não porque ele é algo todo-poderoso do qual temos de nos encolher de medo. Ao contrário, Deus é um ser onibenevolente e digno de adoração por sua bondade perfeita. O desafio de Dean e de Jó não é a súplica narcisista de uma espécie imatura que vai além de seus limites e ousa questionar Deus. Em vez disso, o desafio é que, se criaturas falhas como humanos e leviatãs podem fazer melhor, certamente Deus pode, e se ele escolhe não fazer isso, ou ele não é capaz ou não está disposto a fazer. Em ambos os casos, esse não é o Deus do teísmo ocidental.

Dean tem pouca paciência com demônios, monstros, anjos e deuses que não estão dispostos a usar seus poderes para fazer do mundo um lugar melhor. Segundo o entendimento de Dean, se você age como um monstro, você é um monstro, e realmente não interessa o quanto você é poderoso ou do que o chamam nos livros sagrados. Quando Castiel reclama os poderes do Céu para seu próprio proveito e se torna essencialmente um deus, Dean não se prostra e adora Castiel. Ao contrário, Dean tentou argumentar com o ex-amigo e, quando ele falhou em conseguir isso, saiu em busca de um meio para destruí-lo. Da mesma forma, a teodiceia que apela para a ordem natural das coisas não vai satisfazer Dean, só vai fazer com que ele vá caçar o monstro que criou essa ordem natural.

Por favor, me dê uma chance...

Há uma teodiceia a mais que Dean não considerou. Talvez a razão para Deus não intervir neste mundo não seja porque Ele não existe, ou não se interesse, ou não seja capaz. Talvez a razão de Ele não interferir neste mundo para minimizar o sofrimento da raça humana e de todo mundo em *Supernatural* seja porque o mundo não foi supostamente criado para ser um lugar perfeito. Talvez todo esse sofrimento sirva para um propósito.

Talvez o mundo se destine a ser um campo para se forjar e pôr as almas à prova. Talvez seja um grande bem criar um universo no qual criaturas livres, mas imperfeitas, elevam-se acima de suas fragilidades e cultivam características da virtude, e se tornam almas dignas da salvação e da comunhão com Deus. Pode ser uma coisa muito boa Deus criar um mundo repleto de criaturas perfeitamente virtuosas, mas não seria muito mais surpreendente se Deus criasse um mundo onde criaturas imperfeitas crescessem por meio de suas escolhas e tentativas e se tornassem criaturas virtuosas? Não é admirável um herói que se fez por esforço próprio e superou uma vida de adversidades, algo que seria perdido se o herói simplesmente tivesse nascido em uma vida de conforto? O filósofo John Hick (1922-2012) propõe esta verdadeira teodiceia como uma solução para o evidente problema do mal em "An Irenaean Theodicy".[39]

O universo de *Supernatural* se presta à teodiceia do aperfeiçoamento da alma, de Hick. Pena e recompensa estão inegavelmente presentes. Seja alguém que é puxado para o Inferno por cães do inferno depois de um pacto com um demônio da encruzilhada, ou seja alguém ascendendo aos Céus depois de ter vivido um vida piedosa, a ideia de que nossos atos neste mundo pesam positiva ou negativamente em nossa alma é um tema comum na série.

Então, o aperfeiçoamento da alma é uma razão para que Deus não intervenha nos interesses de Dean. Permitir o mal talvez crie oportunidades para os humanos cultivarem almas mais perfeitas, para serem dignos do Paraíso e da salvação eterna. Mas, apesar de o aperfeiçoamento da alma ser uma coisa boa, ele não justifica todos os males. Ele só justifica a quantidade de mal e sofrimento que seriam necessários para os humanos terem a oportunidade de cultivar almas dignas do Paraíso. Qualquer mal e sofrimento acima e além disso simplesmente não são justificados por essa teodiceia. Mas o universo de *Supernatural* parece ter muito mais sofrimento e mal do que essa quantidade mínima. Ele é um mundo absolutamente repleto de adversidades e conflitos.

Vamos considerar novamente o *rugaru*. Ele é uma criatura com uma escolha muito importante na vida. Se um *rugaru* não

---

39. HICK, John H., "An Irenaean Theodicy", na edição de Stephen T. Davis *Encountering Evil: Live Options in Theodicy* (Atlanta: John Knox Press, 1981), p. 39-68.

consumir carne humana, ele nunca vai completar sua descida até uma monstruosidade absoluta. Ele simplesmente viverá sofrendo por causa de uma urgência quase irresistível de consumir carne humana. Será uma vida de agonia, mas talvez superar e resistir a essa tentação seja um caminho para o *rugaru* cultivar uma alma digna do Paraíso.

Isso parece com um desafio justo de aperfeiçoamento da alma? Essa pobre criatura tem chances mínimas de sucesso. Suspeito que a vasta maioria dos *rugarus* falha nesse desafio. Se a situação difícil do *rugaru* é realmente uma oportunidade para uma piedade disfarçada, isso claramente parece ser um desafio injusto. Um Deus todo-sabedoria, todo-perfeição e todo-poderoso não poderia criar um desafio justo? Onde está a lógica de uma chance tão mínima de sucesso para o pobre *rugaru*? E isso não resultaria em mais sofrimento às pessoas, caso o *rugaru* falhasse?

Da mesma forma, não poderiam o grande heroísmo, compaixão e caridade cultivados nos Winchester por uma vida inteira de lutas com monstros e demônios serem levados a termo de uma maneira bem menos sangrenta? Não poderia um Deus todo-poderoso criar um universo onde houvesse amplas oportunidades para ajudar idosos pelas ruas? E que tal um mundo onde houvesse oportunidades abundantes para mostrar compaixão removendo espinhos das patas de cachorros? O crescimento moral e o aperfeiçoamento das almas de Sam e Dean realmente requerem um Apocalipse para ser evitado todo ano?

Infelizmente, a defesa do aperfeiçoamento da alma não parece ser suficiente para resolver o problema para Dean. Apesar de parecer verdadeiro que um Deus todo-poderoso, todo-bondade e todo-sabedoria teria o poder de criar um universo com o crescimento da alma, contendo de maneira significativa menos mal e sofrimento que o universo de *Supernatural*, aquele não é o mundo de Dean. Desse modo, é razoável para ele questionar a existência de Deus.

E aonde isso nos leva? Esse é mesmo o melhor de todos os mundos possíveis? Esse mundo é tão bom quanto parece? Ou nós somos como Dean, presos em um mundo recheado de dor excessiva, sofrimento e mal? E, se nosso mundo for mais como o de Dean, talvez isso nos leve a fazer a mesma pergunta que o persegue há anos. Deus, você está aí?[40]

---

40. *Supernatural* fala em última análise sobre o vínculo entre dois irmãos, e isso deve também ser em relação a Matthew Haas.

Capítulo 11

Anjos e Ateus

Fredrick Curry

Castiel: [...] Eu ainda sirvo a Deus.
Uriel: Você ainda não conheceu o homem. Não existe vontade. Não existe ira. Não existe Deus.
"On the Head of a Pin"

Nós lamentamos frequentemente nossa natureza limitada como seres humanos. *Supernatural* não é certamente estranho a esse tema e com frequência retrata os contrastes das muitas fraquezas dos homens em relação ao poder incrível dos anjos, demônios e outras criaturas do outro mundo. A humanidade sempre se supera em suas relações com os poderes sobrenaturais, mas as diferenças dramáticas são rapidamente estreitadas tão logo Sam e Dean chamam o bom e velho Bobby Singer. Bobby sempre tem a informação certa na hora certa. Ele dá aos garotos Winchester a perspectiva do que eles precisam para lidar com tudo, de deuses a fantasmas, e o amor fraterno.

Na maior parte do tempo, porém, até mesmo os conhecimentos de Bobby empalidecem diante daqueles dos anjos e dos demônios. Não sei se simplesmente eles têm um sistema educacional melhor no Paraíso e no Inferno, mas por uma razão qualquer eles parecem saber mais sobre como o Universo funciona do que qualquer pessoa mortal na Terra. Você e eu lutamos com questões filosóficas difíceis como: qual o sentido da vida? Coisas como milagres existem? O que acontece quando morremos? Deus existe? Então é fácil supor que, se nós partilhássemos uma perspectiva "superior", como os anjos e os demônios, saberíamos as respostas de muitas das grandes questões da vida. Mas eu acho que, mesmo que seres como anjos existissem, eles não estariam necessariamente em uma posição de responder a alguns dos mistérios mais filosóficos. Como Uriel no trecho de "On The Head of a Pin", anjos em *Supernatural* podem com razão ser ateus.

Alguns anjos declaram ter realmente visto e conversado com Deus, como Lúcifer, Miguel e Gabriel. Mas a grande maioria dos anjos no Paraíso deve ter somente fé na existência de Deus. Em uma cena particularmente comovente do episódio "Heaven and Hell", Dean questiona Anna, o anjo que caiu como graça para viver na Terra, sobre o porquê de ela ter querido deixar as hostes celestes:

Anna:	Dean, você sabe quantos anjos na verdade viram Deus? Viram sua face?
Dean:	Todos vocês?
Anna:	Quatro anjos. Quatro. E eu não estou entre eles.
Dean:	Só isso? Então, como ainda assim você acredita que Deus existe?
Anna:	Nós temos de ter fé nisso... teríamos sido mortos se não tivéssemos.
Dean:	Ah, tá.

Para simplificar, vamos focar em se anjos como Anna e Cas devem crer que Deus existe. No fim das contas, eles não podem exatamente acreditar na palavra de Lúcifer, e a série não mostra seus irmãos como mais dignos de confiança. Não vamos nos esquecer, Gabriel é o "Trapaceiro".

Bom Deus, todos vocês

Antes de argumentar que os anjos podem com razão ser ateus, devemos primeiramente deixar claro sobre qual "Deus" estamos falando. Afinal, tem havido "deuses" em ação na série. Sam e Dean conheceram Kali, Zao Shen, Veritas, Osíris, Cronos, Plutão, Vili, Odin, Ganesha, Baldur, Leshii e outros, e até mesmo despacharam uma boa porção deles. Então, não estamos falando de um deus *qualquer*. Não, o tipo de deus que estamos pondo em questão é do perfil do Deus judaico-cristão, ao qual os seguintes seis atributos são comumente atribuídos:

1. Onipotência (todo-poderoso/pode fazer qualquer coisa)
2. Onisciência (todo-sabedoria/sabe tudo)
3. Onibenevolência (todo-bondade/sempre faz o bem/é sempre bom)
4. Criador original de tudo no Universo
5. Ser pessoal e consciente
6. Eterno[41]

Um desses atributos merece alguma atenção extra antes de prosseguirmos. "Onipotência" pode ser problemática. Tomada no *sentido mais rígido*, ela significa que Deus poderia fazer tudo. Mas suponhamos que um Dean com inclinações mais filosóficas faça a seguinte pergunta: Deus poderia criar uma mulher tão boa que até mesmo Ele não poderia resistir a ela?

Realmente há duas respostas possíveis para a questão – "Sim" ou "Não". Se a resposta for "Sim, Deus poderia", então nós estaríamos admitindo que existe algo que Deus não pode fazer – resistir à mulher *sexy* que ele criou. Nesse caso, estamos dizendo que Deus *pode* criá-la, mas *não pode* resistir a ela. Por outro lado, se nós dissermos "Não, Deus *não* poderia criar uma mulher assim", então haveria claramente algo que Deus não pode fazer. Dessa vez, então, ele não pode mesmo criar uma mulher *sexy*.

Por causa desse problema, "onipotência" é frequentemente tomada em um *sentido mais suave* para significar "Pode fazer tudo que é logicamente possível". Sob essa interpretação, aquilo que podemos chamar de *Objeção da Mulher* Sexy *de Dean*, para a existência de Deus, desaparece, já que o desafio para criar uma mulher assim envolve uma impossibilidade lógica. Impossibilidades lógicas similares ocorrem quando perguntamos se Deus poderia criar um

---

41. Tecnicamente, a Morte diz que eventualmente ceifará Deus em "Two Minutes to Midnight", mas, com o objetivo de argumentação, vamos deixar essa definição de "eterno" tempo o suficiente para nosso propósito.

quadrado redondo, um triângulo euclidiano cujas somas internas dos ângulos sejam maiores que 180°, ou um Impala *preto* invisível.

O *sentido mais suave* de "onipotência" diz que não é uma limitação real do poder de Deus que ele não possa criar esses tipos de coisas tolas, já que todas as impossibilidades lógicas são na verdade *"sem sentido"*. Você pode usar palavras reais para descrever um Impala preto invisível ou um quadrado redondo, mas eles não estão expressando nenhum conceito significativo. Você ainda pode perguntar: "Deus poderia blá-blá-blá?" Se a pergunta em si for sem sentido, não é justo dizer que Deus não pode fazer isso. No fim das contas, nós nem mesmo sabemos do que estamos falando quando dizemos "quadrado redondo" e "Impala preto invisível".

Já que manter nosso ponto de vista será cada vez mais dramático se dermos mais vantagem para nossos oponentes, iremos investigar se é ou não com razão que os anjos duvidam da existência de Deus, no *sentido mais leve* da palavra "onipotente". E, como eu detesto negar para Dean sua mulher *sexy*, isso vai evitar o imediato final do jogo para a *Objeção da Mulher* Sexy *de Dean*.

Bata palmas se você acredita

Dean: Não existe um poder superior; não existe Deus. Quer dizer, existe somente o caos, a violência, e um imprevisível mal aleatório que vem não se sabe de onde e corta você em pedacinhos. Você quer que eu acredite nessas coisas? Eu preciso ter umas provas bem convincentes. Você tem alguma?

"Houses of the Holy"

Historicamente, houve muitas tentativas de provar a existência de Deus. Curiosamente, algumas dessas provas contradizem outras. Por exemplo, Tertuliano (160-225) argumentava que se deve acreditar em Deus parcialmente, porque acreditar em Deus é absurdo, mas o *argumento ontológico* diz que desacreditar em Deus é também um absurdo. É claro que nem todos os argumentos para a existência de Deus devem ser considerados igualmente fortes, sendo por isso que muitos deles não são mais discutidos.

Felizmente deve ser suficiente mostrarmos duas coisas para demonstrar que os anjos podem, com razão, ser ateus. Primeiro, os melhores argumentos a favor da existência de Deus não são melhores se Anna e Cas pensarem bem sobre eles, e, segundo, esses anjos não estão também em uma posição melhor que a nossa para negar o que é talvez o argumento mais forte *contra* a existência de Deus. Em outras palavras, vemos que Anna e Cas não têm argumentos melhores a favor de Deus do que nós temos, e assim eles também não têm uma maneira melhor de defender-se dos argumentos que tentam provar que Deus não existe.

No início...

O argumento cosmológico para a existência de Deus começa com algumas observações sobre o Universo. A primeira é bem óbvia – "coisas existem". A segunda é que tudo que existe teve uma causa para que existisse como é. Isso é com razão óbvio para a maioria das pessoas, também, mas nossa crença na segunda observação vem até nós por meio de muitas, muitas experiências que temos em relação com o mundo que nos cerca. Por exemplo, o Impala de Dean existe como ele é como resultado de causas anteriores. Os amassados no capô podem ter sido causados quando um demônio se jogou em cima do capô na semana passada. Sua localização atual foi causada provavelmente por Sam e Dean, que dirigiram para aquele lugar. As embalagens de hambúrgueres no banco de trás foram causadas pela gula de Dean por *junk-food* na noite passada. A questão é, não importa qual aspecto do carro venhamos a considerar, parece que tudo que foi causado está naquele estado por causa de algo que ocorreu antes no tempo. Chuck Shurley brinca com essa ideia nas primeiras linhas de "Swan Song":

> Três dias depois, outro carro saiu da mesma linha de montagem. Ninguém deu a mínima pra ele. Mas deveriam, porque esse Chevrolet Impala 1967 viria a se tornar o carro mais importante – não, o *objeto* mais importante – em praticamente todo o Universo.

Se Chuck quisesse, ele teria ampliado essa cadeia de eventos ainda mais para trás para dizer qual foi a causa para os engenheiros desenharem o veículo como eles fizeram. Mas nossa busca por uma causa anterior não acaba aqui. Podemos continuar considerando qual foi a causa que fez os desenhistas se tornarem engenheiros, e qual a causa de os pais deles primeiramente terem querido ter filhos, e seus avós terem tido filhos em sua época, e assim por diante, voltando indefinitivamente no tempo.

É claro que Chuck não escreveria uma história assim porque esses tipos de causas parecem ir para trás em um caminho sem fim. Em última análise, isso nunca nos dá uma explicação para o porquê de as coisas serem como são agora. O problema não é somente que uma explicação precisa de outra, porque sabemos que algumas explicações são na verdade bem interessantes. O problema com uma história como essa é que cada explanação dá basicamente o mesmo tipo de explicação que se repete. Cada passo da explicação que estamos tentando resolver demanda outra explicação de tipo exatamente igual, e, o que é pior, isso parece ir cada vez mais para trás, indefinidamente, nos termos das causas. Esse problema é conhecido como *regresso infinito*.

Por que um regresso infinito é um problema? Se Chuck tivesse mesmo de começar "Swan Song" do começo, onde ele começaria? Se as causas podem ser buscadas para sempre no passado, então a resposta é que nunca há um começo ou ponto de partida para o processo das causas. Se, por exemplo, existe um infinito número de coisas que tiveram de ocorrer para levar o Impala no lugar exato do final de "Swan Song", e todas tiveram de tomar uma quantidade de tempo, então uma quantidade infinita de tempo é necessária para salvar o mundo do Apocalipse com a ajuda do Impala. Mas é impossível atravessar uma quantidade infinita de tempo, então evitar o Apocalipse seria impossível. De fato, de acordo com esse argumento, qualquer coisa que ocorra com um regresso infinito de causas primárias é impossível.

Já que acabamos de falar do regresso por meio das duas observações que fizemos sobre o Universo, deve haver algo errado com uma de nossas observações originais. É impossível duvidar da primeira, que as coisas existem (tente duvidar!). Portanto, deve haver alguma exceção em nossa segunda observação, que declara que todas as coisas que existem têm uma causa para ser como são. Qual seria a exceção para essa observação? Deve existir algum tipo de causa incausada. Essa *causa incausada* ou *causa primeira* foi identificada como Deus pelo famoso filósofo e teólogo São Tomás de Aquino (1225-1274).

Esse foi historicamente um argumento excepcional e influente sobre a existência de Deus, e, é verdade, foi usado como a primeira crítica de nível contra qualquer ateu corajoso o suficiente para expressar sua visão publicamente. "Bem, então", o crítico teísta perguntava, "se você não acredita em Deus, como você acha que chegamos aqui?". A conclusão é que Deus foi necessário para dar início às coisas – para empurrar o primeiro dominó na cadeia cósmica de eventos causais.

Existem, no entanto, numerosas críticas históricas do argumento cosmológico. Por exemplo, em física quântica há eventos que na verdade são incausados. Partículas subatômicas literalmente aparecem para a existência do nada e desaparecem para o nada da mesma forma de novo. Muitos físicos, incluindo Stephen Hawking, sugerem que o Universo inteiro estava em um ponto muito menor que um próton e, graças a leis quânticas, é bem possível que o Universo tenha surgido do nada. Isso teria ocorrido sem a violação das leis correntes da física e antes do *Big Bang*. Nesse caso, o Universo existiria sem Deus para dar início.

Outro problema surge para o argumento de considerarmos que a causa primeira deve ser Deus. Na melhor das hipóteses, o argumento prova que deve existir alguma causa incausada. Mas, retomando os seis atributos de Deus, uma mera "causa incausada" falha muito em ser o Deus que nós descrevemos. Essa causa incausada, seja ela qual for, precisa ser consciente, todo-poderosa, todo-sabedoria, onibenevolente, onisciente, ou eterna. Assim, o argumento cosmológico que vimos discutindo falha para provar que Deus existe.

Muito importante, é um engano pensar que esse argumento mostra que é *racional* acreditar em um Deus assim. Em outras palavras, o argumento, tomado sozinho, não nos dá uma evidência adicional para a existência de Deus. O argumento *somente* nos dá uma razão a fim de supor uma causa inicial, não uma causa onisciente, onibenevolente, onipotente, pessoal, consciente e eterna. Não temos mais razão para supor a existência de Deus depois de aceitar o argumento do que tínhamos sem ele.

Note que introduzir seres sobrenaturais nesse cenário não faz nada para melhorar o argumento. Mesmo que você fosse um anjo como Cas ou Anna, não teria nenhuma nova informação que pudesse fortalecer esse argumento. Você pode dizer: "Bem, a existência de seres sobrenaturais mostra que outros tipos de seres sobrenaturais, como Deus, *podem* existir".

Mas lembre-se de que o argumento que está sendo considerado é se Deus, um ser sobrenatural muito *específico*, existe. Além disso, um anjo pode perceber com esse argumento que existe uma causa incausada, de onde alguns seres sobrenaturais emergem. Mas nenhum desses seres sobrenaturais precisa ser Deus. O argumento falha na saída, para humanos e anjos.

Uma esperança

A queda do argumento cosmológico não significa que toda a esperança está perdida. Devemos argumentar se ao menos os anjos estão em uma posição melhor que os seres humanos para saber se as coisas são ou não designadas por um Deus. O *argumento do desígnio* foi criado por São Tomás de Aquino e outros, mas foi popularizado e apresentado em detalhes por William Paley (1743-1805). Resumidamente, o argumento declara algo assim: se nós toparmos com algum tipo de dispositivo no meio de uma paisagem natural erma, por exemplo, com um Impala 1967 no meio do deserto, podemos determinar que o Impala deve ter tido alguém que o concebeu. Paley argumenta que assim é também com as rochas, a areia, e tudo o mais que estiver ali desde quando sabemos, mas há algo de especial com o veículo que é diferente de todas as outras coisas.

E não é porque o Impala está reguladinho e brilhando. Não é o fato de que todos nós sabemos o que é um automóvel quando vemos um. As características a seguir distinguem o Impala das rochas e da areia ao redor dele:

- O dispositivo todo parece ter uma função.
- Suas partes parecem ter funções.
- Os materiais das partes parecem bem adaptados para suas aparentes funções.
- As partes estão inter-relacionadas e interagem para servir outras funções.

Se observarmos as coisas vivas, notamos as mesmas características. Por exemplo, os órgãos de uma criatura viva estão relacionados entre si e desempenham funções específicas, como o motor e a transmissão de um Impala. Os órgãos são feitos de materiais bem adaptados para suas funções, e estão organizados de modo a permitir que eles as cumpram. Por exemplo, se os tendões e os ossos estivessem cruzados ou ligados em lugares diferentes na mão, a destreza e a capacidade de segurar estariam comprometidas. Então, como podemos dizer que o Impala tem um criador, podemos também concluir que as coisas vivas têm um criador. No fim das contas, a maioria das coisas vivas são de longe mais complexas que o Impala, então devemos concluir que Deus é o criador das coisas vivas.

Um problema potencial com esse argumento foi reconhecido pelo próprio Paley. Se houvesse um princípio da natureza que pudesse explicar como um Impala pode se formar por meio de leis físicas naturais, o mistério de encontrar o Impala no deserto seria resolvido sem ligá-lo a um criador. O Impala poderia simplesmente ocorrer naturalmente. A resposta de Paley nesse momento foi que nós não conhecemos essas leis. Que lei natural faz os Impalas? É claro que o problema para Paley deu origem ao seu trabalho *Natural Theology*, publicado em 1802, mais de 50 anos antes de Charles Darwin publicar *A Origem das Espécies* em 1859. Nele, Darwin explica como o princípio da seleção natural é um processo natural que conta para a funcionalidade dos órgãos e tecidos em coisas vivas muito complexas, sem assumir um criador para elas, o que mina, naturalmente, o argumento do desígnio.

E seres sobrenaturais como os anjos? O argumento do desígnio se sai melhor quando assumimos que eles existem? De acordo com "The Man Who Would Be King", a existência dos anjos coincide com o processo de seleção natural. Castiel fala:

> Sabe, eu... eu estou por aqui há muito, muito tempo. E eu me lembro de muitas coisas. (*um oceano é mostrado*) Eu me lembro de estar na beira do mar vendo um peixinho cinzento tentando se erguer para nadar com dificuldade na praia. E um irmão mais velho dizendo: "Não pise nesse peixe, Castiel. Existe um grande plano para esse peixe".

Duas outras linhas de argumento possíveis podem ser tiradas disso. Ou a própria evolução é um *método* de desígnio, ou os anjos sabem que eles mesmos não foram produtos da evolução. Como nós, meros mortais, não temos acesso a essa informação, seria ainda razoável que os anjos acreditem em Deus.

Infelizmente para essa linha de argumento, ainda existem objeções a ser feitas. Por exemplo, a evolução é um método de desígnio que implica que o criador não seja totalmente competente para engendrar o resultado final da criação sem a ajuda da evolução. Por que um Deus onipotente precisa de ajuda? Também, a evolução é um caminho incrivelmente *ineficiente* para engendrar algo. A evolução na forma de seleção natural ou artificial é na verdade um instrumento útil para engendrar algo, mas só é útil à medida que toda abordagem de tentativa e erro seja útil. É claro que o problema é que um Deus onisciente não precisaria de tentativa e erro como instrumento para criar. Um Deus todo-sabedoria saberia como criar sem o uso da seleção natural. Então, se pensarmos que a evolução foi o método do desígnio, tudo isso é mais razão para acreditar que um Deus onipotente e onisciente *não* existe.

Mas, e a segunda linha de argumento? E se os anjos sabem que eles não evoluem? No fim de tudo, eles são sobrenaturais, e talvez não sejam de forma alguma organismos biológicos. Infelizmente isso os coloca simplesmente na mesma posição em que os seres humanos estavam antes da teoria da seleção natural de Darwin. Eles só não sabem *ainda* como explicar sua funcionalidade, mas um dia poderão fazê-lo. Eles não podem concluir racionalmente, por falta de compreensão, que Deus os designou. Um raciocínio como esse seria cometer uma falácia conhecida como *apelo à ignorância*.

Mas Deus é pelo menos uma explicação *racional* do ponto de vista dos anjos? Não, porque os anjos têm inúmeros exemplos de leis naturais que explicam comportamentos e criações complexos no universo que não requerem um Deus. Isso inclui a formação dos planetas, suas órbitas, o crescimento dos organismos biológicos, em meio a origens de espécies individuais. O princípio da parcimônia é aquele no qual, todas as outras coisas sendo iguais, a solução mais simples é provavelmente a mais correta. E, nesse caso, isso poderia sugerir aos anjos que há uma explicação desse tipo esperando ser descoberta. Por que eles seriam uma exceção?

Deus, você está aí? Sou eu, Dean Winchester

Consideramos os dois argumentos mais prevalentes para a existência de Deus pela perspectiva dos anjos, e chegamos à conclusão de que eles não têm mais razões para acreditar em Deus do que nós. O que resta para considerarmos é se os anjos são ou não melhores para responder ao argumento mais forte *contra* a existência de Deus, apropriadamente chamado de "o argumento do mal".

O argumento do mal prossegue esclarecendo um aparente conflito nos atributos de Deus quando os contrastamos com de que modo as coisas podem ser horríveis na Terra. Imagine um Deus onipotente, onisciente e onibenevolente. Não somente ele poderia eliminar todo o mal com literalmente nenhum esforço, mas ele também saberia de todo o mal que existe no mundo hoje. Além disso, esse Deus poderia ser tão bom que não permitiria que todo esse mal existisse. Então, se esse Deus imaginado existe, por que tanto mal no mundo? A única coisa razoável para se concluir é que esse Deus imaginado na verdade não existe.

A primeira coisa a ser notada é que isso somente argumenta contra a existência de um *tipo* de Deus. Não poderia, por exemplo, argumentar contra a existência de um deus como Zeus, Odin ou outra deidade que se entende não ser todo-bondade, todo-sabedoria e todo-poderosa. Na verdade, se removermos qualquer um dos três traços de Deus mencionados anteriormente, o argumento do mal falha. Se Deus é todo-sabedoria e bondade, mas *não* todo-poderoso, então o mal pode existir porque simplesmente Deus não é poderoso o suficiente para afastá-lo de vez. Se Deus é todo-poderoso e bondade, mas *não* é todo-sabedoria, o mal pode ainda existir porque Deus desconhece parte dele. Finalmente, se Deus é todo-poderoso e sabedoria, mas *não* é todo-bondade, então Deus poderia decidir permitir que algum mal exista porque ele mesmo não é totalmente bom. Porém, como visto, ao combinarmos os três componentes da onipotência, onisciência e onibenevolência, isso resulta na existência de um Deus incompatível com a existência do mal.

Um meio de contestar esse argumento é sugerir que não existe mal no mundo. É claro que fazer essa contestação abre caminho a muitas críticas óbvias. Dean, por exemplo, pode afirmar que em todos os momentos de sua vida ele sofre, Sam está sofrendo, e assim também muitos outros. No mundo real, podemos alegar inundações, fome, câncer infantil, distúrbios genéticos, pragas, pestilência e outros mais. Negar que o mal existe, quando muitas pessoas vivem isso desnecessariamente todos os dias, seria um exagero. Por outro lado, se é certo que o mal existe, isso parece contradizer a conclusão de que Deus existe.

O argumento do mal tem sido um argumento tão poderoso e durável contra a existência de Deus que até mesmo existe um nome especial para os argumentos que tentam reconciliar a existência do mal com a existência de Deus. Esses argumentos são chamados "teodiceias". Olharemos para alguns dos mais fortes para demonstrar que eles não se saem melhor nem para os anjos nem para os humanos. Como resultado, os anjos não podem mantê-los em sua defesa.

Talvez a teodiceia mais comum seja a que afirma que o mal é resultado do livre-arbítrio humano. De acordo com essa tese, o livre-arbítrio é tão bom que prevalece sobre o mal produzido por ele. Em último caso, Deus tem a escolha entre dar aos humanos o livre-arbítrio e eliminar o mal. Eliminar todo o mal significaria eliminar o livre-arbítrio, e eliminar o livre-arbítrio reduziria o bem total no mundo. Sendo todo-bondade, Deus escolhe um bem maior em manter o livre-arbítrio acima do bem menor que seria eliminar o mal que ele produz. Se a teodiceia do livre-arbítrio for válida, o mal existe não porque Deus o produz diretamente, mas somente porque ele deu aos humanos o livre-arbítrio, e *eles* produzem o mal. Sendo assim, Deus ainda continua sendo onisciente, onipotente, onibenevolente, *e* ainda existe o mal no mundo, mas ele é resultado de nossas faltas estúpidas!

Há pelo menos dois problemas principais com essa linha de raciocínio. Para os iniciantes, por que Deus não criou os seres humanos com o livre-arbítrio de fazer escolhas melhores? Afinal de contas, seres humanos cometem atos maus porque eles são *tentados* a fazer isso. Por que não fazer o mundo com menos tentações? Ou pelo menos fazer os humanos de maneira que eles sejam apenas levemente tentados pelo mal, mas que sua bondade sempre prevaleça. Não há nada de contraditório em Deus criar os humanos e o universo onde interagimos com o objetivo de podermos escolher fazer o mal se realmente quisermos, mas que não sejamos sempre impulsionados para cometê-lo.

Mais problemático para essa teodiceia é a existência dos *males naturais*. Se aceitarmos a teodiceia do livre-arbítrio, ela explica males como a escravidão, as guerras, assassinatos, e outros mais que existem. Mas como ela explica a varíola? Como explica a seca e a fome? E parasitas, a malária, o câncer, a distrofia muscular, a disenteria, os tornados, e aquele grilo irritante que você nunca consegue colocar para fora de sua cozinha? No melhor dos casos, o livre-arbítrio pode explicar o sofrimento como resultado dos *males produzidos pelo homem*, não os reveses que a humanidade sofre pelas mãos da própria natureza.

Novamente, ter um conhecimento angélico parece não ajudar. Qual informação adicional Cas e Anna poderiam fornecer que resolveria a questão? Não é um pensamento estranho que eles tenham conhecimento da psicologia humana e sejam capazes de nos dar uma informação mais apurada sobre as motivações humanas. Isso ficou muito claro em "Caged Heat", onde Cas assinala: "Se o cara da pizza ama mesmo sua garota, por que ele continua a dar uns tapas no traseiro dela? Talvez ela tenha feito algo errado". Mas talvez essas características sejam tão inteligentes e poderosas que eles podem ver as consequências dos eventos a longo prazo. Talvez eles possam ver que um mal atual pode se transformar para produzir um bem maior mais tarde. Por exemplo, a mãe de Sam e Dean foi morta pelo demônio de olhos amarelos, o que é mau, mas que acabou produzindo depois um bem mais significativo ao promover o legado de matadores de monstros dos Winchester. Infelizmente, teríamos de presumir que *todos* os males são compensados por um bem futuro maior, o que parece improvável. Assim, Anna e Cas são deixados na mesma posição de suas contrapartes humanas.

De fato, mesmo que *todos* os males produzam um bem maior, isso ainda não é suficiente para provar que Deus é todo-bondade. Deus não poderia ter feito o mesmo bem ou a mesma quantidade de bem *sem* produzir os males pelo caminho? Afinal de contas, Deus é todo-poderoso. Mesmo que se suponha que em somente um caso *algum* sofrimento seja desnecessário, isso prova que Deus não pode ser todo-bondade enquanto ao mesmo tempo ele for todo-sabedoria e todo-poderoso. Nós honestamente acreditamos que uma criança de 2 anos que está morrendo de desidratação em um país estrangeiro é necessária para que tenhamos o melhor mundo possível? Se Deus impedisse somente uma dessas mortes, de repente o mundo seria pior?

Fora com o velho

Então, onde tudo isso leva os anjos? Na verdade, isso os deixa na mesma posição em que estamos. Eles são mais poderosos que nós, com certeza; eles vivem mais; são mais inteligentes; e têm poderes que não podemos explicar. Porém, não é mais racional para eles concluir que Deus existe do que isso seria para nós. Portanto, da mesma forma que vemos e nos divertimos com as narrativas de Eric Kripke em *Supernatural*, isso serve também para lembrarmos que *todas* as criaturas sobrenaturais na série são obras de ficção – não somente as que vagam aprontando pela noite. E, ironicamente, nós ateus podemos dizer finalmente que estamos do lado dos anjos.

Capítulo 12

Oh, Deus, Que Diabo

Danilo Chaib

Deus é uma personagem que permanece como um dos mistérios em *Supernatural*. Diferentemente de outras personagens, Deus na verdade nunca faz uma aparição física, então é difícil imaginar como ele ou ela é.[42] Certamente vemos o impacto de Deus sobre o mundo, e ocasionalmente sabemos que ele miraculosamente intercede a favor dos Winchester ou de Castiel. Vimos, por exemplo, Deus resgatar Sam e Dean para libertá-los da jaula de Lúcifer e, em "Dark Side of the Moon", o anjo Joshua transmite uma clara, apesar de gentil, ordem de Deus para eles: "Desistam!".

É claro que é um pouco perverso Deus permitir que o mal exista no mundo, e a habilidade da humanidade de pensar livremente leva Dean a perguntar "se ele não vai somente ficar sentado e ver o mundo explodir... se ele não é um outro pai exausto e cheio de desculpas".[43] Mas Dean também estava cético em relação aos anjos, mesmo depois de Castiel aparecer para ele, então poderíamos tomar como característica seu pessimismo geral, que fala mais sobre sua personalidade do que as evidências ao seu redor.

Então para qual evidência Dean poderia atentar para entender as características de Deus? Existe bem suficiente no mundo para dizer que no geral ele cuida de sua criação e ama os seres que nela estão?

---

42. Até agora, eu ignoro se Chuck pode ser Deus. Mesmo que sejamos levados a acreditar que ele seja, é racional duvidar disso também.
43. "Dark Side of the Moon."

E, se ele faz isso, o que nós fazemos com o Inferno? Poderíamos apoiar o plano de Sam e Dean e fechar suas portas para sempre?

A lição de Ruby

Em sua obra *Meditations,* o filósofo René Descartes (1596-1650) declara: "O que é mais evidente do que o fato de que o ser supremo existe, ou que Deus, cuja essência e existência somente a ele pertencem, existe?".[44] Descartes afirma que a essência principal de Deus é ser o ser supremo. "Supremo", é claro, é a palavra importante. Não estamos falando sobre os deuses pagãos que às vezes aparecem em *Supernatural*; nós estamos falando do Deus do Judaísmo, do Cristianismo e do Islamismo. Na verdade, essa noção de ser *supremo* é provavelmente o que levou Castiel a pensar que ele era Deus quando absorveu todas as almas do Purgatório. Cas provavelmente estava pensando: "Agora eu sou o ser supremo, então devo ser Deus".

Além do ser supremo, Descartes acreditava na possibilidade dos demônios. Ele até mesmo acreditava na possibilidade de um demônio que seja supremamente poderoso, ardiloso, e que gaste todo o seu tempo e energia enganando os seres humanos.[45] Vamos pensar em Ruby, o lindo demônio feminino que se imaginava ser aliada de Sam contra Lilith, mas que na verdade o estava usando como chave para libertar Lúcifer do Inferno. Ruby engana Sam, mas Dean é mais difícil de ser iludido, já que ele é sempre mais cético em relação às boas intenções dela. Vejamos esse pequeno trecho de diálogo revelador de *"Malleus Maleficarum"*:

Dean:	Então o Demônio pode acabar cuidando de tudo, é no que eu tenho de acreditar?
Ruby:	Eu não acredito no Demônio.
Dean:	Que noite maluca. Deixe-me entender direito, você já foi humana, você morreu, foi para o Inferno e virou um...

---

44. DESCARTES, René, Œuvres de Descartes Vol. *II – Meditations with Objections and Replies*, ed. Charles Adam and Paul Tannery (Paris: Vrin, 1974-1989), p. 68-69. Tradução de Lawrence Nolan e Alan Nelson *in The Blackwell Guide to Descartes' Meditations*, ed. Stephen Gaukroger (Oxford: Blackwell, 2006), p. 113.
45. DESCARTES, René, *in* FRANKFURT, Harry G., *Demons, Dreamers, and Madmen The Defense of Reason in Descartes's Meditations* (Princeton: Princeton University Press, 2008), p. 118.

Ruby: Sim.
Dean: Isso faz quanto tempo?
Ruby: Bem antes de o flagelo ficar grande.
Dean: Então todos os demônios, cada um deles, já foram humanos um dia.
Ruby: Cada um que eu conheci.
Dean: Bem, com certeza eles não agem como se tivessem sido.
Ruby: A maioria deles já esqueceu o que significa ser humano, ou até mesmo que eles já foram. É o que acontece quando você vai para o Inferno, Dean. É o que o Inferno é, esquecer quem você é.
Dean: Lições de filosofia de um demônio. Eu passo, obrigado.
Ruby: Não é filosofia, não é uma metáfora. Existe um fogo real no abismo, agonias que você nem pode imaginar.

"Ruby, My Dear", claro que isso é filosofia, e você não vai nos enganar para pensarmos de outra maneira.[46] Na verdade, quase tudo pode ser pensado em termos filosóficos, inclusive *Supernatural*. Honestamente, o que há de mais filosófico do que um demônio que diz: "Eu não acredito no Demônio"? Coincidentemente, havia um filósofo que na verdade era acusado de ser a encarnação do Demônio, Baruch Spinoza (1634-1677). Podemos desculpar Ruby por não reconhecer Spinoza, já que ele veio bem depois do tempo dela na Terra. Em sua obra *Ethics*, Spinoza concebe Deus como o infinito, tudo o que existe na Natureza, uma visão chamada de "Panteísmo". Mas, depois de concluir que Deus existe, Spinoza conclui que o mal não existe. Ironicamente, enquanto muitas pessoas pensavam em Spinoza como o Demônio, ele negava a existência do Demônio. Spinoza disse: "O conhecimento do mal é um conhecimento inadequado".[47]

---

46. "Ruby My Dear" (Ruby, minha querida) é um *jazz* composto por Thelonious Monk (1917-1982) e tocado soberbamente por John Coltrane (1926-1967). Alguns dizem que, a qualquer hora em que essa música é ouvida, Deus está lá.
47. SPINOZA, Baruch. Ethics Proposition LXIV, *in* CURLEY, Edward, *A Spinoza Reader: the Ethics and Other Works* (Princeton: Princeton University Press, 1994), p. 234.

O teorista literário Terry Eagleton argumenta que "conhecimento inadequado" é somente outra forma de dizer que usamos a palavra "mal" para descrever coisas que não compreendemos. Nada pode ser mal de verdade somente por seu objetivo. Em *Supernatural*, vilões diferentes têm diversas metas, como poder, mudar a sociedade, e às vezes somente vingança, mas seus objetivos nunca são simplesmente ser maus. O demônio Crowley, por exemplo, sempre explica suas ações em termos da busca pelo poder. Lúcifer também tem suas razões para agir, e elas não são simplesmente ser mau. Na verdade, ele é uma criança frustrada que perdeu o amor e a atenção de seu pai. Muitas vezes, o que parece ser o mal para nós é algo justificável e cheio de motivos para a personagem que está agindo.

Em contraste com Spinoza, o jornalista Chris Hedges argumenta que o mal é parte da natureza humana e aqueles que procuram uma sociedade ideal estão destinados a criar formas de totalitarismo.[48] Em seu livro *I Don't Believe in Atheists*, Hedges descreve pessoas procurando uma sociedade ideal e que caem em um dos dois grupos, Ateus Dogmáticos Fanáticos ou Teístas Dogmáticos Fanáticos. Um grupo quer a erradicação da religião e da crença no sobrenatural, enquanto o outro quer a eliminação do secularismo e sua troca por uma visão de mundo puramente religiosa. Esse dilema do mundo real se reflete em como os demônios e os anjos se relacionam no mundo de *Supernatural*, especialmente na Quinta Temporada, em que se estabelece o Apocalipse. Ambos os grupos acreditam que sua vitória final traria progresso, e nenhum grupo tem respeito pelo outro. E, para completar, anjos e demônios querem dominar a Terra, mesmo se isso significar erradicar os humanos nesse processo.

Esquecer o que você é

Hedges inapropriadamente culpa René Descartes e Immanuel Kant (1724-1804), entre outros, pelo desenvolvimento de uma "religião sem Deus", liderada por ateus populares como Richard Dawkins e Sam Harris.[49] Como vimos, Descartes claramente acreditava em Deus. E Hedges na verdade encontraria um grande aliado em Kant,

---
48. HEDGES, C., *I Don't Believe in Atheists* (London: Continuum, 2008).
49. *Ibid.*, p. 17.

que defendia um tipo de "teísmo moral" e se opunha ao ateísmo dogmático. Em suas "Lectures on Rational Theology", Kant diz:

> Agora, de fato, a crença em um Deus ao menos possível como governante do mundo é obviamente o mínimo da teologia; mas é uma influência grande o suficiente para que um ser humano, que já reconhece a necessidade de suas obrigações com certeza apodítica, possa desenvolver sua moralidade. É bem o contrário o caso do ateu dogmático, que recusa diretamente a existência de um Deus, e que declara impossível que exista um Deus. Esse tipo de ateus dogmáticos ou nunca existiram, ou eles são os seres humanos mais malignos. Todos os incentivos para a moralidade falharam com eles; e é a esses ateus que o teísmo moral se opõe.[50]

O "teísmo moral" de Kant se encaixa na visão do biólogo Joan Roughgarden em seu livro *Evolution and Christian Faith: Reflections of an Evolutionary Biologist*.[51] Roughgarden argumenta que a evolução não está desconectada daquilo que Deus pretende, e que os processos envolvidos na evolução são mais de cooperação do que de competição. Em *Supernatural*, há muitas histórias que ilustram o papel central que a cooperação tem na sobrevivência. Em "Survival of the Fittest" vemos que o sucesso do trabalho de equipe de Sam, Dean, Castiel e Meg é essencial para vencer os leviatãs. Na verdade, Sam e Dean precisam tanto um do outro que eles praticamente são codependentes. Cada episódio de *Supernatural* contém numerosos exemplos de colaboração necessária à sobrevivência. De fato, a perda de Bobby é tão traumática para a manutenção dessas relações e colaborações que ele teve de ser substituído por Garth.

Como *Supernatural* ilustra, relações de amor não precisam ser mutuamente benéficas; uma pessoa pode até arriscar sua vida para salvar outra que ela ama. Por exemplo, Corbett salva todo mundo em "Ghostfacers", como resultado de seu amor por Ed. Nesse caso, o amor homossexual ajuda na sobrevivência. De sua parte, Roughgarden argumenta que, contrariamente ao que se acredita, a Bíblia reconhece

---

50. KANT, Immanuel, "Lectures on Rational Theology", *in* BYRNE, Peter, *Kant on God* (Burlington: Ashgate, 2007), p. 91.
51. ROUGHGARDEN, Joan, *Evolution and Christian Faith: Reflections of an Evolutionary Biologist* (London, Island Press, 2006).

homossexuais como filhos de Deus, incluindo-os como iguais nos planos de Deus para uma sociedade melhor e mais amorosa.[52]

Kant escreveu: "Existe um ser cuja existência é anterior à verdadeira possibilidade dele mesmo e de todas as coisas; diz-se, portanto, que é absolutamente necessário que esse ser exista. Esse ser é chamado de Deus".[53] O Deus de *Supernatural* às vezes parece bater com essa descrição, mas também existem sugestões do contrário: que Deus é uma personagem finita e palpável, que pode morrer, estar morta ou que morrerá um dia.

O filósofo irlandês Gorge Berkeley (1685-1753) acreditava que a morte de Deus poderia resultar na eliminação de tudo o mais. Enquanto Descartes popularizou o "Penso, logo existo", Berkeley acreditava no "Deus pensa, logo existo". Berkeley pensava que todas as coisas existem porque são percebidas. No entanto, não é nossa percepção que importa, já que nossa saída de uma sala não faz com que ela deixe de existir. O que importa é que Deus percebe todas as coisas, até mesmo as que não percebemos. Em outras palavras, se Deus para de perceber, tudo o que existe poderia desaparecer da existência. Como resultado, a morte de Deus poderia causar graves consequências para você e para mim.

O filósofo Georg Wilhelm Friedrich Hegel (1770-1831) desenvolveu a ideia da percepção de Deus de Berkeley para explicar a consciência. Hegel escreveu:

> O homem tem um conhecimento de Deus somente à medida que, no homem, Deus tem o conhecimento de si mesmo. Esse conhecimento é a consciência de Deus no próprio homem, e ao mesmo tempo é a consciência do homem que Deus tem, e esse conhecimento do homem por Deus é o conhecimento do homem sobre Deus.[54]

---

52. ROUGHGARDEN, Joan, *The Genial Gene* (London, University of California Press, 2009), p. 101-124, 238.
53. KANT, Immanuel, Preposition VII of *Principiorum Primorum Cognitionis Metaphysicae – Nova Dilucidatio* (1755), *in* F. E. England, *Kant's Conception Of God* (New York, Humanities Press, 1968), p. 224.
54. HEGEL, Friedrich, *Vorlesungen über die Philosophie der Religion* (2 vol. Frankfurt a/M, Suhrkamp, 1969), p. 117, *in* LAUER, Quentin, *Hegel's Concept of God* (New York: State University of New York Press, 1982), p. 213.

Como resultado desse raciocínio circular, Hegel acreditava que você somente conhecerá Deus se conhecer a si mesmo. Entretanto, conhecer a si mesmo não é assim tão simples como ler o próprio diário. Hegel acreditava que o caminho para o autoconhecimento requer que você conheça a história da sociedade humana. Conhecendo melhor a história humana você se torna mais consciente das pessoas que estão ao seu redor, de suas perspectivas e de como você está conectado a elas. Hegel acreditava que, quanto mais consciente você está dessa realidade coletiva, mais você estará consciente de Deus.

Falhar no autoconhecimento e na consciência plena dessa realidade é estar distante de Deus. Como Ruby sugere, esquecer quem você é ou falhar em saber o que você é significa estar no Inferno. A consciência de sua realidade e humanidade é a comunhão com Deus. De acordo com Erich Fromm (1900-1980), o ateísmo não é significativo porque ele busca afirmar a existência do homem negando a existência de Deus.[55] Tanto para Hegel quanto para Fromm, existe uma conexão entre o egoísmo e aqueles que negam Deus. Os trabalhos do ateu famoso Richard Dawkins parecem apoiar essa conexão. Seu livro *The Selfish Gene* promove uma visão da natureza que enfatiza a competição. Lá, Dawkins explica que somos máquinas de sobrevivência, veículos robotizados e cegamente programados para preservar os replicadores egoístas conhecidos como genes.[56] De acordo com Dawkins, nós existimos exclusivamente para preservar esses genes. Não somos nada além do que máquinas descartáveis para a sobrevivência deles. O mundo do gene egoísta é um mundo de competição selvagem, exploração implacável e engano.[57] Após mais de 30 anos, a opinião de Dawkins permanece relativamente sem mudança. Em seu livro *The God Delusion*, ele escreve: "A lógica do darwinismo conclui que a unidade na hierarquia da vida, que sobrevive e passa através do filtro da seleção natural, tenderá a ser egoísta".[58]

---

55. FROMM, Erich, *Marx's Concept Of Man* (New York: Frederick Ungar Publishing Co., 1961), 140.
56. DAWKINS, Richard, *The Selfish Gene* (Oxford: Oxford University Press, 1976).
57. *Ibid.*
58. DAWKINS, Richard, *The God Delusion* (New York: Bantam Press, 2008).

De acordo com Roughgarden, Dawkins desenvolveu uma filosofia do egoísmo, conflito e perda de empatia universais, e como isso foi evidente para o estudo da biologia evolucionária.[59] Entretanto, muitos biólogos discordam. E filósofos fizeram progresso em conceitualizar a intenção do time, a agência do time, e a razão coletiva.[60] Em um desenvolvimento paralelo, o papel central e definido do maestro na música está sendo contestado, permitindo mais time de agência e razão coletiva. Já existem orquestras sem maestros, como a Orquestra Orpheus de Nova York[61] e a Persimfans de Moscou.[62] Essas orquestras permitiram a cada músico ser um intérprete e líder de time. Essa é uma abordagem muito igualitária para a música, mas a verdadeira força desse tipo de cooperativa é o impacto de dividir e a liderança diversa.

Tocar sem um maestro requer um rodízio de liderança. Diferentes músicos lideram distintas seções de cada peça de música tocada. Eventualmente, todos têm a oportunidade de liderar e seguir. Como resultado desse modelo igualitário, cada membro da orquestra é mais consciente da música que está sendo tocada. Cada membro está menos alienado do grupo, e estão profundamente engajados em sua realidade, dividindo igualmente o sucesso e o fracasso da atuação musical. Similarmente, Sam e Dean dividem a liderança, e tentam chegar a algum consenso ou a um fundamento comum e mútuo como o melhor caminho para a ação.

---

59. ROUGHGARDEN, Joan, *The Genial Gene – Deconstructing Darwinian Selfishness* (London: University of California Press, 2009), p. 5, 178.
60. Filósofos como BRATMAN, Michael, "Shared Intention", *Ethics*, 104 (1993): p. 97-113; SUGDEN, Robert, "Thinking as a Team: Toward an Explanation of Nonselfish Behavior", *Social Philosophy Policy*, 10 (1993): p. 69-89; SUGDEN, Robert, "Team Preferences", *Economics Philosophy*, 16 (2000): p. 175-204; SUGDEN, Robert, "The Logic of Team Reasoning", *Philosophical Explorations*, 6, (2003): p. 165-181; GOLD, Natalie, Framing and Decision Making: a Reason-Based Approach (D. Phil thesis, University of Oxford, 2005); BACHARACH, Michael, *Beyond Individual Choice:* Teams and Frames *in Game Theory* (Princeton: Princeton University Press, 2006); GOLD, Natalie & SUGDEN, Robert, "Theories of Team Agency", *in Rationality and Commitment*, ed. Peter Fabienne e Hans Bernard Schmid (Oxford: Oxford University Press, 2008), p. 280-312.
61. SEIFTER, Harvey & ECONOMY, Peter, *Leadership Ensemble – Lessons in Collaborative Management from the World's Only Conductorless Orchestra* (New York: Henry Holt and Co, 2002).
62. CHAIB, Danilo, "k" (Back to the audience, facing the music) Magazine, <www.musok-no.ru/events/?catalogue_id=22&item_id=2129> (acesso em 20 de março, 2013).

Na verdade, um tema importante em toda a série *Supernatural* é que aprendemos sobre nós mesmos quando aprendemos sobre os outros. Se Ruby estiver certa sobre o Inferno, então o Paraíso deve ser o lugar para compreendermos quem somos. Com isso, a Terra fica como local intermediário, como o lugar de procura e aprendizado do que somos. Mas, como Hegel e muitos outros filósofos tentaram nos ensinar, essa busca não está dentro de nós, mas nas outras pessoas. Ao aprendermos e celebrarmos o outro, aprendemos e celebramos o próprio Deus.

Amor e redenção e cada maldito demônio

Sem dúvida, a história vinda de Ruby poderia ter a intenção de confundir ou brincar com nossa cabeça, mas ainda existe outra coisa que, se for verdadeira, nos deixaria particularmente desconfortáveis. Se cada maldito demônio já foi um dia humano, que tipo de Deus faria um lugar como o Inferno?

Já que essa é uma questão particularmente profunda, vamos precisar nos referir a um episódio particularmente profundo, "The French Mistake". Esse episódio criativo permitiu ao produtor Bob Singer meditar sobre temas relevantes da série. Em particular, Singer se recusa a retirar a cena final, na qual Sam e Dean sentam em cima do Impala e discutem seus sentimentos. Para Singer, essa cena é a alma da série, dois irmãos fazendo perguntas difíceis, refletindo sobre sua última caçada e as batalhas que virão. Essa cena final é uma das poucas oportunidades em que o amor, o respeito, os valores e a amizade estão todos abertos ao debate. Filosófica, a cena final pode conter a chave para entender Deus em *Supernatural*.

A cena de dois irmãos que procuram descanso e consolo na companhia um do outro nos remete às palavras de Jesus no Evangelho de Mateus: "Pois onde se acham dois ou três reunidos em meu nome, aí estou eu no meio deles".[63] Você não precisa aceitar o Novo Testamento para ver que o amor entre os dois irmãos é constante na série. E Deus reclama para si ser amor. Se Sam e Dean estão reunidos em nome do amor, então Deus está presente. Mais ainda,

---

63. JESUS, no Evangelho de Mateus, 18:20, *The Bible: Authorized King James Version* (New York: Oxford University Press, 2008).

sabemos que Sam e Dean não compartilham sempre dos mesmos valores. Mas as diferenças entre eles não parecem alterar substancialmente o amor que eles têm um pelo outro.

Valores antagônicos não criam necessariamente obstáculos insuperáveis em um relacionamento. Considere o que podemos aprender ao compararmos a relação entre Miguel e Lúcifer com a de Sam e Dean. O Deus de *Supernatural* deseja relações amorosas acima de tudo. Até mesmo depois que Miguel e Lúcifer dizem que se amam, seu pai deixa que eles sejam empurrados para a jaula do Inferno por não estarem dispostos a voltar atrás a respeito de suas crenças absolutas sobre o certo e o errado. Nenhum dos dois é capaz de mudar nem de ter o perdão e redenção necessários para uma relação de amor duradoura.

Sam e Dean lidam com discordâncias muito sérias de maneira diferente de Miguel e Lúcifer. Em "Bloodlust", vemos um exemplo inicial de impasse entre o impulso de Dean em matar todos os monstros e a esperança de Sam de que nem todos os monstros são totalmente maus. Sam tem esperança nisso, já que tem a preocupação de que ele também, muito em breve, possa precisar de redenção, caso se transforme em um monstro algum dia.

Essa possibilidade de redenção garante alguma esperança para Sam, mas não significa nada para Dean. Em "The Girl Next Door", Sam apunhala e mata uma amiga de infância dele só porque ela é um monstro. Até mesmo quando os irmãos ficam muito zangados um com o outro, eles administram a situação para transcender suas diferenças e perdoar as ofensas extremas que cometem contra os valores um do outro. E eles ainda administram os problemas para permitir a reconciliação e a redenção.

Agora, se vamos aprender algo sobre Deus a partir desses temas da série, como o amor resoluto, o perdão e a redenção podem ser abundantes em um Deus que permite que as pessoas vão para o Inferno e se transformem em demônios? Essa questão se torna particularmente proeminente quando Dean e Sam têm a chance de fechar as portas do Inferno para sempre. Mas é isso o que Deus quer? Os portões do Inferno devem ser fechados? Se Ruby estava certa e cada demônio foi um dia humano, fechar as portas do Inferno impede que eles expiem seus pecados. Evita a oportunidade de redenção.

Com certeza, se Castiel fica preocupado com relação à expiação pelo período em que ele foi "Deus", por que os demônios não ficariam? Castiel está em uma posição muito melhor do que aquela em que eles estão?

O filósofo John Locke (1632-1704) argumentou que a ideia de redenção pode ter vindo, em princípio, pelo mesmo tipo de raciocínio pelo qual veio a ideia de Deus.[64] A partir do momento em que fechar as portas do Inferno significa negar aos demônios a oportunidade de voltarem a ser humanos novamente, por meio da redenção, fechar as portas do Inferno se torna contrário à natureza de Deus. Em outras palavras, não é o Inferno que é contrário à natureza de Deus, mas sim a proibição da redenção que poderia ser causada ao se fechar os portões do Inferno. Somente aqueles verdadeiramente dogmáticos em suas crenças estão separados de Deus, e existe um lugar especial no Inferno para eles, a jaula.

---

64. LOCKE, John, *in* WALDRON, Jeremy, *God, Locke, and Equality – Christian Foundations of John Locke's Political Thought* (Cambridge: Cambridge University Press, 2002), p. 208.

Parte Quatro
É Sobrenatural

Capítulo 13

Naturalmente Sobrenatural

James Blackmon com *Galen A. Foresman*

O que é ser sobrenatural? Todos nós podemos pensar em exemplos. Um fantasma é um ser sobrenatural tipicamente descrito como capaz de aparecer, falar e até mesmo causar dano a uma pessoa. Mas é também descrito como um ser que você não pode tocar ou afetar de maneira usual. O feitiço mágico, no qual as palavras, os gestos e os pensamentos trazem misteriosamente efeitos físicos significativos, é outro bom exemplo. "Incêndio", quando dito por Harry Potter, faz brotarem chamas, claramente uma habilidade sobrenatural. Similarmente, a habilidade de Sam expulsar demônios sem exorcismo durante as Quarta e Quinta Temporadas de *Supernatural* é também uma habilidade sobrenatural. Uma particularmente favorita para mim é a água benta, que presumivelmente é indistinguível de outras amostras de água, exceto por ter muitos poderes, incluindo o de queimar a carne dos vampiros, assim como a dos demônios. Esses são os tipos de coisas que chamamos de "sobrenatural", e elas assumem um papel proeminente na série *Supernatural*. Mas o que as une? Resumidamente, o que faz delas algo sobrenatural?

Ficção, mito e esquisitice

A resposta não pode ser que elas são coisas de ficção. No fim das contas, muitas coisas ficcionais não são "sobrenaturais". O amigo íntimo e confidente de Sam e Dean, Bobby Singer, não existe, nem seu boné. Mas nem Bobby nem seu chapéu são sobrenaturais. Na verdade, muitas coisas em *Supernatural* são puramente ficcionais, como algumas cidades que eles visitam, os quartos de hotel estilosos que eles destroem, os *websites* que eles consultam e outras personagens humanas com quem eles se relacionam. Obviamente, isso não é surpresa, mas o ponto é que, mesmo que seu mundo seja transbordante de coisas sobrenaturais, não poderíamos chamar tudo nele de "sobrenatural". Nem a resposta pode ser que as coisas sobrenaturais são aquelas nas quais não acreditamos. Naturalistas europeus já foram céticos sobre a existência de gorilas, e isso não faz de todos os gorilas seres sobrenaturais.

Dizer que algo é sobrenatural é o mesmo que dizer que *não é natural*, mas não devemos confundir isso com o pensamento de que algo seja simplesmente *estranho*. Muitas coisas parecem estranhas no começo, mas nós humanos não pensamos nelas como sobrenaturais. Considere pousar na Lua, bombas atômicas, adesivos holográficos das máquinas de chiclete, velociraptores, buracos negros, proteínas autorreplicadas e gêmeos parasitas. Nenhuma dessas coisas estranhas realmente desafia a natureza, e todas elas cabem em nosso entendimento do mundo natural, mesmo que muitas pessoas em outro tempo não esperassem por elas.

Então, o "sobrenatural" não pode ser somente aquilo que nós sabemos que é ficcional ou o que pensamos que não existe. Nem pode ser aquilo que pensamos que é estranho. Até o momento, somente sabemos o que não é *ser sobrenatural*.

Não é para isso que servem os dicionários?

Vou me servir descaradamente de uma redação consagrada pelo tempo, apesar de clichê – reportando-me à definição do dicionário. Mas minha razão para fazer isso é somente encontrar um trampolim retórico. Quero mostrar que nosso problema sobre solucionar o que significa ser sobrenatural não é simplesmente esclarecer o sentido com a referência do dicionário. Como o filósofo do século XX Willard Van Orman Quine (1908-2000) explicou muito bem, às vezes as definições do dicionário não têm o papel definitivo que esperamos delas. Isso ocorre porque os lexicógrafos, quando reúnem seu dicionário, dependem de uma pesquisa empírica. Em outras palavras, os lexicógrafos tentam solucionar definições para a maioria das palavras baseados no uso delas. Mas essas palavras são usadas por nós, as pessoas para as quais os lexicógrafos desejam vender os dicionários. Então, como podemos contar com os lexicógrafos para nos dizer o que nossas palavras significam, se eles contam conosco para dizer a eles o que elas significam, e como eles podem nos dizer realmente o que as palavras significam?

Parecemos estar sendo desafiados por algum tipo de paradoxo ou círculo vicioso aqui.[65] Em última instância, podemos ficar certos de que esse paradoxo não vai nos trazer o Apocalipse, porque as definições, como a distribuição de lugares no metrô, já foram feitas. Nós as imprimimos, nós as lemos, nós as usamos, e nossa vida e linguagem continuam a crescer. Mas, exatamente como a distribuição de lugares no metrô, nem sempre as definições são bem-feitas, razão pela qual devemos ser céticos sobre sua autoridade absoluta para o significado da palavra "sobrenatural".

Meu *New Lexicon Webster's Dictionary of the English Language* diz que "sobrenatural", usado como adjetivo, significa "não capaz de ser explicado nos termos das leis conhecidas que governam o Universo material". Por outro lado, meu *New Shorter Oxford English Dictionary* fornece estes dois verbetes, e nenhum concorda com o *Webster*:

1. Aquilo que transcende ou está acima da natureza; de ou pertencente a uma suposta força ou sistema acima das leis da natureza.
2. Além do natural ou do ordinário; não natural ou extraordinariamente grande.

Vamos começar com a definição do *Webster*. Atualmente, o Universo se expande a uma proporção inexplicável pelas leis conhecidas da física. Baseada na definição do *Webster*, essa proporção de expansão deve ser sobrenatural. Meu professor de religião mundial

---

65. Na verdade, Quine preferiu a imagem "curva fechada no espaço"; aparentemente, "círculo" era de alguma forma enganoso.

insistia que a ciência não poderia explicar inteiramente como um beija-flor voa. Eu sempre fui muito cético com essa declaração, mas, se ele estiver certo, a definição do *Webster* está comprometida em colocar o voo do beija-flor na parte do que é sobrenatural. É claro que parece que vai chegar o dia – se já não chegou – em que os cientistas vão descobrir como os beija-flores voam. Nesse dia, de acordo com o *Webster*, o voo do beija-flor perderá seu *status* de sobrenatural. Para o *Webster*, o problema é que *ser sobrenatural* é somente um raciocínio a respeito do conhecimento ou ignorância humanos, como *ser óbvio* ou *ser confuso*. Esse saber recua ao longo do tempo em que aprendemos e compreendemos coisas novas.

Voltando para a definição do *Oxford*, *ser sobrenatural* não depende daquilo que sabemos ou não sobre as leis do Universo material. Ainda bem que beija-flores estão excluídos e a salvo do reino do sobrenatural, mesmo que não consigamos entendê-los completamente. Além disso, a definição do *Oxford* agrupa corretamente fantasmas e encantamentos mágicos em meio às coisas que são sobrenaturais. Até agora tudo bem com o *Oxford*, mas realmente o problema que sugeri antes começa com o simples fato de que esses dicionários dão definições substancialmente diferentes. Uma coisa que pode ser considerada como "sobrenatural" de acordo com o *Webster* pode não ser segundo o *Oxford*. E, admitamos, apesar de eu ter uma preferência intuitiva pela definição do *Oxford*, o problema maior é que não há uma maneira óbvia de realmente determinar qual definição é melhor.

Em último caso, creio que todos esses problemas resultam do conceito de *ser sobrenatural*, que é muito mais esquivo que nossas definições de dicionário nos levam a crer. Na verdade, estou sugerindo aqui que esse conceito se arrisca a ser sem sentido quando tentamos levá-lo muito a sério – como talvez eu esteja fazendo neste exato momento.

Pequenos alívios para o nexo causal

O *Oxford* permanece verdadeiro para a etimologia da palavra "sobrenatural", que é "acima da natureza". Isso pode ser um começo bem útil, já que agora temos como determinar o que é parte da Natureza, e então dizer que *ser sobrenatural* é estar acima ou além disso. Mais uma vez, até agora tudo bem. Agora, o que é ser parte da Natureza? E o que é exatamente a Natureza? O Advil, um artefato humano, é parte da Natureza? Frequentemente distinguimos os produtos da civilização dos da Natureza, mas o *Oxford* certamente não quer dizer que o Advil deve ser colocado ao lado do pó de cemitério, do quincunce e outros artefatos vodus. Feito isso, parece fazer mais sentido manter o Advil entre os naturais, por entender que "natural" significa qualquer coisa feita completamente por coisas naturais, até mesmo os produtos da civilização.

Talvez pudéssemos entender que "natureza" inclui todas as coisas físicas que seguem as leis físicas. Mas nós estamos falando sobre as coisas e leis físicas como atualmente entendemos com nosso conhecimento científico, que admitimos ser incompleto? Ou estamos falando sobre as coisas físicas atuais que existem e as leis que as governam, independentemente do que nós atualmente sabemos ou entendemos dessas coisas? Em outras palavras, estamos incluindo nas "coisas físicas que seguem leis físicas" todas as coisas que teríamos descoberto em uma utopia definitiva de onisciência científica?[66] Se escolhermos a primeira opção, usando a linguagem de "como as compreendemos atualmente", então corremos o risco de terminar no embaraço encontrado pela definição do *Webster*. Se a história da ciência for um indício qualquer para isso, faremos no futuro descobertas mais substanciais e que hoje são tidas como um erro, segundo as crenças que mantemos atualmente. Como resultado, de acordo com esse primeiro entendimento das coisas físicas e leis que criam a Natureza, todas as descobertas futuras estão automaticamente no reino sobrenatural, porque elas não pertencem às coisas e leis físicas que atualmente conhecemos.

Então, em um esforço para impedir um erro do *Webster*, é melhor seguirmos a segunda opinião, entendendo que "natureza" inclui as coisas e leis físicas *atuais*, e não somente aquilo que pensamos saber

---

66. Há muito tempo, o filósofo da ciência Carl Hempel confrontou muito o mesmo problema, conhecido agora como o Dilema de Hempel. O que é afirmar que tudo é físico? Sustentar que tudo está enquadrado nas leis físicas de hoje? Isso faria do fisicalismo, uma visão ingênua e certamente falsa. Ou isso é, por outro lado, sustentar que tudo se enquadra em alguma física ideal no futuro? Isso daria uma visão trivial ao fisicalismo. Não sabemos como seria uma física final, e também nada sobre suas regras.

e conhecer. A partir disso podemos concluir que o sobrenatural inclui tudo além daí. É claro que já admitimos que não temos realmente um conhecimento perfeito do mundo natural como ele é, então não é claro que essa maneira de pensar sobre coisas e leis físicas *atuais* realmente seja dominante. Isso poderia ser um problema.

Supondo, por exemplo, que em 30 anos alguns cientistas no futuro – digamos dr. Ed Zeddmore e dr. Harry Spangler – publiquem um estudo científico que torna evidente que os fantasmas estão entre as coisas que existem e que são governadas por leis físicas.[67] Talvez esses cientistas, e outros como eles, aprendam a capturar fantasmas com círculos de sal e façam experiências com eles. E talvez venhamos a aprender, a partir dessas experiências, que fantasmas são compostos por sistemas eletromagnéticos que, de alguma maneira, eles controlam para ter integridade e complexidade físicas suficientes para pensar e comunicar-se como as pessoas. Se isso acontecesse, fantasmas não estariam nem acima nem além da Natureza. Eles seriam parte dela, e por isso não seriam sobrenaturais. O resultado lamentável de entender o conceito de sobrenatural dessa maneira é que nosso paradigma de exemplos de sobrenatural pode passar para o plano natural, e então não serem mais sobrenaturais. Fantasmas podem ser tão somente naturais. Fantasmas!

Ainda como alternativa, talvez entenderíamos o natural como qualquer coisa que seja compreendida por um nexo causal neste mundo, fazendo com que o sobrenatural seja qualquer coisa que fique além desse nexo. Em outras palavras, o natural incluiria qualquer coisa e tudo o que interage causalmente, e o sobrenatural seria tudo o mais que não pode participar de todas essas interações causais. Por exemplo, qualquer coisa que ocupa um espaço físico deve causalmente interagir com outras coisas que ocupam espaço.

Embora reconhecidamente pequeno, há pelo menos algum alívio em saber que agressores naturais ocupam um espaço físico. Como resultado, os agressores naturais não podem ocupar o mesmo espaço que outras coisas como mãos, portas e objetos contundentes. Esse simples fato permite a você afastar agressores naturais, se você

---

[67]. O linguista Noam Chomsky, por exemplo, acha que a distinção entre o físico e o não físico é vaga, já que qualquer uma das coisas cientificamente descobertas será incorporada entre aquelas reconhecidas como físicas.

for forte o suficiente. Permite que você se proteja de maneira segura, se for forte o suficiente, e até mesmo que você golpeie a cabeça dos agressores, se estiver bem armado. Mas fantasmas, modelos de seres sobrenaturais, perdem sua parte essencial se preencherem um espaço. Suas mãos passam através deles; eles passam sem esforço através de suas portas fortes e trancadas; e aquelas armas com as quais você deseja se defender são um peso morto quando se trata de fantasmas – a menos, é lógico, que elas sejam carregadas com pedras de sal ou ferro. Como Marcelo fala para o fantasma em *Hamlet*, de Shakespeare: "é como o ar, invulnerável,/e nossos disparos vãos, uma zombaria maliciosa" (Marcelo não sabe nada sobre a pedra de sal ou o ferro).

Ficando literalmente muito literal

Normalmente, e como em *Hamlet*, o fantasma não está inteiramente afastado de nosso nexo causal. Por outro lado, como poderíamos saber de sua existência? Quando Hamlet e seus amigos veem o fantasma do pai dele (a quem Shakespeare chama de Fantasma), só é possível para os olhos deles perceberem a luz refletida, refratada ou emitida pelo Fantasma. Se o Fantasma não estivesse lá, os olhos deles teriam sido afetados de maneira diferente.[68] Então, claramente, o Fantasma e a luz da Terra interagem causalmente. E, quando o Fantasma fala com Hamlet, de alguma maneira ele transmite o som através da atmosfera, vibrando suas cordas vocais de fantasma. Como resultado, temos as vibrações no tímpano da orelha de Hamlet, assim permitindo a ele que ouça coisas faladas como "A serpente que tirou a vida de seu pai/Porta agora a coroa dele", o que é, como eu tenho certeza de que você sabe, possivelmente, o momento causalmente mais poderoso da peça, se não for também o maior da vida de Hamlet.

---

68. Ou teria o Fantasma sido somente um fruto da imaginação; é difícil entender como quatro sentinelas e depois uma quinta pessoa, o próprio Hamlet, todos tinham tido a mesma alucinação em suas imaginações que operam de maneira independente e separada. Também, como membros da plateia, podemos presumir que nos é mostrado o que é, não o que é imaginado. Então, a aparição do Fantasma é parte do que ele é, enquanto, por comparação, o punhal flutuante de Macbeth, sendo fruto de sua imaginação, normalmente não aparece nas produções de teatro da peça *Macbeth*.

É claro que Bobby lida exatamente com o mesmo tipo de problemas de comunicação depois que ele morre em "Death's Door", e a lição óbvia a ser aprendida da experiência de Bobby é que fantasmas se encaixam *sim* no nexo causal. Só que eles têm de trabalhar muito duro para isso. Então o que podemos fazer com a definição pela qual "sobrenatural" significa estritamente o que está além do nexo causal? Bem, de acordo com essa definição, mesmo que Bobby esteja morto e livre para atravessar paredes, o fato de ele poder também causalmente interagir com Sam, Dean e outros objetos significaria que ele não é totalmente sobrenatural. Ele é somente uma coisa natural muito estranha, graças ao nosso limitado conhecimento do mundo natural.

Como alternativa, poderíamos conservar nossa compreensão do nexo causal do que é natural, e simplesmente abraçar a visão blasfema de que os escritores de *Supernatural* bagunçaram tudo. Fantasmas, se tivessem de ser verdadeiramente entidades sobrenaturais de acordo com a definição que estamos considerando, não poderiam nos afetar de nenhum jeito, nem nós afetá-los. Se eles existissem, flutuariam de forma completamente independente deste mundo. Eles não poderiam nos causar dano. Eles nem mesmo poderiam nos assustar. Eles não poderiam absolutamente ter nenhuma interação causal conosco. Nem mesmo os mais raivosos, sedentos de sangue, ou qualquer tipo de *banshees* uivantes poderiam fazer sequer uma aparição, ranger pisos e sussurrar nas cortinas em nosso mundo. E não poderiam nos ouvir ou sentir nosso cheiro. Se fantasmas assim existissem, sepultados em seu universo paralelo de causalidade, não fariam diferença nem para o bem nem para o mal em nossas vidas, e nós não poderíamos fazer diferença nenhuma nas não vidas deles.

Estou inclinado a rejeitar essa opção simplesmente com base em ela ser chata, mas realmente há uma razão melhor para rejeitá-la. Essa compreensão do natural e do sobrenatural falha ao considerarmos nossos exemplos prototípicos do início – fantasmas, feitiços e água benta –, os quais se supõe interagir causalmente com nosso mundo, mesmo que ainda sejam contados como sobrenaturais. Em outras palavras, por essa maneira de pensar, os fantasmas de *Supernatural* são na verdade naturais, e quaisquer entidades sobrenaturais verdadeiras são irrelevantes.

Até agora, vimos que as coisas que são causalmente relevantes para nós, estranhas no entanto, não contam na verdade como sobrenaturais sob nenhuma definição que toma a etimologia muito literalmente, como fizemos, e nos leva a uma concepção intolerável dos fantasmas, já que eles não podem fazer nada para nós, não podem ser detectados e não podem ser apavorantes. Nesse ponto de nossa jornada filosófica, temos muitas coisas com que ficamos desapontados. Mas eu lhes trago boas e más notícias – nós sabemos agora exatamente onde estamos indo com nosso conceito de sobrenatural.

Sabemos que nossa concepção de sobrenatural deve permitir para um fantasma ser "imaterial o suficiente" para atravessar a porta de seu quarto, mas "material o suficiente" para apertar sua garganta com mãos frias e pegajosas. Sim, temos de ter um conceito de sobrenatural que permita transcender o nexo causal em alguns casos, mas não em outros, o que dá aos fantasmas a possibilidade de atravessar paredes sem esforço, e simultaneamente andar firmemente (por alguma razão) sobre os pisos. Precisamos de coisas sobrenaturais que possam causalmente interagir conosco e ainda desafiar as leis do mundo natural ao mesmo tempo. E finalmente temos nossa definição do sobrenatural: algo é sobrenatural se puder, ocasionalmente, transcender o mundo da interação material.

Neste momento, tudo do que precisamos é um entendimento coerente sobre o mundo da interação material. Por outro lado, na verdade, ainda não resolvemos nosso problema em definir sobrenatural se acrescentarmos frases como "transcender o mundo da interação material". Nós temos de explicar essas frases, e com isso, com certeza, não acabaremos caindo nos mesmos problemas que tivemos com as definições anteriores.

Sendo dois com a natureza[69]

Em sua obra *Meditations on First Philisophy*, René Descartes (1596-1650) argumentou que a mente (que para ele significava o mesmo que alma) era uma coisa imaterial que interagia causalmente com o corpo material. Um homem à frente de seu tempo, Descartes estava

---
69. Nossos agradecimentos a Woody Allen.

trabalhando em uma teoria muito similar à que estamos trabalhando aqui, e que é conhecida como *dualismo interacionista da substância*. É também apelidada como "interacionismo" pelos filósofos, porque a mente e o corpo interagem causalmente. O corpo deixa a mente sentir o mundo, e a mente guia a atividade motora voluntária do corpo. O termo "substância" é usado porque Descartes pensava que o mundo era composto de duas substâncias fundamentais: (1) corpos materiais mensuráveis e (2) mentes imateriais não mensuráveis. Nenhuma é parte da outra no mesmo sentido em que, digamos, a ondulação é parte da água. Cada uma das coisas poderia existir independentemente da outra. Uma substância *tem como base* suas características e pode continuar a existir mesmo quando perde as características particulares. Assim, Descartes compreendeu uma de suas tarefas para explicar como coisas imateriais, como a mente, podem interagir com coisas materiais, como nossos cérebros e corpos. Ele pode também ter solucionado o problema de como os fantasmas interagem com as pessoas.

É fácil ver como as coisas materiais interagem umas com as outras. Afinal, são coisas que, por sua essência de preencherem o espaço, não podem se fundir com outras. Como percebemos em nossa discussão sobre o nexo causal, se uma coisa material ocupa um espaço, nenhuma outra coisa material pode ocupar o mesmo espaço sem que tenha de tirá-la do caminho. E isso foi uma concepção comum no tempo de Descartes. O mundo natural pode ser visto como o da matéria em movimento e cheio de colisões. O sobrenatural, então, vai além dessa imagem de alguma maneira.

Com isso, temos uma visão que é bastante comum para muitas religiões e sistemas de crença pelo mundo e ao longo da história. E ela é perfeita para *Supernatural*. Por meio dessa visão, conceitos como a vida após a morte, a comunicação dos espíritos, as experiências fora do corpo e a possessão demoníaca são perfeitamente concebíveis. Em cada caso, a interação entre as duas substâncias, corpo e espírito, é cortada ou reorganizada. Na morte e nas experiências fora do corpo, o espírito se liberta do corpo (torna-se *desencarnado*), e passa para algum tipo de vida após a morte, para eventualmente depois retornar ao corpo ou vagar pelo mundo natural. Os médiuns, que são canais para os espíritos, permitem a estes conseguirem um acesso interativo a seus corpos, e então o espírito pode falar pela voz e ver com os olhos do médium. A possessão ocorre quando um espírito toma muito controle (ou controle total) de seu corpo. Em alguns casos seu espírito fica por perto assistindo a tudo impotente, enquanto em outros seu espírito perde a conexão com seu corpo e você não sabe nada sobre o que aconteceu antes.

O dualismo interacionista da substância é uma visão quase totalmente aceita. Mas Descartes ofereceu razões além de sua popularidade por pensar sobre o mundo dessa maneira. Aqui vai uma versão rápida sobre o raciocínio que Descartes seguiu:

> Posso me imaginar em outro corpo ou mesmo sem corpo. Afinal de contas, no meio de um sonho, acreditei em muitas coisas que se tornaram falsas. Devo ter sonhado, como disseram que o filósofo chinês Zhuangzi sonhou, que eu era uma borboleta e que realmente acreditava que era naquele momento, mesmo estando totalmente errado. Por tudo o que eu conheço, a vida é como um sonho muito longo, e minha impressão atual de ter um corpo humano (juntamente com as memórias daquele corpo) é simplesmente falsa. Assim, o corpo humano e com certeza todo o mundo físico é *questionável*.

Esse fato de o mundo físico *ser questionável* é importante porque é o que separa a mente e o corpo em entidades distintas. Enquanto a existência do corpo pode ser questionada, a da mente não pode.

Por que Descartes pensa que o corpo é questionável, ao passo que a mente não é? Bem, vá em frente e tente duvidar de que você tem uma mente. Se você fracassou, tudo bem; e é só porque você não pode duvidar que tem uma mente. Ninguém pode. Sua mente pode duvidar da existência do corpo, mas não pode duvidar da própria existência, porque fazendo assim você pressupõe a existência de alguém que questiona, que é a própria mente. Colocando em outros termos, nenhuma mente poderia acreditar que existe, se não existisse. A lógica pura parece ditar que nenhum superser, por mais poderoso, poderia trazer essa ideia à tona. Como Dean descobriu em "What Is and What Should Never Be", um gênio pode mudar tudo aquilo que você pensa conhecer a respeito do mundo físico, mas mesmo assim ele não pode causar em você uma falsa sensação de pensar que você existe. Afinal, você tem de existir para acreditar em qualquer coisa que seja.

Aqui, Descartes chega à certeza da existência de sua própria mente, a despeito de sua disposição em duvidar de tudo o que possivelmente poderia ser questionado. E a partir disso ele encontra a inspiração para seu famoso "*Cogito ergo sum*", que foi traduzido para o muito popular "Penso, logo existo".

Mas Descartes admite rapidamente que ele não conhece muito sobre a existência. A despeito do que parecem ser as coisas, talvez ele não tenha na verdade um corpo (ou talvez ele esteja na *Matrix*). Mas o que sabe mesmo é que, tanto quanto suas crenças, pensamentos e dúvidas, sua mente deve existir. Então a mente deve ser distinta do corpo físico, que é uma coisa da qual podemos duvidar. Temos agora outra razão, diferente da que é uma visão popular, para acreditar no dualismo da substância. Podemos concluir que há duas coisas básicas no mundo – mentes imateriais e corpos materiais – mas agora temos de explicar exatamente como essas coisas interagem.

Obviamente, ou assim Descartes pensava, essas coisas interagem causalmente. Daí, é a mente que experiencia a vida física e comanda as ações físicas, e não existiria vida ou ações físicas sem o corpo. Quando por exemplo o olho ou algum outro órgão físico sensível do corpo recebe um estímulo físico, eventualmente essa mensagem deve atingir a mente imaterial para *você* ter a experiência correspondente. E quando você escolhe levantar sua mão, esse sinal deve atingir seu corpo material se você e sua mente desejarem que a mão se levante.

Descartes elabora essa interação em sua obra *The Passions of the Soul*, abaixo da seção eloquentemente intitulada *There is a Little Gland in the Brain Where the Soul Exercises Its Functions More Particulary Than in the Other Parts of the Body.** Ele começa por perceber que as pessoas comumente pensam que o cérebro, ou o coração, é a parte do corpo que é mais sensível à atividade da alma:

> Mas, ao examinar a matéria com cuidado, penso que estabeleci claramente que a parte do corpo na qual a alma exerce

---

*N.T.: *Há uma Pequena Glândula no Cérebro Onde a Alma Exerce suas Funções Mais Particularmente Que em Outras Partes do Corpo.*

diretamente suas funções não é de nenhuma maneira o coração ou o cérebro inteiro. Mas, pelo contrário, é na parte mais profunda do cérebro, que possui uma determinada glândula muito pequena, que está situada no meio da substância cerebral e suspensa acima da passagem por meio da qual os espíritos, na cavidade anterior do cérebro, se comunicam com aqueles que estão na cavidade posterior. O menor movimento em parte dessa glândula pode alterar grandemente o curso desses espíritos e, reciprocamente, qualquer mudança, apesar de mínima, que acontece no curso dos espíritos, pode fazer muito para mudar os movimentos da glândula.

Descartes está se referindo àquilo que chamamos de glândula pineal, e seu raciocínio prossegue na seção seguinte, *How We Know That This Gland Is The Principle Seat of The Soul.** Mas ele começa com a observação básica de que todas as outras partes do cérebro são duplas:

> [...] como também são os órgãos de sentido externos – olhos, mãos, orelhas, e assim por diante. Mas, no momento em que temos um simples pensamento a respeito de um dado objeto em um tempo qualquer, deve haver necessariamente algum lugar aonde as duas imagens vindas dos olhos, ou as duas impressões vindas de um só objeto através dos órgãos duplos, ou qualquer outro sentido, possam chegar juntas em uma única imagem ou impressão antes de atingir a alma, ou então elas apresentarão para a alma dois objetos no lugar de um. Podemos facilmente imaginar que essas imagens ou outras impressões são unificadas nessa glândula por meio dos espíritos que preenchem as cavidades do cérebro. Mas elas não podem existir unidas em qualquer outra parte do corpo, exceto como resultado de terem sido unidas nessa glândula.

Assim, Descartes acreditava que era através da glândula pineal que a alma dirigia o corpo e pela qual a alma estava influenciada para receber as impressões sensoriais do corpo. Podemos estender facilmente esse raciocínio ao imaginar que outras almas podem fazer manobras para se apossar de nossa glândula pineal e assim se apossar de nós, como os médiuns que voluntariamente entregam por algum tempo o controle de suas glândulas pineais. Podemos ver

---
*N.T.: *Como Sabemos que Essa Glândula é o Princípio Básico da Alma.*

como as experiências fora do corpo e a vida depois da morte do corpo se tornam inteligíveis. Podemos levar essa visão um pouco mais longe. Uma vez que admitimos que alguns objetos físicos são afetados misteriosamente por mentes imateriais, e vice-versa, surge a possibilidade de que outros objetos físicos também possam ser afetados. Talvez alguns espíritos possam afetar fisicamente o ar, assim se tornando visíveis, e talvez a água, apropriadamente tratada por um padre, torne-se benta, e de alguma maneira ganhe a capacidade de queimar a carne dos vampiros.

Uma ciência do sobrenatural

A visão de Descartes não é somente uma especulação filosófica; é também uma hipótese científica. Apesar dos raciocínios dele sobre dualismo estarem baseados essencialmente na meditação filosófica profunda, seu raciocínio para encontrar a glândula pineal como base da alma está firmado em sua investigação sobre o cérebro humano, na qual Descartes encontra uma explicação anatômica para alguns fatos óbvios sobre a percepção humana. Então, ele está tentando unir o que sabemos sobre o cérebro com o que sabemos sobre a mente.

Mas o que faz a visão de Descartes ser verdadeiramente científica é que ela é testável pela observação.[70] Lembre que nós aceitamos que a alma interage com a glândula pineal e que ela influencia o corpo com movimentos mínimos. Essa é uma hipótese que pode ser testada em duas partes. Em primeiro lugar, simplesmente observe os movimentos mínimos na glândula pineal seguidos por mudanças

---

70. O filósofo da ciência do século XX, Karl Popper, é famoso por ter usado a falsificabilidade para traçar uma linha clara entre a ciência e a pseudociência. O que faz uma conjectura ser científica não é se ela tem um monte de evidências a seu favor, mas sim se nós sabemos que ela pode ser falseada. Conjecturas científicas então excluem muitas observações possíveis sem desculpas. Elas são desafiadas a se manter depois de testes óbvios. A pseudociência, por outro lado, dá espaço para todos os tipos de variação e de contingências vagas, então muitas delas acabam dizendo absolutamente nada. O astrônomo prediz que uma estrela vai aparecer em uma pequena região do céu durante um período muito breve de tempo, colocando sua previsão sob um franco teste de observação, que se pode claramente falsificar ou corroborar, dependendo de sob qual aspecto é observado. Por outro lado, o astrólogo prediz se você vai ter uma semana (ou dia) difícil em breve... se isso não é fisicamente desafiador, então ao menos é mentalmente desafiador... ou talvez desafiador no sentido de que isso é tão "não desafiador" física ou mentalmente que não achamos nada interessante nisso. O que essa "previsão" exclui? O que poderia acontecer para se provar que ela é falsa?

no corpo, para ver se a glândula pineal influencia o corpo do modo como Descartes sugere. A segunda observação, no entanto, é mais importante para nosso propósito. Descartes parece estar convencido da ideia de que esses movimentos mínimos da glândula pineal parecem originar-se do nada. Quer dizer, a glândula parece ser afetada por algo que não podemos detectar, já que ela está sendo afetada pela mente, que é algo não físico.

Para ilustrar esse ponto, pense sobre quando você intencionalmente faz um movimento com o punho. Ele é resultado de contrações musculares de suas mãos e braços, que são resultado do estímulo dos nervos, que receberam um sinal eletroquímico do cérebro[71]. De acordo com a hipótese de Descartes, esse sinal se origina na mente imaterial, que controla a glândula pineal como um piloto controla um aeroplano. Mas, diferentemente do piloto na aeronave, a mente em si não é observável. Podemos ver a glândula pineal mover-se ou mudar, mas não podemos ver o que está causando isso. Assim, essa seria uma energia encontrada que – por aquilo que sabemos cientificamente – sai do nada. A glândula pineal seria o ponto no nexo causal do corpo humano em que as coisas físicas parecem acontecer *por uma razão não cientificamente observável*.

Retomando nossa atual definição trabalhada de "sobrenatural" como algo que pode transcender o mundo da interação material, o fato acima poder ser contado como algo sobrenatural. Analisando a hipótese de Descartes sobre a glândula pineal, havia duas partes que precisavam ser testadas. Notamos que tudo o que acontece como resultado da glândula pineal afetando o restante do corpo era cientificamente observável. Esse é o mundo da interação material. Por outro lado, notamos que tudo que acontecia antes que a glândula pineal fosse afetada não era observável. A glândula pineal parecia ser afetada por algo que veio do nada, e isso é o que parece ser o sobrenatural quando ele transcende o mundo das substâncias materiais por meio da interação causal. Agora, não somente temos uma

---

71. Descartes chamava esses sinais de "espíritos animais", e os cientistas dos nossos dias às vezes zombam que isso se parece mais com um apelo ao oculto. Entretanto, não há razão para pensar que ele quisesse dizer algo além de "influências anímicas", o que de fato são esses sinais eletroquímicos. Para sermos honestos com Descartes, ele estava somente dando um nome funcional a eles, e admitindo que não sabia muito mais sobre eles do que qualquer um obviamente sabia.

definição de sobrenatural que se encaixa com o uso típico da palavra, mas também uma definição que permite uma evidência científica indireta de sua existência pelas observações sobre o mundo natural material. Como vimos, outros conceitos não nos permitiram isso.

Infelizmente, no entanto, Descartes estava brutalmente errado a respeito da glândula pineal. De acordo com uma compreensão científica contemporânea, a glândula pineal somente secreta melatonina e regula o sono.[72] No entanto, essa é só uma forte razão para rejeitarmos a ideia de que é especificamente na glândula pineal que se baseia a mente. Não é a derrota do dualismo interacionista da substância em geral. Por tudo o que sabemos, se a mente trabalha sua mágica imaterial em alguma região no cérebro ou em algum outro lugar do corpo (talvez em pontos múltiplos), a ciência ainda tem de descobrir onde. A maioria dos neurocientistas não vê a hora de isso acontecer, e devo admitir que eu também não. Mas ao menos essa é uma possibilidade aberta.

Podemos imaginar facilmente as condições sob as quais os cientistas racionais estariam convencidos de toda maneira sobre a existência de uma mente não material que é separada do corpo.[73] As condições que encontramos em *Supernatural* pesariam com certeza a favor de alguma forma de dualismo interacionista da substância. E, se fôssemos encontrar condições como aquelas (e poderíamos dispensar a possibilidade de que elas são produto de uma brincadeira elaborada), seria cientificamente irresponsável rejeitar a ideia de que havia agentes não materiais afetando nosso mundo material. A resposta racional seria aceitar esses tipos de agentes não materiais, assim como uma implicação racional: nós também, como somos, em última instância, os espíritos que interagem causalmente com nossos corpos materiais, somos sobrenaturais.[74]

---

72. Um dualista teimoso poderia responder: "Aha! Já que no sono nós ficamos inconscientes e perdemos o controle de nossos corpos, isso é realmente mais um suporte para a visão de Descartes! Temos agora um mecanismo para explicar o que conecta e desconecta a alma e o corpo!". Essa é uma visão tentadora, mas não leva em conta o fato de que os sinais motores não irradiam da glândula pineal, nem faz com que todos os sinais sensoriais culminem nela.
73. A esse respeito, o dualismo cartesiano se distingue de uma variedade de formas mais novas, mas também mais chatas, de dualismo, que não admitem testes científicos.
74. Agradeço muito a Galen Foresman por ajudar a me abastecer com exemplos úteis da série *Supernatural*.

Capítulo 14

Masculinidade e Amor Sobrenatural

Stacey Goguen

Dean: Mulherzinha.
Sam: Idiota.

Sam e Dean batalham com uma quantidade enorme de criaturas sobrenaturais, mas há somente uma coisa que os apavora mais do que qualquer monstro – "amor". Com o passar dos anos, Sam e Dean salvaram o mundo algumas vezes, mas eles ainda não conseguem expressar muito bem seus sentimentos. Insultos são normalmente expressões de antagonismo e de hostilidade, mas, para os Winchester, eles mascaram frequentemente sua afeição.[75] Apesar de eles se chamarem livremente um ao outro de "mulherzinha" e "idiota", a palavra amor raramente escapa de seus lábios. Como veremos, no entanto, o amor é um tema central para a vida deles como irmãos, caçadores e homens.

---

75. O episódio "What Is and What Should Never Be" (Segunda Temporada, episódio 20) é uma oportunidade boa para se ver isso. Não somente Dean diz "mulherzinha" sorrindo, mas também olha desapontado para Sam quando este não dá sua resposta usual.

O guerreiro

Miguel: Eu sou um bom filho e tenho minhas ordens.
Lúcifer: Mas não tem de segui-las.

Supernatural ilustra dois ideais dominantes de masculinidade, o guerreiro e o soberano. O guerreiro é forte e poderoso, como exemplificam Dean e o arcanjo Miguel. O soberano é independente e autônomo, como exemplificam Sam e Lúcifer. Entretanto, estritamente falando, não há nada de necessariamente masculino em relação a esses ideais.[76] Mulheres também podem encarná-los. No entanto, em *Supernatural*, o papel do guerreiro é muitas vezes associado ao de caçador. No primeiro episódio da série, Sam afirma que "eles foram criados como caçadores" por seu pai, John Winchester. Caçadores frequentemente assumem que devem ser lutadores capazes para ser caçadores adequados. Quando Bobby perde o movimento das pernas em "The Curious Case of Dean Winchester", ele lamenta: "Não sou mais um caçador. Eu sou um inútil". Na verdade, Bobby ainda pode ser mais esperto, enganar e ter mais habilidade com armas para vencer muitos vilões sobrenaturais. Mas, como ele não tem todas as capacidades de seu corpo, não consegue se imaginar como caçador.

É claro que alguns caçadores são mulheres, então por que o ideal de caçador/guerreiro seria masculino? Para os novatos, não existem muitos caçadores mulheres, então elas tendem a ser exceção à regra. Por causa disso, elas não são apresentadas como seres tão capazes para o trabalho quanto os homens. Para exemplificar, Ellen, Jo, Tamara e Gwen, todas foram salvas por caçadores masculinos em algum momento crucial. Por último, mas não menos importante, existe um código não declarado de ética em *Supernatural*, que implica que os homens são responsáveis por salvar o mundo e todas as *donzelas* nele. Isso é o que se chama "cavalheirismo".

Cavalheirismo é um código de ética que requer pessoas para proteger quem não pode fazê-lo sozinho. Filósofas feministas, como

---

76. Se você olhar a cultura *pop* americana, por exemplo, as cantoras Beyoncé e Christina Aguilera – que são tidas como dois ícones de feminilidade –, têm música que falam especificamente sobre a força e a independência ("Independent Women Part I": <http://tinyurl.com/2ajvum3>; "Fighter": <http://tinyurl.com/yd3soyw>, acesso em 19 de março de 2013).

Simone de Beauvoir (1908-1986), discutiram a ética dos *protetores* e dos *tutelados protegidos*, argumentando que, apesar de não existir nada que peça aos homens para serem protetores, as narrativas culturais quase sempre desviam para esse caminho. Como resultado, acabamos por associar ser protetor com masculinidade. De fato, Sam e Dean seriam nossos "garotos da capa" por sua ascensão cavalheiresca.

Na Primeira Temporada, Dean fala para Sam que o negócio da família é salvar pessoas, não somente caçar monstros. Na Segunda Temporada, é Sam que relembra a Dean que o papel principal deles não é só matar, mas destruir o mal antes que ele machuque pessoas inocentes. Na verdade, o cavalheirismo explica a oposição dos irmãos aos anjos na Quinta Temporada. Matando Lúcifer, os anjos trariam a morte para bilhões de pessoas. Os cavaleiros Sam e Dean se sentiram compelidos a derrotar Lúcifer sem trazer todo o dano colateral.

A autoimagem de Dean está sempre atrelada ao seu papel de protetor. No começo, ele descreve seu trabalho como salvar pessoas, mas às vezes essa descrição o desanima. Em "What Is and What Should Never Be", ele se lamenta diante da sepultura do pai: "Eu sei o que você disse... Sua felicidade pelas vidas de todas essas pessoas, tudo bem. Mas por quê? Por que é meu *trabalho* salvar essas pessoas?". Em "Swan Song", Dean responde à sua própria pergunta, asseverando que proteger Sam não é só seu trabalho, "mas, mais que isso, é quem eu sou". Essa mudança na atitude de Dean demonstra que o cavalheirismo não é somente parte do trabalho de Dean; é uma expressão de sua individualidade e masculinidade.

Além de ser fisicamente forte e um protetor capaz, o guerreiro ideal requer uma força psicológica. O guerreiro apura as habilidades da mente e do espírito, além das do corpo. Dean, Sam e Bobby repetidamente faceiam lutas psicológicas e emocionais, e interpretam qualquer falha nesse *front* como uma falha na virilidade. Por exemplo, quando Dean chama Bobby para dar-lhe apoio emocional em "Weekend at Bobby's", ele pede desculpas: "[...] deixe para lá. Eu estou desnudando minha alma que nem uma garotinha e você tem outras coisas para fazer". Em outra situação similar, Bobby briga com Dean, em "Lucifer Rising", por este se sentir rejeitado: "Bem, bebê chorão, lamento que seus sentimentos estejam feridos, princesinha!". Já que Dean se identifica mais fortemente com o ideal de guerreiro do que Sam, quando ele se percebe emocionalmente vulnerável é particularmente uma ameaça à sua masculinidade. Além disso, Sam se torna um caçador quase perfeito quando perde sua alma e todas essas malditas emoções que vêm com ela.

O soberano

O ideal masculino do soberano é uma pessoa que luta para ser livre acima de tudo. O soberano tem o que Isaiah Berlin (1909-1997) descreveu como a liberdade positiva e negativa. A liberdade negativa é a liberdade *das* coisas, como restrições, limitações, obstáculos, coerção ou força. Nesse sentido, o soberano é independente, livre de influência. No início da série, Sam é um exemplo principal de soberano ideal. Ele deixa a família pela faculdade, cansado de seguir as ordens do pai.

A liberdade positiva é a liberdade *para fazer* coisas. Para o soberano, isso significa ter a capacidade irrestrita de escolher objetivos e atingi-los. A perda da alma de Sam libertou-o para atingir metas sem remorso ou arrependimento. Ele pode perseguir obstinadamente seus objetivos sem se preocupar com danos colaterais. Nesse sentido, muitos caçadores durante a série falam de responsabilidade da rede íntima social. Amar pode abrandar os caçadores, reduzir suas opiniões, sobrecarregá-los com considerações extras.

No entanto, o soberano não precisa ser um eremita. O filósofo Thomas Hobbes (1588-1679) é famoso por argumentar que um soberano absoluto é necessário para um governo estável. O jurista Edward Coke (1552-1634) declarou que cada residência do homem britânico é seu castelo – fazendo dele o soberano de sua família. Mais tarde, essa ideia influenciou a lei americana também. Na verdade, essa noção de o chefe da casa ser o monarca absoluto ainda predomina na cultura americana. Um homem que diz: "Em minha casa"... remonta à ideia de que sua vontade é a lei de sua terra, ou pelo menos a lei de sua casa.

O soberano valoriza sua própria mente, seu intelecto e sua vontade, o que o liberta para perseguir seus próprios desejos. Nesse sentido, o soberano masculino é similar ao *Übermensch*, literalmente super-homem, de Friedrich Nietzsche (1844-1900). Eles não são idênticos, mas tanto o *Übermensch* quanto o soberano são os pioneiros que detestam ser mandados por alguém e se recusam a ser limitados pelas tradições culturais ou morais de outras pessoas.

Batalha cósmica de ideais

Esses dois ideais masculinos são ampliados pelos arcanjos Miguel e Lúcifer. Miguel é o guerreiro supremo do Paraíso, a epítome de um soldado e filho obediente. Como invólucro de Miguel, Dean é o humano equivalente à masculinidade dele. Na verdade, Miguel encarna muitas virtudes que Dean luta para atingir por toda a série. O outro lado da moeda, Lúcifer, é um pouco mais complicado. Sam explicitamente não luta para ser como Lúcifer, apesar de Lúcifer tentar convencê-lo de que eles são exatamente iguais. É claro que existem algumas similaridades impressionantes. Por exemplo, Lúcifer, o filho pródigo, se recusa a obedecer cegamente a seu pai, preferindo pensar livremente como soberano do Inferno.

A Quinta Temporada e o advento do Apocalipse demonstram um choque entre o dever de um filho como soldado e uma liberdade individual de pensamento e de vontade. Miguel e Lúcifer constantemente se criticam por não verem as coisas sob a perspectiva do outro. A temporada final revela que essa contenda está baseada em uma compreensão excessivamente simplista desses dois ideais masculinos. Entretanto, Sam e Dean demonstram que adotar aspectos de ambos, do guerreiro e do soberano, faz deles caçadores e pessoas melhores. Isso fica mais claro quando os anjos Castiel e Anna percebem que a falta de vontade de um anjo de se afastar de um ideal absoluto faz deles inferiores à humanidade, que tem habilidade de acumular ideais conflitantes.

A palavra que não se fala em *Supernatural*: amor

Dean: Você tinha de falar "idiota".

Considerando que a série é sobre uma família de caçadores que repetidamente morrem e vão para o Inferno por causa do outro, é notável que quase ninguém fale em "amor". Sam e Dean falarão por dias sobre sacrifício, devoção, confiança, proteger um ao outro e morrer pelo outro, mas, quando a conversa vai das ações para as emoções, os irmãos se calam.[77]

Cenas com Sam, Dean e Bobby são praticamente competições para disfarçar suas emoções. Eles resistem estoicamente a todo constrangimento para abrir seus sentimentos, menosprezando qualquer um que faça isso. Isso acaba quando um deles finalmente admite que ser emocionalmente esgotado ou cheio de raiva faz deles caçadores e pessoas pobres. Mas sem dúvida eles esquecem logo disso. Essa disfunção é muito clara para as pessoas que estão de fora desse círculo interno de estoicos. Na Primeira Temporada, a ex-namorada de Dean, Cassie, declara: "Eu esqueço que você faz isso. Sempre que nos aproximamos – em algum lugar perto da vulnerabilidade emocional –, você cai fora". E, mesmo quando as personagens aprendem essa lição novamente e parecem estar perto de um raro momento de expressar explicitamente sua afeição, elas relutam e abandonam a palavra amor.

Apesar disso, finalmente, na Quinta Temporada, chegamos ao momento que estávamos esperando – os irmãos falam sobre o amor que eles têm pela família. Sam vai até mesmo além, e diz a Dean que o ama, apesar de ele estar severamente dopado naquela hora. O amor claramente está lá, mas os irmãos têm sérias inibições quando chega a hora de expressá-lo. Dada a falta persistente de falar sobre amor na série, o episódio "Abandon All Hope" é, ironicamente, um nexo para o amor, a caçada e a masculinidade. Ellen, segurando a filha que está morrendo nos braços, diz: "Eu vou amar você para sempre, querida".

---

77. Dean disse diretamente à mãe que a amava (Quinta Temporada, episódio 16). Ele falou ao pai que amava Sam. Falou ao cadáver do irmão: "Eu acho que é o que eu faço; desapontar as pessoas que eu amo" (Segunda Temporada, episódio 22). Ele até mesmo disse uma vez para Sam: "Qualquer coisa que a gente tenha entre nós, amor, família, eles usarão contra nós" (Quinta Temporada, episódio 4). Uma vez, Sam, dopado por um medicamento, disse a Dean: "Você é o meu irmão e eu ainda amo você" (Quinta Temporada, episódio 11). Ele também falou de seu pai a alguém: "Eu o amo" (Quinta Temporada, episódio 13). E Bobby comentou com Dean: "Talvez a gente o ame [Sam] demais" (Quarta Temporada, episódio 20). Notem que quase todas essas invocações da palavra amor acontecem na Quinta Temporada, o que significa que existem quatro temporadas inteiras de Sam e Dean (e o pai deles, e Bobby) sem que eles nem mesmo usem essa palavra na presença do outro mais de uma ou duas vezes.

É a primeira vez que ouvimos um caçador explicitamente expressar amor por um membro da família com quem não estava casado.

As últimas palavras de Ellen para Jo são uma punhalada nos sentimentos dos irmãos. Logo depois de deixarem Ellen e Jo encararem seu destino, Sam e Dean são forçados a confrontar o fato de que eles provavelmente também irão morrer. Até mesmo nesse momento, ao considerarem quais seriam suas últimas palavras, Sam e Dean simplesmente não conseguem dizer o que aquela mãe disse sem nenhum esforço.

Supernatural na feminilidade: menos que admiração

Ben: Só as mulherzinhas mandam um adulto.

Supernatural é uma série que fala amplamente sobre homens navegando em sua masculinidade, mas você não pode realmente falar sobre masculinidade sem simultaneamente comentar a feminilidade. As personagens e a própria série parecem ter opiniões vacilantes sobre as mulheres e a feminilidade. Por exemplo, quando Jo acusa Dean de ser sexista em "No Exit", ele retruca: "Coração, isso não é um estudo sobre gênero. Mulheres podem fazer bem o trabalho. Novatos é que não podem". Entretanto, é claro que Dean não sabe nada a respeito de estudo sobre gênero, já que suas ações futuras não fazem jus a essas palavras. Dean declara que ele acha que as mulheres podem "fazer bem o trabalho", mas ele nunca perde a oportunidade de insultar Sam por ter apanhado de uma mulher. Isso contrasta com o fato de que Dean e Sam nunca brincam um com o outro por apanharem de algum novato. Na verdade, se você olhar para as provocações entre os irmãos (e até mesmo Bobby), uma quantidade perturbadora delas tem a ver e implica que um deles está agindo como uma mulher. O mesmo não pode ser dito por agir como um novato. Então, quando Dean diz a Jo que ele não tem problemas com mulheres serem lutadoras capazes, Jo apropriadamente olha para ele admirada. Se Dean realmente não associasse mulheres com fraqueza, ele não teria sorrido com aprovação em "The Kids Are Alright", quando Ben diz que "somente as mulherzinhas mandam um adulto".

No entanto, ainda existe outra questão que vai além do sexismo não intencional de Sam e Dean. Muitas mulheres na série desafiam diretamente as tendências e ideais de masculinidade do cavalheirismo de Sam e Dean. Jo, Sarah e Lisa sugerem que o desejo dos rapazes de proteger as mulheres com quem se preocupam não é inteiramente louvável, já que desafia a noção central de que um guerreiro usa sua força para proteger os outros. Se por um lado a série fornece exemplos – Castiel, Uriel, Adam, Miguel, Lúcifer, Bobby, Andy e Assem – para demonstrar cada argumento possível sobre se os homens tentariam proteger e salvar uns aos outros, por outro ela não fornece quase nenhum para demonstrar mulheres humanas que querem efetuar um salvamento. Em quase todos os casos de mulheres que protegem ativamente suas famílias, elas são monstros ou demônios. As únicas exceções são Mary, Jo e Ellen. Mas tenha em mente que Jo é "uma novata", Ellen não quer ser uma caçadora e Mary foi apresentada como morta na maioria da série desde o primeiro episódio.

Enquanto os rapazes fazem um esforço para saber se proteger um ao outro é útil ou prejudicial, a série permanece praticamente calada em dizer se essa incerteza se estende às mulheres nas vidas deles. Eles regularmente se queixam por não terem protegido sua mãe, ou Jess, ou alguma outra mulher importante em suas vidas, mas nunca parecem se questionar se seu ideal de guerreiros não é às vezes um complexo ultrapassado de salvadores.

Eroticamente codependentes?

Zachariah: Sam e Dean Winchester são psicoticamente, irracionalmente, eroticamente dependentes um do outro.

Existem inúmeras brincadeiras sobre sexualidade em *Supernatural*, e muitas delas são piadas baratas sobre o quanto é embaraçoso para homens heterossexuais serem vistos como *gays*. Mas, no meio de todo esse estímulo para zombar da homofobia de Sam e Dean, também temos alguns momentos de humor que chamam a atenção para sérias reflexões de como a heterossexualidade e a masculinidade podem influenciar uma à outra. Por exemplo, na Quinta Temporada,

Sam e Dean assistem a uma reunião dos fãs de *Supernatural*, em que existe um painel de discussão sobre "O subtexto homoerótico de *Supernatural*". No início, isso parece ser uma brincadeira tosca. Nós rimos, porque é engraçado pensar em o quanto Sam e Dean devem se sentir desconfortáveis ouvindo isso. Mas o subtexto homoerótico estabelece uma bela ironia para a conclusão do episódio. Depois de conhecer os devotados fãs Demian e Barnes, que são jogadores de *games* de interação como os irmãos, Dean reclama que querer ser como os Winchester é idiota, porque a vida deles é um "saco". Sem perder nem um instante, Demian responde:

> Não tenho certeza se você percebe o que as histórias [de *Supernatural*] representam... Na vida real, ele vende equipamentos de som. Eu conserto máquinas copiadoras. Nossas vidas é que são um saco. Mas ser Sam e Dean e acordar cedo para salvar o mundo. Ter um irmão que morreria por você. Bem, quem não ia querer isso?

De novo, a palavra amor não é usada aqui. Mas Demian e Barnes querem ser Sam e Dean porque eles gostam de ser capazes de participar do amor entre irmãos. A reviravolta, é claro, ocorre quando Sam e Dean percebem que, acima de serem amigos, Demian e Barnes são também um casal. O fã-clube *nerd* e brega se torna então uma reflexão sobre as similaridades entre o amor entre irmãos e o amor romântico.

O grupo de fãs de *Supernatural* não é certamente o primeiro a tentar fazer essa conexão. Comparando e contrastando, o amor familiar, a amizade e o amor erótico eram também um passatempo bem seguido por diversos filósofos gregos. Por exemplo, no diálogo *The Symposium*, de Platão (427 a.C. – 347 a.C.), o dramaturgo Aristófanes (446 a.C. – 386 a.C.) conta um mito sobre como todo mundo um dia dividiu o corpo com uma alma gêmea. Alguns desses pares de almas gêmeas eram homens e mulheres, mas outros eram duas mulheres ou dois homens. Quando Zeus dividiu as esferas das almas gêmeas em duas pessoas separadas, todos correram para tentar encontrar a outra metade. Apesar de frequentemente se pensar em almas gêmeas como parceiros sexuais (Aristófanes assinala que era estranho como essas almas gêmeas queriam ficar o tempo todo juntas mas não somente por causa do sexo muito bom), as pessoas também exibem esse tipo de comportamento em outros tipos de relação. Sam e Dean passam todo o tempo juntos, e genuinamente parecem gostar da companhia um do outro.

Quando outras personagens confundem Sam e Dean com um casal, isso não é somente uma tentativa grosseira de humor homofóbico. Isso também reflete que muitos americanos não estão acostumados a observar a intimidade entre as pessoas, a não ser que elas sejam parceiros românticos. Nós brincamos muito sobre o "amor entre caras", porque relutamos à ideia de que homens – criaturas emocionalmente estoicas e autossuficientes – podem enredar relações de ternura e intimidade um com o outro, principalmente se eles forem héteros. Mesmo que concordemos com a ideia de homens tendo relações sexuais com outros homens, ainda podemos ter o impulso de rir de dois homens sendo carinhosos e íntimos com os amigos. Essa tensão aparece quando o anjo Zachariah grita, em um ataque de frustração, que Sam e Dean são "psicoticamente, irracionalmente, eroticamente dependentes um do outro". A intimidade deles e devoção pessoal um ao outro se afigura tão depravada que isso parece ser uma doença mental (ou tensão sexual) para Zachariah.[78]

Contudo, a relação de Sam e Dean não teria sido vista como estranha por Aristóteles (384 a.C. – 322 a.C.). É certo que os demônios teriam pedido para ele pensar melhor sobre isso, mas Aristóteles argumentava que um dos amores mais puros que pode existir é entre amigos, particularmente entre dois homens virtuosos. Existe um monte de razões para suspeitar que Sam e Dean não teriam se encaixado na lista de Aristóteles por serem virtuosos, mas eles se encaixam sim na ideia insistente dele de que dois homens podem compartilhar uma força grande e uma intimidade que realmente só podemos chamar de "amor".

---

78. Em algum nível, esta é uma questão válida: se Sam e Dean são doentiamente dependentes um do outro. Mas o acréscimo da palavra "eroticamente", no desabafo de Zachariah, revela que parte da razão de a relação entre Sam e Dean ser "estranha" é porque isso é o que se espera de amantes, não de irmãos.

O paradoxo do amor em *Supernatural*

Dean: O negócio é o seguinte... talvez a gente seja o calcanhar de Aquiles um do outro [...]. Não sei, não. Só sei que somos tudo o que temos. Mais que isso. Nós nos mantemos um ao outro, humanos.

O amor é um paradoxo em *Supernatural,* com seus ideais masculinos de força e independência. Mas, para sermos masculinos, em primeiro lugar e principalmente, devemos ser humanos. E, para sermos humanos, precisamos de amor. Então, a masculinidade precisa abraçar algo que ela tradicionalmente não prioriza – algo que não vem "naturalmente" para ela. Então, para serem completamente humanos, Sam e Dean devem abraçar o que aparentemente é sobrenatural: o amor.

Capítulo 15

Naturalizando *Supernatural*

Joseph L. Graves Jr.

Você conseguiria prever que Eva podia ser morta com as cinzas de uma fênix? Faz algum sentido fantasmas e demônios terem problemas em atravessar linhas feitas com sal, e que queimar seus ossos os destrói? Você esperava que Lúcifer fosse capaz de exterminar os deuses menores sem fazer muito esforço? A arma Colt – como essa coisa funciona, e quais as cinco coisas que ela não pode matar? E por que ela não funciona com os arcanjos? Finalmente, a chave para desvendar muitas, mas não todas, as questões é ter uma abordagem sistemática para compreender o Universo, normalmente atribuída aos naturalistas.

 O universo de *Supernatural* consiste em ambos os seres e elementos, os naturais e os sobrenaturais. Os seres sobrenaturais incluem Deus, arcanjos, deuses menores, leviatãs, anjos, ceifeiros, demônios e espíritos. Os seres naturais são os homens e outras vidas orgânicas. Monstros como vampiros, lobisomens e metamorfos parecem ter as características tanto naturais como sobrenaturais. Elementos importantes da série estendem-se desde objetos puramente sobrenaturais, como as espadas angelicais, a objetos naturais com características sobrenaturais, como a Colt ou a água benta, e finalmente objetos puramente naturais, como ferro, sal, sangue e ervas, que exercem um poder sobre os seres sobrenaturais. Nessa linha de mistura entre o sobrenatural e o natural, a vida no mundo de *Supernatural* resulta de uma criação especial de acordo com a evolução orgânica. Castiel percebe isso em um comentário mordaz em "The Man Who Would Be King".

> Lembro-me de estar na beira do mar vendo um peixinho cinzento tentando se erguer na praia. E um irmão mais velho dizendo: "Não pise nesse peixe, Castiel. Existe um grande plano para este peixe". E me lembro da Torre de Babel – e seus 12 metros de altura, que eu supunha impressionante na época. E, quando ela caiu, eles bramaram: "Ira divina!". Mas convenhamos que somente esterco seco pode ser empilhado assim tão alto.

Então, o natural e o sobrenatural estão juntos desde o início de *Supernatural*, apesar de a maioria das personagens atuais não estar completamente ciente do sobrenatural. Como caçadores, Sam e Dean são exceções. Eles têm um conhecimento especializado e usam tanto os meios naturais quanto os sobrenaturais para salvar pessoas e caçar coisas. O fato de os Winchester serem capazes de misturar seu conhecimento do sobrenatural com o natural sugere que conhecer o mundo sobrenatural não deve ser tão difícil quanto os profetas que leem tábuas nos levam a acreditar.

Em alguns momentos na série, ficamos acreditando que o sobrenatural tem supremacia sobre o natural, como é mostrado no trecho anterior da fala de Castiel. Em outras vezes, vemos a utilidade do natural, quando utilizada contra o sobrenatural, como sempre é demonstrado por meio das ações e das vidas dos irmãos Winchester. Essa interação em *Supernatural* sugere que existem algumas regras que dizem respeito às relações entre os mundos sobrenatural e natural. As regras são úteis, é claro, desde que nos permitam fazer previsões do futuro. Se pudermos entender, por exemplo, como a Colt foi feita, poderíamos ver como seria possível para Sam e Dean criar um arsenal inteiro de armas úteis.

O que um naturalista e um sobrenaturalista têm em comum?

O sobrenatural inclui qualquer fenômeno ou entidade que opera fora dos processos naturais, mas isso não significa necessariamente que eles operam *inteiramente* fora desses processos. Então, por exemplo, Jesus caminhando sobre o Mar da Galileia em Marcos 6:45-52 seria sobrenatural, já que não podemos explicar como um homem pôde fazer isso se usarmos o conhecimento científico dos processos naturais. Por outro lado, os processos naturais podem ser totalmente observados e compreendidos por meio dos cinco sentidos humanos e de suas extensões no mundo material. Essas observações em conjunto com o método científico são nossos meios principais para compreender o mundo natural. Por exemplo, um inseto caminhando a passos largos em cima da água seria natural porque, dado nosso conhecimento da química da tensão superficial, podemos entender esse fenômeno em termos dos processos naturais. No entanto, não podemos usar o mesmo conhecimento de química para explicar um homem caminhando sobre o Mar da Galileia, o que mistura algo perfeitamente normal, um homem, e um fenômeno que está fora dos processos naturais. Similarmente, já que *Supernatural* mescla os processos natural e sobrenatural, provavelmente podemos, por um curto período, usar o pensamento científico para compreender melhor as regras que guiam a interação entre os dois mundos, até mesmo algo que nos faça entender melhor o mundo sobrenatural.

O naturalismo coloca que os fenômenos naturais são explicados por outros fenômenos naturais. Assim, um naturalista não creditaria a um espírito o desaparecimento de água derramada no chão da cozinha, mas, ao contrário, explicaria o fato pela evaporação. O naturalismo é a base filosófica que guiou o desenvolvimento do método científico, um processo para obter o conhecimento que testa hipóteses por meio de experiências e tentativas para gerar as regras universais que governam o comportamento dos fenômenos.

Para ver as diferenças entre o pensamento naturalista e o pensamento sobrenaturalista, compare essas duas possibilidades de explicação de uma doença mental. A explicação naturalista usaria a neurobiologia para explicar a doença mental como resultado de anomalias no cérebro, em suas estruturas e química. Já uma explicação sobrenaturalista da doença mental pode envolver a possessão da pessoa por um espírito maligno ou demônio. Ambas as explicações são dirigidas por regras, mas elas divergem no modo como podem ser testadas. Uma bateria de exames mentais, anatômicos e químicos pode ser feita para detectar disfunções cerebrais. De fato, a Igreja Católica considera as explicações sobre doenças mentais orgânicas antes de pensar com certeza em um rito de exorcismo. Em outras palavras, a Igreja Católica primeiramente assume uma explicação naturalista para uma doença mental, antes de levar em conta uma explicação sobrenaturalista.

Como a Igreja Católica, nós vamos antes assumir uma explicação para os fenômenos de *Supernatural* e colocar as hipóteses em termos naturalistas. Quando o naturalismo falhar em demonstrar todos os fenômenos sobrenaturais, podemos sempre acusá-lo de dados inadequados no presente momento (o que nos dá todas as desculpas de que precisamos para assistir a mais episódios).

A guerra no paraíso e naturalmente evitar o plano de Deus

Em *Supernatural*, o Deus judaico-cristão é apresentado como o ser mais poderoso do Universo. Mas ele criou todas as coisas? Se sim, como explicamos os deuses pagãos, como Kali, Thor e outros? Em "Hammer of Gods", muitos desses deuses declaram que existem antes do Deus judaico-cristão, portanto eles têm direito de evitar o Apocalipse judaico-cristão. Nos termos do que conhecemos como naturalistas, podemos tecer algumas conclusões a partir disso. Se assumirmos que os deuses pagãos estão dizendo a verdade, que eles existem antes do Deus judaico-cristão, então eles não teriam sido criados por aquele Deus. No entanto, do fato de eles reclamarem o direito de prevenir o Apocalipse não se segue aquele de eles existirem primeiro. Como a maioria de nós aprendeu na pré-escola, não é porque uma pessoa ou algo é mais velho que isso faz dele o senhor do Universo.

Fora isso e algumas outras referências a um tempo anterior à criação dos anjos e arcanjos, a maioria dos fenômenos sobrenaturais da série se torna o enredo central da Primeira à Quinta Temporada. A linha principal da história para essas temporadas é baseada no conhecimento judaico-cristão e a "guerra no Paraíso". Essa guerra é citada em Ezequiel 28:1-19; Isaías 14:12-15; Lucas 10:18; 2ª Ep. Pedro 2:4; Judas 6 e Apocalipse 12:3-4, 7-9; e também nos textos apócrifos de Enoque 1 e 2. Essa guerra é essencial na teologia cristã, à medida que tem um papel principal para explicar como o mal e o homem vieram para o mundo. Afinal de contas, se Deus é todo-poderoso, todo-sabedoria e todo-bondade, como ele poderia ter criado um mundo no qual tanto mal e miséria prevalecem? É claro que os naturalistas têm facilidade em responder a essa questão, já que eles podem simplesmente negar a existência do sobrenatural, declarando, em vez disso, que fomos nós que criamos "Deus" precisamente para dar uma explicação lógica para nossos próprios males. Mas, para aqueles que aceitam a existência de Deus, a existência do mal é um pouco como um quebra-cabeça.

Sam e Dean Winchester fazem um esforço durante a série para saber se Deus e seus anjos são "bons", o que os leva frequentemente a questionar se um desígnio sobrenatural é melhor do que um plano natural de ação. Na verdade, na Segunda Temporada, encontramos Sam e Dean ainda não convencidos se Deus e seus anjos existem. Os irmãos só chegam a acreditar de verdade nos anjos depois que conhecem Castiel na Quarta Temporada. Ainda, apesar do conhecimento da existência de anjos, Paraíso e Deus, eles insistem em fugir do plano de Deus. O desafio deles parece indicar que eles pensam que sua razão, que é derivada de uma estrutura natural, o cérebro, é superior ao desígnio sobrenatural de Deus.

A alma: código genético sobrenatural

Em virtude do fato de que os organismos são autorreplicáveis, e a replicação não pode ser perfeita no mundo material, códigos genéticos devem ser desenvolvidos. Esse fato é reconhecido no universo de *Supernatural* quando Castiel conta que estava lá observando o prototetrápode ancestral dos humanos rastejando no mar paleozoico para iniciar a colonização da Terra. Esse reconhecimento corre em paralelo com a guerra no Paraíso na narrativa sobrenatural, na qual as almas são análogas aos códigos genéticos do mundo natural. Um naturalista pode criar a hipótese de que as almas se autorreplicam pelo mesmo processo biológico que traz à vida nossas crianças, já que, sempre que nós replicamos, também tendemos a aumentar o número total de almas. Isso faria das almas muito menos sobrenaturais do que inicialmente pensávamos.

Em "Appointement in Samarra", a Morte diz a Dean Winchester: "A alma humana não é uma bola de borracha. Ela é vulnerável, inconstante, mas mais forte do que você pensa. E mais valorosa do que você pode imaginar". Vemos mais evidências disso em "My Heart Will Go On", quando percebemos que o anjo Baltazar cria uma linha do tempo alternativa para evitar o naufrágio do *Titanic*. Como resultado, 50 mil indivíduos, que de outra maneira não deveriam ter existido, nasceram. Isso nos fornece mais evidências para nossa explicação sobre a criação da alma. Atropos diz a Castiel que ela sabe o motivo pelo qual ele ordenou a Baltazar tomar aquela atitude: "Cinquenta mil almas para sua máquina de guerra".... Aqui, *Supernatural* mistura a criação naturalística das almas com a narrativa sobrenatural da guerra no Paraíso.

Em episódios posteriores, a narrativa da guerra no Paraíso dá suporte a uma explicação naturalista para as almas do Purgatório. Em "The Man Who Would Be King", vemos que Castiel tinha feito um pacto com Crowley para retirar as almas do Purgatório, e planejava usar esse poder para vencer sua guerra no Paraíso contra o arcanjo Rafael. E em "The Man Who Knew Too Much", Castiel consome todas as almas do Purgatório, destrói Rafael e se declara o novo "Deus". A partir desse pequeno trecho da história, ficamos sabendo que há almas no Purgatório, não diferentes das nossas, e que elas possuem um grande poder e podem ser dominadas e manipuladas por anjos e demônios. Se essas almas se originaram na Terra, nós temos nosso manual para explicar todas essas similaridades.

De fato, existe alguma evidência de que todos os seres no universo de *Supernatural* têm almas, possivelmente até mesmo Deus. É claro que, se Deus tem uma alma, isso significaria que nem todas as almas se originam por meio do processo biológico humano. Pelo menos até agora essa é uma questão que precisa de mais dados de pesquisa. Em "Two Minutes to Midnight", a Morte explica para Dean quanto ele e a Terra são insignificantes para ela: "Este é um planetinha, em um sistema solar minúsculo, em uma galáxia que mal saiu das fraldas". A Morte ainda explica para Dean que ela é tão velha quanto Deus, possivelmente mais velha, embora ela quase não possa lembrar. Aparentemente, a idade impacta a memória sobrenatural da mesma maneira que impacta nossas memórias naturais. Nessa conversa, a Morte equipara Deus com a vida, sugerindo que ambos existem em uma dualidade cósmica quase eterna. Somado a isso, a Morte declara que: "No final eu irei colhê-lo. Deus morrerá também, Dean".

Mas o que acontece com a Morte uma vez que Deus tenha sido colhido? Se Deus é vida e a Morte é, bem, morte, sem mais vida não poderia existir mais morte. Isso poderia ser uma alusão ao fim de toda a existência? Poderia ser uma afirmação de que Deus e a Morte são na verdade produtos da Natureza, já que toda a vida começa e acaba com eles?

A relação entre o sobrenatural e o natural é ilustrada tanto pela criação de entidades quanto por como elas podem ser destruídas. Como nosso processo biológico natural para criar as almas, o modo pelo qual uma entidade pode ser destruída nos mostra quão perto esse processo está vinculado a regras e explicações naturalistas. Começando a partir de nossa recente hipótese da dualidade de Deus e a Morte, eles são a causa suprema da existência. Depois disso, segue a narrativa da guerra no Paraíso – Deus criou os arcanjos, os anjos, os humanos e todos os outros seres orgânicos sapientes com alma no Universo. Na Sexta Temporada, vemos que "Eve" é a mãe de todos os monstros, e que ela é mais velha que os anjos. Eve controla o Purgatório, o lugar para onde os monstros vão quando são destruídos no universo natural.

Como os demônios, monstros podem também encontrar a criação original de suas almas ligadas às almas humanas, já que uma grande quantidade deles foi convertida a monstro a partir do estado humano. Em alguns casos, nós simplesmente não temos evidências suficientes para falar categoricamente de todos os monstros, mas os vampiros, os lobisomens, os *rugarus*, os metamorfos e os *wendigos*, todos eles, menos o Vampiro-Alfa, começaram como humanos. Essa hipótese ajudaria a explicar por que esses monstros são vulneráveis a objetos bem naturais, como prata e lâminas afiadas. Até mesmo o desenvolvimento do mais recente monstro de Eve, "*Jefferson Starships*", requer diversas tentativas de experiências em humanos antes de se conseguir fazer com sucesso esse híbrido. O final resulta em um monstro "horrível e difícil de matar", que é suscetível a uma decapitação comum.

Em "Hammer of the Gods", Lúcifer acaba rapidamente com os deuses pagãos reunidos para evitar o Apocalipse judaico-cristão, demonstrando que eles são inferiores aos anjos caídos. Ficamos também sabendo que os deuses pagãos são vulneráveis a objetos naturais. Hol Nekar e sua esposa são mortos por uma estaca de madeira; Leshii foi decapitada; Veritas foi morta por uma lâmina mergulhada em sangue de cachorro; e Cronos foi morto de maneira similar com uma antiga estaca de oliveira mergulhada em algum tipo de sangue. O fato de que objetos naturais tinham poder sobre os deuses pagãos sugere que essas entidades não eram de fato deuses de verdade, mas seres mais próximos dos monstros. Mais que isso, o fato de esses "deuses" precisarem dos humanos para sobreviver sugere que eles tenham sido criados em algum momento depois dos humanos, ou até mesmo que eles estavam muito famintos até os humanos serem criados.

Finalmente, Eve ingere as cinzas de outro monstro, a fênix, e é destruída. Isso a torna diferente de Lúcifer ou Deus, já que nem o chefe dos anjos caídos nem Deus são vulneráveis a coisas materiais ou entidades que estão abaixo deles na escala dos seres. Independentemente disso, se Deus e Eve tivessem sempre existido, então eles poderiam ser "naturais", mas somente obedeceriam a leis da Natureza que não são partilhadas por seres naturais menores, como nós. Se isso fosse verdade, eles podiam acreditar em sua própria divindade porque seriam inconscientes de alguma outra existência antes deles. Entretanto, é de se notar o fato de o Purgatório ser criado por Deus para manter lá uma criação anterior, os leviatãs, que predavam os anjos e as almas. O Vampiro-Alfa sugere, em "There Will Be Blood", que Eve foi um leviatã que finalmente fez dela mesma outra criação de Deus. Além de monstros e de semideuses, objetos e métodos naturais têm poder sobre os espíritos. Na filogenia de *Supernatural*, os fantasmas surgem dos humanos. De acordo com as "regras", os espíritos devem acompanhar os colhedores depois da morte para irem para o Paraíso ou para o Inferno. Espíritos se transformam em fantasmas quando se recusam a deixar este plano, normalmente por alguma morte violenta ou por negócios inacabados. Alguns desses espíritos podem se tornar demônios, até mesmo por causa de um pacto feito em vida com um demônio, ou possivelmente por meio de uma metamorfose desencadeada por seus atos imorais durante a vida.

Dado que demônios e espíritos partilham a fonte de criação na alma humana, faz sentido que eles sejam vulneráveis a alguns dos mesmos objetos naturais. Tanto fantasmas quanto demônios não podem cruzar linhas feitas de sal, e a destruição de seus despojos humanos (ossos, cabelos) por sal e fogo os destrói. Na verdade, descobrimos que Crowley, o rei do Inferno, é uma alma humana metamorfoseada e é, portanto, vulnerável à destruição por meio da queima de seus ossos. Assim, Crowley é um substituto pobre para Lúcifer, que nunca foi humano, e que por isso não tem vulnerabilidades humanas.

Além desse significado puramente natural para a destruição de entidades sobrenaturais, existem também objetos naturais impregnados com poderes sobrenaturais que também funcionam. A pistola de Samuel Colt é uma versão especial de seu revólver colt com balas especiais, que poderiam matar virtualmente qualquer entidade da criação. Somente arcanjos parecem ser imunes a ele. A fonte de magia envolvida na manufatura dessa arma nunca é revelada. Similarmente, a água benta é somente água que foi abençoada, mas ela consegue queimar demônios de uma maneira que a água normal não faz. Infelizmente, ela não os destrói. Demônios, por outro lado, podem ser mandados de volta para o Inferno pelo rito do exorcismo, recitado em latim, e podem ser aprisionados pelo Selo de Salomão. Claramente, esse rito e esse selo devem ter seu poder derivado do Paraíso.

Reciprocamente, a magia usada pelas bruxas e os objetos amaldiçoados têm seu poder derivado do Inferno. Objetos naturais adicionais impregnados de poder demoníaco sobrenatural são o sangue de demônio e o vírus *croatoan*. O sangue de demônio é um sangue humano que é resultado de uma possessão demoníaca de um ser humano, e o vírus *croatoan* é um vírus impregnado com alguma energia sobrenatural demoníaca que cria uma loucura suicida em uma pessoa infectada. Sam se torna viciado em sangue de demônio na Quarta Temporada, e essa ingestão de sangue de demônio amplifica seus poderes psíquicos, o que permite a ele exorcizar demônios. O plano de Lúcifer para a destruição da espécie humana envolvia a infecção em massa da humanidade pelo vírus *croatoan*, mas é incerto se esse vírus é inteiramente sobrenatural ou se ele é natural, impregnado com características demoníacas. Este último parece ser o mais provável, já que em "Two Minutes to Midnight" vemos que o vírus *croatoan* foi manufaturado pela empresa Niveus Pharmaceuticals.

Essas conexões entre o natural e o sobrenatural ajudam a explicar como objetos e entidades interagem ao longo de *Supernatural*. Mas, o mais importante, elas dão suporte a pontos da história. Por exemplo, o plano de Lúcifer para destruir toda a humanidade prova que ele não somente detesta os humanos, mas que também se importa muito pouco com qualquer coisa que venha da alma humana. Ao destruir a humanidade, ele teria evitado alguma produção futura de demônios, e teria matado a fome dos monstros do mundo de Eve. Embora não totalmente perfeita, uma tentativa de explicação naturalista ajuda a manter o mundo do sobrenatural unido e de longe cria um mundo mais rico em *Supernatural*.

Naturalmente tudo parte do plano

As ações de Sam e Dean Winchester, de uma equipe de caçadores de tipos variados e de uma dupla de anjos rebeldes deram um curto-circuito no profetizado Apocalipse cristão. É claro que ficamos nos perguntando como ele teria acontecido, especialmente se Deus é o ser mais poderoso do Universo. Felizmente, agora sabemos que as respostas para questões como essas não estão além de nosso alcance. Temos usado nosso muito natural cérebro para raciocinar sobre as mais complicadas questões colocadas por *Supernatural*. E, mesmo que não tenhamos respondido satisfatoriamente a todas as nossas inquirições – o que nos leva a manter o questionamento sobre como a Colt funciona e o que ela não pode matar –, pelo menos descobrimos por meio das lentes do naturalismo que a maioria das entidades e objetos sobrenaturais em *Supernatural* é limitada por algum pensamento bastante ordinário sobre os fenômenos naturais. Nesse caso, evitar o Apocalipse cristão profetizado pode ter sido somente outro sinal de Deus de que é hora de se afastar da narrativa sobrenatural da guerra no Paraíso para ir em direção de algo um pouco mais natural.

Claramente, o naturalismo em *Supernatural* sugere que Ele tinha mesmo "grandes planos para aquele peixinho cinzento".

Colaboradores:
Bona Fide, Card Carrying Wisdom Lovers e *GhostPhacers*

Carey F. Applegate, Ph.D., é professora assistente de inglês na Universidade de Wisconsin-Eau Claire, onde leciona cursos em educação do inglês, redação e estudos de cultura *pop*. Ela pesquisa e escreve sobre televisão, filmes e música contemporâneos; pedagogia do século XXI; advocacia digital com base social. Seu tempo de folga no verão é gasto em jogos de interação *on-line* com Charlie Bradbury e em comer torta com Dean Winchester, e seus invernos normalmente envolvem a busca por um portal de realidade virtual sem neve de *Doctor Who* e *Supernatural*. Se você quiser participar de suas aventuras, deixe um recado no *Twitter*: @careyapplegate.

James Blackmon leciona filosofia na Universidade do Estado de San Francisco. Ele não é legal como Sam e Dean, mas alguns de seus *notebooks* são quase tão legais quanto o diário de John. Apesar de ter acumulado alguns episódios pessoais que contariam como evidências engraçadas a favor dos fantasmas e dos demônios, ele ainda não acredita neles. Seu ceticismo, é claro, certamente agrada alguns fantasmas e demônios sem propósito.

Patricia Brace, Ph.D., é professora de artes na Universidade do Estado do Sudoeste de Minnesota, em Marshall, Minnesota. Seus interesses de pesquisa são em estética e cultura popular e atualmente está escrevendo capítulos para o livro *Dexter and Philosophy* (2011) e *The Philosophy of Joss Whedon* (2011). Ela também estuda e leciona em um curso de história da joalheria e seu trabalho artístico e criativo é em *design* de joias. Com essa aptidão, ela está envolvida em criar amuletos e talismãs para um recluso proprietário de um ferro-velho nas proximidades de Sioux Falls, na Dakota do Sul, o sr. Bobby Singer. Ela ficou muito triste ao saber da morte recente do sr. Singer por meio de um colega dele, um homenzinho muito estranho que se identificou somente como "Garth", e que fez pedidos de amuletos mandeístas, ampolas de prata para água benta e pingentes para óleo de Abramelin.

John Edgar Browning é membro do Programa Arthur A. Schomburg e estudante Ph.D. em estudos americanos na Universidade de Buffalo (SUNY), onde também leciona na Faculdade de Inglês adjunta. Ele coeditou e coescreveu dez livros publicados e em fase de publicação, incluindo *Draculas, Vampires, and Other Undead Forms: Essays on Gender, Race, and Culture* (2009), *Dracula in Visual Media: Film, Television, Comic Book and Electronic Game Appearences, 1921-2010* (2010), *The Vampire, His Kith and Kin: A Critical Edition* (2011), *Speaking of Monsters: A Teratological Anthology* (2012) e *The Forgotten Writings of Bram Stoker* (2012). Ele também coescreveu capítulos para *Asian Gothic: Essays of Literature, Film, and Anime* (2008), *The Encyclopedia of Vampire: The Living Dead in Myth, Legend and Popular Culture* (2010), *Nyx in The House of Night: Mythology, Folklore, and Religion in the PC and Kristin Cast Vampyre Series* (2011), *Fear and Learning: Essays on the Pedagogy of Horror* (2013), *Undead in the West 2: They Just Keep Coming* (2013), *The Encyclopedia of the Zombie: The Walking Dead in Popular Culture and Myth* (2013), e *A Companion to the Horror Film* (Wiley-Blackwell, lançamento em 2014). Quando não está escrevendo sobre vampiros, está estudando sobre eles nos confins de New Orleans e Buffalo. Ele também gosta de exceder o limite de contagem de palavras de sua biografia.

Jilian L. Canode recebeu seu título de Ph.D. em filosofia e literatura na Universidade Purdue em 2011. Seus interesses de pesquisa atuais são em explorar o panorama ético e político da identidade e autodefinição *na* e *através* da mídia social. Como uma autoproclamada "Garota de Dean" e antiga adepta do *Team Free Will*, a dra. Canode gasta seu tempo livre revisando seus estudos do idioma enoquiano para não trazer sobre si a ira dos anjos *nerds*.

Danilo Chaib escreveu sua tese sobre orquestras sem maestros em Estudos da Igualdade e na Escola de Justiça Social da Universidade de Dublin. Sua carreira começou em 1997, quando foi salvo por John Winchester de um motorista possuído por um demônio. Desde então, Danilo confunde motoristas com demônios, caçando-os ferozmente como John fazia. Em seu tempo livre, ensina música de câmara, filosofia da música, e pesquisa sobre educação musical, na Escola de Música de Brasília, no Brasil. Ele atualmente está trabalhando em sua segunda pesquisa de doutorado na Universidade de Granada, na Espanha. Sua missão de retirar os maestros do mundo das orquestras continua (para o desgosto de muitas orquestras de sucesso).

Fredrick Curry, ou pelo menos sua identidade "na rede", tirou seu título de Ph.D. em filosofia na Universidade Bowling Green do Estado de Ohio e seu bacharelado em inglês na Universidade Fullerton do Estado da Califórnia. Ele ama lecionar, é um *gamer* ávido e gosta de programação de computadores como *hobby*. Atualmente leciona na West Virginia University, onde definitivamente não é parte de uma sociedade secreta de Letras, mas está ocupado em desenhar armadilhas para demônios com sensores a *laser* e tatuagens temporárias de símbolos angélicos.

Shannon B. Ford, mestre em Artes, é pesquisadora associada e candidata a doutorado do Centro de Filosofia Aplicada e Ética Pública (CAPPE) e conferencista adjunta na Escola de Graduação Australiana de Controle e Segurança, da Universidade Charles Sturt. Antes de iniciar sua carreira acadêmica em tempo integral, Shannon passou dez anos no Departamento de Defesa como analista de estratégia e inteligência. Durante esse tempo, ela pessoalmente nunca investigou nenhuma morte "misteriosa" caracterizada por grande quantidade de sangue escorrendo pelas paredes. Mas ela tem um armário cheio de terninhos bem cortados e um bloquinho de notas, se for necessário. Seus interesses de pesquisa incluem: ética policial, militar e de inteligência; a correlação entre dirigir um Chevy Impala ano 1967 e escutar sucessos do AC/DC; e séries de TV que envolvem mistérios de caça a monstros, Senhores do Tempo, ou um espião que uma vez lutou na Morte do Demônio.

Galen A. Foresman, Ph.D., é professor assistente de filosofia na Universidade A&T do Estado da Carolina do Norte. Ele passa parte de seu tempo lecionando, parte fazendo pesquisas, e parte com a família e os amigos. Recentemente ganhou o título de "Avaliação de Gênio", do Centro de Pesquisas em Artes Liberais, que mais tarde lhe foi roubado por uma "Avaliação Ninja". Na preparação para editar este livro, ele assistiu a cada episódio de *Supernatural* no espaço de três dias, o que não é realmente impossível se você pensar bem nisso. Sua reivindicação de fama atual é editar este livro, para o qual ele teve muita ajuda de seus amigos pessoais, o dr. Badass e o sr. Fizzles.

Stacey Coguen estuda filosofia na Universidade de Boston, onde trabalha, em um viés implícito, a filosofia da raça e a filosofia feminista. Ocorre que ela é uma das cinco coisas em toda a criação que a Colt não pode matar.

Joseph L. Graves Jr. é reitor associado para pesquisas e professor de ciências biológicas da Escola Adjunta de Nanociência e de Nanoengenharia. Tirou seu título de Ph.D. em biologia do meio ambiente, da evolução e do sistema pela Universidade do Estado de Wayne, em 1988. Em 1994, foi eleito membro do Conselho da Associação Americana para o Avanço da Ciência (AAAS). Suas pesquisas atuais envolvem a adaptação genômica, especificamente relevante para o envelhecimento, e também a teoria e os métodos da evolução computacional evolucionária filogenética e molecular. Seus livros em biologia da raça são: *The Emperor's New Cothes: Biological Theories of Race at the Millenium* (2001, 2005) e *The Race Myth: Why We Pretend Race Exists in America* (2004, 2005). Seus *hobbies* principais incluem liquidar demônios e monstros, particularmente vampiros que usam a histeria da saga *Crepúsculo* para atacar donas de casa de meia-idade.

Daniel Haas, Ph.D., absolutamente não enterrou nenhuma caixinha em uma encruzilhada há uma milha da cidade. E aquela caixinha que Dan nunca enterrou não contém de jeito nenhum uma fotografia dele, com pó de cemitério ou ossos de um gato preto. De qualquer maneira, por que você enterraria essas coisas em uma caixa? E ele nunca viu um demônio, e muito menos beijou um. Nenhum. Nunquinha. E ele conseguiu todos aqueles diplomas sozinho. Talento natural puro. É o que foi. Você ouviu esse latido? Nem eu. Nem latido, nem nada arranhando a porta.

Dena Hurst, Ph.D., é instrutora e pesquisadora na Universidade do Estado da Flórida. Ela tem doutorado em filosofia, com especialização em filosofia social e política, e graduação de bacharel em economia. Suas áreas de interesse de pesquisa incluem a filosofia da raça, classe e gênero, modelos de poder, filosofia radical e cultura popular. Suas atividades incluem o trabalho com agências governamentais sobre questões de governo, liderança e ética. Por um período curto de tempo, indo atrás de saber sobre a morte súbita de Ash, os Winchester dependeram de suas habilidades de mestre para pesquisa, até começarem a suspeitar que, como a maioria dos filósofos radicais, a simpatia dela era para com o outro lado.

Devon Fitzgerald Ralston, Ph.D., é professora assistente convidada na Universidade de Miami, em Oxford, Ohio, onde ensina redação, escrita profissional e dá cursos de estudos culturais. Ela foca suas pesquisas e esforços de escrita em mídia e identidade sociais, bem como no livro *Frankestein* e em antigos textos de ficção científica. Seu projeto atual examina os caminhos pelos quais os *blogs* de tecnologia digital transformam a narrativa da comunidade, bem como a própria tecnologia particular. Ela coleciona robôs de mau gosto e pôsteres de filmes *vintage*, e frequentemente se pergunta se não está presa em uma armadilha no ciclo do tempo antes de perceber que não, que aquela pilha de papéis dos alunos é a mesma de antes. Não é?

Nathan Stout é candidato a Ph.D. no Departamento de Filosofia da Universidade de Tulane. A pontuação de seu teste LSTA (*Law*

School Admission Test) é de 174, o que teria permitido a ele acesso total à Stanford Law, se não tivesse sido descoberto que ele falsificou seu material de aplicação sob o pseudônimo de "sr. Jimmy Page". Ele agora passa seu tempo estudando filosofia moral com foco nos problemas sobre responsabilidade, atuação e política da violência. Apesar de seus esforços e do fato de que ele vive em New Orleans, ainda está à procura de um só sacerdote capaz de jogar um mínimo de magia de boneco vodu nele.

Francis Tobienne Jr. é doutor da Universidade Purdue e membro do centro de pesquisas do Museu Dali, na Universidade de South Florida, onde leciona aulas sobre monstros, tradições ocultas e a *Bíblia* como literatura oculta, no *campus* de St. Petersburg. É autor de *The Position of Magic in Selected Medieval Spanish Texts* (2008). Atualmente está trabalhando em duas monografias: "Dali's Medievalism" e "Mandeville's Travels". O dr. Tobienne tem muitas publicações nos campos de estudos medievais, cultura *pop*, história intelectual e ética médica. Ele está também trabalhando incansavelmente em como fazer Castiel deixar crescer uma barba cheia e grande, para que ele grite: "Pelo amor de Deus!" Por quê? Porque Deus simplesmente mandou.

Índice Remissivo

A

"Abandon All Hope" – episódio 103, 192
Abismo 55
AC/DC 94, 214
Adam 34, 46, 54, 104, 158, 194
Advil 175
Alastair 34, 55
Alma 30, 182, 183
Amelia 105
Amor 165, 187
Amy 22, 23, 47, 110
Anna 78, 144, 147, 150, 155, 191
Antigo Testamento 83
Apocalipse 15, 20, 38, 51, 56, 61, 64, 78, 79, 80, 81, 92, 96, 131, 136, 141, 148, 160, 173, 191, 202, 203, 206, 208, 209
"Appointment in Samarra" – episódio 54
Aquino, São Tomás de 149, 150
"Are You There God? It's Me Dean Winchester" – episódio 78, 132, 133
Aristóteles 25, 26, 27, 28, 29, 30, 31, 32, 196
"Asylum" – episódio 17

B

Baldur 144
Baltazar 204
Beauvoir, Simone de 189
Benders 32, 34, 39, 43
"Benders, The" – episódio 32, 34, 39, 43

Bentham, Jeremy 72
Berkeley, Gorge 162
Berlin, Isaiah 190
Bíblia 78, 135, 161, 216
"Bloodlust" – episódio 21, 40, 166
"Born Under a Bad Sign" – episódio 65
Bradbury, Charlie 211

C

Capra, Frank 93
Carniçal 33, 34
Casey 128, 129, 130, 131, 132, 133
Cassie 192
Castiel 28, 29, 49, 54, 55, 75, 78, 87, 132, 135, 136, 139, 143, 151, 157, 158, 161, 167, 191, 194, 200, 203, 204, 216
Cavalheirismo 188
Cérebro 182
Chewie 103
Coelho Branco 77
Coke, Edward 159, 190
Colt 107, 108, 112, 118, 199, 200, 207, 209, 214
Communist Manifesto, The – tratado 96
Comunidade 15, 16
Communist Manifesto, The – tratado 73
Cronos 144, 206
Crowley 34, 75, 85, 88, 127, 160, 204, 207
Cupido 50
"Curious Case of Dean Winchester, The" – episódio 188

D

Darwin, Charles 151, 152
Dawn of the Dead – filme 121, 122
"Dead Man's Blood" – episódio 21, 28
"Death's Door" – episódio 55, 178
Demian e Barnes 195
Democracia 77
Demônio 23, 85, 158, 159, 214
Descartes 158, 160, 162, 179, 180, 181, 182, 183, 184, 185, 186
Deus 29, 53, 54, 77, 78, 81, 82, 83, 84, 85, 86, 87, 88, 127, 128, 129, 130, 131, 132, 133, 134, 135, 136, 137, 138, 139, 140, 141, 143, 144, 145, 146, 147, 149, 150, 151, 152, 153, 154, 155, 156, 157, 158, 159, 160, 161, 162, 163, 165, 166, 167, 199, 202, 203, 204, 205, 206, 208, 209, 216
"Devil's Trap" – episódio 44

Doc Benton 31
"Dream a Little Dream of Me" – episódio 41

E

Elizabethville 128
Elshtain, Jean Bethke 101
Emma 109, 110
Empresas Roman 137
Eneida 103
Engels, Friedrich 90
Enoque 203
Escócia 88
Eterno 145
Ética 213
Eve 205, 206, 208

F

"Fallen Idols" – episódio 130
"Family Matters" – episódio 57
"Family Remains" – episódio 65
Fantasma 177
Feinberg, Joel 68, 69
Fitzgerald, Nancy 49, 107, 215
"French Mistake, The" – episódio 97, 165
"Fresh Blood" – episódio 21
Fromm, Erich 163

G

Gabriel 34, 53, 54, 144
Gamble, Sera 96
Ganesha 144
Garth 161, 212
Gênio 214
"Girl Next Door, The" – episódio 22, 47, 110, 166
Gordon 45
Groves, Steven 113
Guevara, Che 96
Gwen 188

H

Hades 75
Hamlet – peça teatral 177

Harmonia 109
Harry Potter 171
Harvelle, Ellen 102
Harvelle, Jo 102
Harvelle's Roadhouse 102
Hawking, Stephen 149
Hedges, Chris 160
Hegel, Georg 162, 163, 165
"Hell House" – episódio 95
Hellraiser – filme 65
Henricksen, Victor 108, 113, 114, 117, 120, 122, 123
Hick, John 140
Hilton, Paris 130
Hobbes, Thomas 77, 78, 79, 80, 81, 82, 83, 84, 85, 86, 87, 88, 190
Hol Nekar 206
Hobbes, Thomas 78, 128, 146
Hume, David 56, 57

I

I Am Legend – livro 111, 112
Igreja Católica 202
Igualdade 213
Ilíada 103
Impala 70, 90, 94, 114, 146, 147, 148, 150, 151, 165, 214
Incêndio 171
Inferno 15, 34, 38, 40, 53, 54, 55, 56, 57, 63, 64, 65, 66, 67, 69, 70, 71, 72, 73, 74, 75, 77, 78, 79, 84, 85, 86, 88, 96, 105, 113, 120, 127, 131, 132, 134, 137, 140, 143, 158, 159, 163, 165, 166, 167, 191, 207
Irenaean Theodicy – Teodiceia de Irineu 140
Islamismo 158
"It's a Terrible Life" – episódio 89, 93, 94, 95, 96, 99, 105
"It's the Great Pumpkin, Sam Winchester" – episódio 80

J

Jeremy 41, 42, 72, 167
Jessica 27, 104
Jesus 165, 201
Judaísmo 158
"Jump the Shark" – episódio 33, 104
"Jus in Bello" – episódio 43, 45, 107, 109, 111, 112, 113, 115, 116, 118, 119, 121, 122, 123
Justiça 213

K

Kali 144, 202
Kansas 102
Kant, Immanuel 73, 74, 99, 100, 107, 108, 160, 161, 162
"Kids Are Alright, The" – episódio 78, 193
Kitsune 22
Kripke, Eric 156

L

"Lazarus Rising" – episódio 100, 132
Leshii 144, 206
Leviatã 77, 82, 83, 87
Liberdade 61
Lilith 20, 21, 78, 79, 80, 82, 85, 118, 123, 127, 158
Lisa, Braedon 105
Livre-arbítrio 51, 52
Livro de Jó 77, 139
Locke, John 167
Lúcifer 34, 51, 56, 64, 78, 79, 80, 81, 82, 83, 84, 85, 88, 96, 131, 144, 157, 158, 160, 166, 188, 189, 191, 194, 199, 206, 207, 208
"Lucifer Rising" – episódio 189
Luther 21

M

Madison 19, 32, 101
Mal 125, 127
"Malleus Maleficarum" – episódio 45, 71, 158
"Man Who Would Be King, The" – episódio 151, 200, 204
Marcelo 177
Mar da Galileia 201
Marx, Karl 89, 90, 91, 92, 96, 163
Masters, Meg 43, 106
Matheson, Richard 111, 112, 117, 121
Metafísica 25
"Metamorphosis" – episódio 134
Miguel 51, 52, 53, 81, 84, 96, 131, 144, 166, 188, 191, 194
Mill, John Stuart 104
Monument, Colorado 107, 112, 113
Moral 13, 15, 41, 45, 72
Morte 38, 57, 87, 145, 204, 205, 214
"My Bloody Valentine" – episódio 50

"My Heart Will Go On" – episódio 204
"Mystery Spot" – episódio 53

N

Nietzsche, Friedrich 191
Night of the Living Dead – filme 111, 115, 116, 119
"No Exit" – episódio 193

O

Objeção da Mulher *Sexy* de Dean 145, 146
Objetificação 106
Odin 144, 153
Odisseia – livro 103
Onibenevolente 129
Onipotente 129
Onisciente 129
"On The Head of a Pin" – episódio 144
Origem das Espécies, A – livro 151
Osíris 144

P

Paley, William 150, 151
Panteísmo 159
Platão 195
Plutão 144
Punição 68, 69
Purgatório 54, 58, 59, 87, 105, 127, 137, 158, 204, 205, 206

Q

Quine, Willard van Orman 172, 173

R

Rádio Nacional Pública 93
Rafael 81, 84, 204
"Real Ghostbusters, The" – episódio 85
Rei das Encruzilhadas 75, 85, 88
Rei de Copas 77
Rei do Inferno 75
Responsabilidade 58
Robin 103
Roman, Dick 87, 137
Romero, George 111, 112, 113, 117, 120, 122

Ruby 31, 43, 45, 66, 71, 78, 79, 82, 105, 108, 118, 119, 120, 122, 123, 158, 159, 163, 165, 166

S

Sam sem alma 57
Sarah 194
Sartre, Jean-Paul 52
"Scarecrow" – episódio 43, 106
"Shadow" – episódio 44, 106
Shakespeare 177
Shurley, Chuck 97, 147
Silent Bob 103
"Simon Said" – episódio 41
"Sin City" – episódio 128
Singer, Bobby 100, 143, 165, 172, 212
"Slice Girls, The" – episódio 109
"Song Remains the Same, The" – episódio 50, 51, 102
Sonho Americano 89
Spangler, Harry 11, 176
Spinoza, Baruch 159, 160
Strawson, P. F. 17, 18
Sundance 103
"Survival of the Fittest" – episódio 100, 161
"Swan Song" – episódio 147, 148, 189
"Sympathy for the Devil" – episódio 81

T

Tamara 188
Team Free Will – Time do Livre-arbítrio 49, 52, 53, 54, 213
Tertuliano 146
"There Will Be Blood" – episódio 100, 206
Thor 202
Tonto 103
Tran, Kevin 103
Trapaceiro 144
"Two Minutes to Midnight" – episódio 57, 145, 205, 208

U

Universo 138, 139, 143, 145, 147, 148, 149, 173, 174, 199, 202, 205, 208
Uriel 78, 80, 81, 143, 144, 194

V

Vampiro 28, 57, 206
Vampiro-Alfa 28, 57, 206
Veritas 144, 206
Vili 144
Voltaire 88

W

Waller, Gregory 122
Watson 103
Weems, Andy 41
Weems, Ansem 41, 42
"Week-end at Bobby's" – episódio 93
Wendigo 15, 19
"What Is and What Should Never Be"– episódio 95, 104, 181, 187, 189
"What's Up, Tiger Mommy?" – episódio 45
"When All Hell Breaks Loose, Part 2" – episódio 102
Winchester, Dean 15, 16, 17, 18, 19, 20, 21, 22, 23, 25, 27, 28, 29, 31, 32, 37, 38, 39, 40, 41, 42, 43, 44, 45, 46, 47, 49, 50, 51, 52, 53, 54, 55, 56, 57, 58, 59, 64, 65, 66, 68, 70, 78, 79, 81, 85, 86, 87, 89, 90, 92, 93, 94, 95, 96, 97, 99, 100, 101, 102, 103, 104, 105, 106, 107, 108, 109, 110, 112, 113, 114, 117, 118, 119, 120, 122, 123, 127, 128, 129, 130, 131, 132, 133, 134, 135, 136, 137, 138, 139, 140, 141, 143, 144, 145, 146, 147, 153, 155, 157, 158, 159, 161, 164, 165, 166, 172, 178, 181, 187, 188, 189, 190, 191, 192, 193, 194, 195, 196, 197, 200, 203, 204, 205, 208, 211, 213
Winchester, John 21, 28, 106, 188, 213
Winchester, Mary 27, 49, 50, 51, 52, 58, 63, 64, 70, 101, 102, 103, 107, 194
Winchester, Sam 15, 16, 17, 18, 19, 20, 21, 22, 23, 25, 27, 29, 30, 31, 32, 33, 34, 37, 38, 39, 40, 41, 42, 43, 44, 45, 46, 47, 49, 50, 51, 53, 54, 55, 56, 57, 58, 59, 64, 65, 70, 78, 79, 80, 81, 89, 92, 94, 95, 96, 97, 99, 100, 101, 102, 103, 104, 105, 106, 107, 108, 109, 110, 112, 113, 114, 115, 117, 118, 120, 122, 123, 128, 131, 132, 133, 136, 141, 143, 144, 147, 154, 155, 157, 158, 160, 161, 164, 165, 166, 171, 172, 178, 187, 188, 189, 190, 191, 192, 193, 194, 195, 196, 197, 200, 203, 208, 211

Z

Zachariah 50, 51, 54, 78, 79, 80, 81, 84, 94, 96, 99, 100, 102, 105, 106, 194, 196
Zao Shen 144
Zeddmore, Ed 9, 11, 176
Zeus 153, 195